이상 시의 근대성 연구

육체의식을 중심으로

조해옥(趙海玉, Cho Hae-ok)

문학박사, 문학평론가. 1963년 부평에서 출생하여 부여에서 성장했다. 한남대학교 국어
국문학과, 고려대학교 대학원 국어국문학과를 졸업했다. 1997년『서울신문』신춘문예
문학평론 부문에 당선되었으며, 학술서로는『이상 시의 근대성 연구』(2001),『이상 산문
연구』(개정증보판, 2016), 시 비평서로는『도로를 횡단하는 문학』(2004),『생과 죽음의
시적 기록』(2006),『전환의 문학』(2006),『타오르는 기호들』(2022)을 출간했다. 2009
년 한남문인 대상 산문 부문, 2022년 제34회 대전시 문화상 학술상을 수상했다. 현재
『이상 리뷰』 편집위원이며 한남대학교 인문과학연구소 연구교수로 재직 중이다.

이상 시의 근대성 연구 – 육체의식을 중심으로

초판 1쇄 발행 2001년 3월 10일
2판 1쇄 발행 2023년 11월 25일

지은이 / 조해옥
펴낸이 / 박성모
펴낸곳 / 소명출판
등록 / 제1998-000017호
주소 / 서울시 서초구 사임당로14길 15 서광빌딩 2층
전화 / (02) 585-7840
팩스 / (02) 585-7848
전자우편 / somyungbooks@daum.net
홈페이지 / www.somyong.co.kr

ⓒ 2001, 2023 조해옥

값 21,000원

ISBN 979-11-5905-826-4 93810

본 사업은 대전문화재단, 대전광역시에서 사업비 일부를 지원받았습니다

이상 시의 근대성 연구

육체의식을 중심으로

조해옥

이상 문학 연구는 1950년대 임종국의 『이상전집』 발간과 연구 이래로 현재까지 활발하고 지속적으로 전개되었다. '근대인의 불안과 소외감'을 표출한 문학이라는 평가는 이상 문학의 특질로 굳어졌다. 그러나 필자는 이상에 관한 수많은 논의들이 여전히 공허하고 추상적 단계에 머물러 있다는 느낌을 지울 수 없었다. 그 이유는 대부분의 논의들이 이상의 불안과 절망을 표출하는 내면을 형성하게 된 근거에 대한 규명을 생략한 채, 결론만을 제시하고 있기 때문이었다. 이상이 폐쇄되고 단절된 내면 공간을 보여준다면, 그러한 의식 형성의 사회적 의미를 밝혀야 할 것이다. 또한 이상 문학이 일상시간으로부터 벗어나려는 의식과 그로 인한 좌절을 보여준다면, 그러한 의식의 배태 원인을 살펴보아야 할 것이다. 필자의 연구는 이에 대한 문제 제기에서 출발하였다.

필자는 이상의 내면을 형성하는 토대는 육체라는 설정 아래 이상의 시의식을 다루었다. 더이상 관념의 대상이 아닌, 확고한 존재로 인식되는 육체는 자기 존재를 관찰할 수 있는 객관적인 탐구 대상이 된다. 이상은 의식으로 통제되지 않는 자생적 힘을 육체에서 발견함으로써 관념의 허상을 드러낸다. 동시에 절단되고 파괴되는 육체를 통하여 시적 자아의 소외를 보여준다. 이상의 시에서 시적 자아의 의지로 제어할 수 없는 육체의 파괴성은 생명이 소진되어 가는 육체적 조건과 밀접한 연관이 있다. 이 같은 이상의 육체의식은 실재하는 물리적 공간과 융합한다. 이는 육체와 그 육체가 조직하는 세계와의 긴밀한 상관성을 입증한다. 시적 자아의 병든 육체는 현상의 본질을 꿰뚫어 볼 수 있는 토대이다. 생명이 소진되어 가는 육체는 1930년대 경성의 병든 공간을 첨예하게 인식하게 하는 기초가 된다. 이상의 시에서 병든 육체와 도시의 병듦이 결합되어 육체의 공간화와 공간의 육체화가 이루어진다. 이상의 시에서 자아를 억압하고 무력하게 만드는 일상은 시계시간으로 획일화되는 생활을 가리킨다. 이상이 시간의 흐름을 철저하게 소모의 개념으로 인식하게 된 원인의 하나는 시계시간의 질서체계 속에서 적응하도록 강요받는 근대인의 삶의 조건이다. 다른 한가지는 병든 육체라는 생의 조건이다. 각혈로 상징되는 점차 파괴되어 가는 육체는 이상으로 하여금 시간의 흐름을 소모로 인지케 하기 때문이다. 이상의 시에서 육체는 그 육체가 실재하는 사공간과 결합하면서 불안과 절망이라는 자의식 생성의 기저로 작용한다.

필자는 이상이라는 시인에 대해 알고자 하지 않았다. 또 이론이 작품을 압도하는 해석을 지양하려고 했다. 그 동안 작품 외적 접근 태도의 연구가 시 해석을 위축시킨 점이 없지 않기 때문이다. 필자는 이상의 시가 지니고 있을 자생의 영역을 최대한으로 확보하고 싶었다.

이상은 그의 시 「시제8호(詩第八號) 해부(解剖)」에서 "시험담당인은피시험인과포옹함을절대기피할것"이라고 표현한 바 있다. 이 말은 관찰자와 관찰 대상 사이에는 과학적인 엄정함이 존재해야한다는 뜻이다. 그 대상이 자기 자신일 때조차도 이상은 철저히 객관적인 거리를 두었다. 마찬가지로 필자는 이상과 엄격한 거리를 유지하고, 이상 시를 탐구 대상으로 삼았다. 그러나 이상의 시적 자아들이 파괴되어 가는 자신의 육체적 조건 속에서 끝까지 자신에 대해 과학자의 거리를 유지하지 못했듯이, 필자 역시, 이상과의 엄정한 거리를 허물 수밖에 없었다. 필자는 죽음 앞에서 지극히 무력한 한 인간의 아픔을, 인간 이상을 이상의 시에서 보았다. 불가항력적인 죽음의 힘 앞에서 과연 근대에 대한 과학적 탐구가 무슨 의미가 있을 것인가.

이상 시를 연구하는 데 가장 큰 문제점은 기간(旣刊)된 이상 시 전집류에서 드러난 오류가 수정되지 않은 채, 연구 텍스트가 되고 있다는 것이다. 이 같은 현상은 우려할 만하므로 필자는 이상 시의 텍스트 원전을 <사진으로 보는 자료>로 따로 묶어 게재하였다. 작품이 지면에 발표되었던 원형 그대로를 살려서 실은 이유는 기간된 이상의 시전집들에서 발견되는 오류가 수정되지 않은 채 반복되기 때문이다. 작자가 이상의 본명인 김해경과 필명인 이상으로 발표된 작품들만을 여기에 일차로 게재하고자 한다. 본문에서 이상의 일문시(日文詩) 가운데 초역(初譯)에 수정이 필요하다고 판단된 부분은 일문학을 전공한 서선옥 선생의 도움을 받아 수정을 가하였다. 앞으로의 과제는 일문시의 번역이 전면적으로 다시 이루어져야 한다는 점이다.

학문의 길을 끊임없이 독려하시는 최동호 선생님과 추상성을 면치 못하던 필자의 눈을 뜨게 만드신 김윤식 선생님, 김인환 선생님, 오탁번 선생님, 김재홍 선생님께 깊은 감사를 드린다. 그리고 박사논문을 책으로 낼 수 있도록 활력을 주신 소명출판의 박성모 사장님과 세밀하게 교정과 편집을 해주신 양정섭 선생에게도 감사드린다. 공부를 중단하지 않도록 도와주시는 부모님과 언니 가족에게도 고마움을 느낀다. 마지막으로 필자에게 한동안 즐겁게 생활할 수 있는 기회를 준 고(故) 이상 시인에게 이 책을 바치고 싶다.

2001년 2월
조해옥

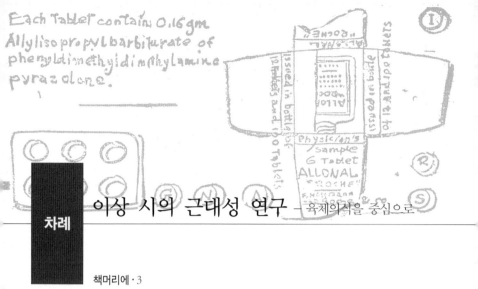

Each Tablet contain 0.16 gm.
Allyl isopropyl barbiturate of
phenyldimethyldimethylamine
pyrazolone.

이상 시의 근대성 연구 – 육체의식을 중심으로

차례

책머리에 · 3

제 **1** 장
서론

1. 문제제기

이상의 시에서 육체에 관한 문제는 시의 중심 제재가 되는 중요한 인식 대상이다. 이상은 이상 이전의 시인들과 동시대의 시인들이 전혀 다루고 있지 않는 측면에서 육체에 대한 인식을 표출한다. 이상은 육체야말로 시적 자아가 외부세계를 수용하고, 그를 통해 주변을 새롭게 형성하는 물리적인 토대임을 보여준다. 따라서 이상의 육체에 대한 인식 양상을 고찰하는 것은 이상의 시세계를 밝힐 수 있는 중요한 접근 방법이 될 수 있다.

"지각은 신체를 통하여 일어나는데, 신체는 우리들을 세계에로 투사하는 도구이다. 우리가 지각하는 것은 눈을 통해서가 아니며, 정신을 통해서도 아니며, 어떤 다른 신체적 기관을 통해서도 아니다. 이러한 것들의 통일을 위해서 우리는 지각한다. 신체는 하나의 대상이 아니며, 대상들의 총합도 아니다. 신체는 그것이 지각하는 대상들의 세계가 그러하듯이 통일적인 장이다. 신체는 환경을 가지는 주체이다."[1] 육체는 시간과 공간을 경험하고, 시간과 공간은 육체와 상응하면서 새롭게 구성된다.

이상은 자기 탐구를 위한 접근 방법으로써 육체를 매개로 한다. 육체가 자기 발견의 대상물이 되는 것이다. 따라서 이상의 육체의식은 그의 시세계를 이루는 근간이라고 볼 수 있다. 이상은 육체를 기하학적으로 투시하는 방법을 사용한다. 육체·건축물·자연물 등 모든 공간성을 갖는 형상들은 도형화되어 그의 시에 재현된다. 그의 시에 나타나는 육체와 공간의 기하학적 도형화는 근대 정신인 과학성과 정확한 재현 정신을 함축한다.

이상의 육체의식은 선험적으로 존재하는 시간과 공간에 의해 형성되며, 그의 시간의식과 공간의식은 그의 육체의식과 융합하며 표출된다. 공간에 실재하는 물체인 육체는 반드시 공간과 연관성을 갖는다. 이처럼 육체와 공간은 밀접한 관련을 맺고 있으므로, 공간상의 변화는 육체의 오감을 통하여 수용된다. 그렇기 때문에 공간관념의 형성은 사회적이고 물리적인 환경과 무관할 수 없다. 이상 시에 나타나는 공간의식은 1930년대의 경성을 배

---

1) 알버트 라빌 주니어, 김성동 역, 『메를로 퐁티』, 철학과현실사, 1996, 25-43면.

경으로 형성된다. 이상의 공간의식은 자아를 위협하는 근대 공간의 기계성과 무의미함을 보여준다. 도시 공간은 질적인 차이가 제거된 채, 모든 인간들의 생활을 획일화시키는 시계 시간과 마찬가지로 개인의 고유한 의미가 제거된 공간이며, 모두에게 균질한 공간이다. 지금까지의 이상문학 연구에는 이상의 공간의식 형성의 사회적 의미를 밝히는 과정이 없었다. 따라서 필자는 이상이 체험하는 도시 공간이 작품에 어떻게 표현되어 있는가를 탐구함으로써 이상의 의식 공간으로 접근하고자 한다. 이상은 왜 폐쇄 공간과 단절 공간을 의식의 영역에 설정하였는가? 이것의 원인을 규명하기 위해서는 그러한 의식이 형성하게 된 배경을 사회적 의미망 안에서 고찰해야 한다. 이상의 시는 근대 도시라는 사회적 공간을 토대로 형성된 의식을 표출한다. 근대 도시 공간은 양면성을 갖는데, 도시의 부정적인 측면인 어두운 이면들은 이상의 병든 육체와 융합하면서 시로 형상화된다. 이상의 공간의식에는, 실존의 토대가 될 만한 공간이 나타나지 않는데, 이는 그의 병든 육체와 밀접한 관련을 갖는다.

인간은 존재의 거처를 차지한다는 점에서 공간성이 있으며, 동시에 탄생과 종말을 맞는 생물학적인 존재라는 점에서 시간성을 갖는다. 이상의 시는 시간의 흐름에 대한 불안감을 표출한다. 그는 흐르는 시간에 결박당해 있는 자의식을 보여준다. 그 이유는 그의 육체의식에서 비롯하는데, 그의 병든 육체가 이상으로 하여금 '시간의 흐름을 점점 소모되는 파국적인 것'으로 인식하게 하는 원천이기 때문이다. 따라서 이상의 시는 일상 시간에 억압된 인간의 절망감을 보여준다. 시적 자아는 일상 시간을 끊임없이 벗어나려고 하지만, 시간은 그의 의식을 구속하는 막대한 영향력을 갖는 것으로 나타난다. 축적되지 않고 흘러가 버리는 시간은 생명이 소진되어 가는 병든 육체 위에서 죽음과 직접적으로 관련되면서, 일상 시간은 주체를 속박하는 두려운 존재가 된다. 이상의 시정신을 규명하기 위해서는 이상의 시간의식이 왜 일상 시간을 탈피하려는 것으로 나타나는가, 또 그러한 의식은 어떻게 배태되었는가를 살펴보아야 한다. 이상 시에 나타나는 소멸하는 시간과 육체의 죽음을 초래하는 시간의식의 형성 원인을 찾는 작업은 반드시 필요하다. 본고에서 필자는 이상의 일상 시간이 왜 무의미함으로 표출되며 불가항력적인 힘을 발휘하는가, 또 이러한 일상 시간에 의해 시적 자아가 어떻게 파괴되는가를 밝혀보려고 한다.

필자는 이상의 육체의식을 중심으로 시간과 공간에 대해 세밀하게 고찰하고, 이상 시의 주된 정서인 '불안과 절망감'이 과연 어떻게 형성되었는가를 살펴보고자 한다. 본고에서 필자가 시 분석의 틀로 삼은 육체와 공간과 시간은 결코 분리시킬 수 없는 개념이다. 이상의 육체의식은 그가 체험하는 시간과 공간에 의해 발현되고, 그의 시간·공간의식은 육체적인 이미지로써 표출되기 때문이다. 필자는 분리되지 않는 개념들을 편의상 세분화시켜 고찰하였다. 이렇게 세분화시킨 분석은 이상 시정신의 본질적인 측면인 근대적 특질들을 총체적으로 밝히는 작업으로 모아질 것이다. 이상의 육채공간시간의식이 근대의 본질적인 면들을 함축하고 있는 근거는 다음과 같다. 첫째, 이상은 육체를 관념을 통해서 파악하거나 표현하지 않고, 객관적으로 대상화하고 해부하여 자아의 본질적인 측면들을 탐구하고자 하였다는 점이다. 둘째, 고립과 폐쇄로 나타나는 이상의 공간의식은 근대 도시와 분리될 수 없다는 점이다. 셋째, 이상의 시간에 대한 불안의식은 그의 소진되어 가는 육체에서 비롯하지만, 이와 더불어 기계 시간이 시간을 획일화시키는 데서 비롯되는 일상의 무의미함과 죽음에 대한 불안 등은 근대 이후에 보편화되는 것으로, 이상의 시간의식 형성의 배경이라는 점이다.

2. 연구사 검토

근대인의 대표적인 정서인 불안과 소외감 등 내면의식을 주제로 한 이상의 작품은 지속적으로 조명을 받아 왔다. 50년대는 전후의 불안 속에서 실존주의와 이상 연구가 맞물리기도 했으며, 60년대는 정신분석학과 결합된 분석이 성행했다. 70년대는 사회적인 관심사로 부각되었던 소외론의 영향을 받기도 했다. 이처럼 이상 연구는 각 시대의 문화사와 긴밀하게 관련되어 있음을 알 수 있다. 80년대는 리얼리즘 문학의 융성기인 만큼 문학 연구에서도 역사적 시각이 중요한 평가의 척도로 작용한다. 따라서 인간의 내면의식을 형상화한 이상문학에 대한 관심은 상대적으로 위축되었다. 그러나 점차 문학이 역사의 긴장감에서 벗어나게 되면서 이상문학 연구는 90년대를 전후하여 활발하게 전개되었다.

이상 연구에 대해 세부적으로 살펴보면, 30년대의 이상 연구는 김기림·최재서·김문집에 의해 이루어진다.[2] 이들의 평가는 한 편의 작품으로 이상의 문학정신을 밝히고 있기 때문에 추상적이고, 주관적인 평자의 관념이 작품분석에 앞서 있다.

본격적인 이상 연구는 50년대에 이루어진다. 이 시기에 이루어진 임종국의 『이상전집』[3] 발간과 연구는 이상문학을 활발하게 연구하게 되는 계기를 만들었다. 임종국은 이상의 문학을 부정과 불안의 문학으로 파악했다.[4] 그는 이상의 절망이 개인적 요인뿐 아니라 시대적 요인에서 기인한다고 지적하였는데, 이상문학에 나타나는 절망은 30년대 근대화가 진행되고 있던 경성을 배경으로 형성되므로 시대와의 연관성을 해명하는 작업은 중요하다. 이밖에 이어령은 이상문학을 현대문학의 본궤도에 진

---

2) 김기림, 「현대시의 발전」(7회), 『조선일보』, 1934.7.19; 김기림, 「모더니즘의 역사적 위치」, 『인문평론』, 1939.10, 80-85면; 최재서, 「리얼리즘의 擴大와 深化 -「천변풍경」과 「날개」에 대하여」, 『조선일보』, 1936.11.31-12.7.
3) 임종국 편, 『이상전집』 1집(창작집)·2집(시집)·3집(수필집), 태성사, 1956년.
4) 임종국, 「이상론」, 『고대문화』, 1955.12, 114-141면.

입한 것으로 평가한다.5) 고석규는 당대까지 이루어진 이상 연구사의 문제점을 지적한다. 그는 이상문학에 대한 평가가 몰이해에서 출발하거나, 충분한 근거를 제시하지 못한 채 맹목적으로 찬미하는 태도를 비판한다.6)

60년대는 전후의 불안과 서구문학이 유입되는 혼돈을 겪으면서, 현대문학이란 과연 무엇인가에 대한 본격적인 '탐구'의 자세를 갖추게 되는 시기이다. 이 같은 문학적 배경은 근대인의 불안의식을 표출하는 이상문학을 '탐구'하게 한다. 정명환은 서구 작가들과 이상문학을 비교하면서 비판한다.7) 정명환은 절망의 태도가 지적이었다는 점에서 이상의 독자성이 있지만, 이상의 절망에는 극복하려는 변증법적 노력이 없다고 본다. 정명환의 작업은 본격적인 이상 연구이지만, 한국문학의 독자성 속에서 이상문학을 살피는 데 소홀했다는 비판이 제기되기도 한다.8) 이밖에 이상 시의 형식과 내용면을 전체적으로 조명한 송민호의 글이 있다.9)

---

5) 이어령,「나르시스의 학살」,『신세계』, 1956.10, 239~247면; 이어령,「續'나르시스'의 학살」,『신동아』, 1957.1, 128-139면.
6) 고석규,「시인의 역설」제3회,『문학예술』, 1957.4, 162-171면; 고석규,「시인의 역설」제4회,『문학예술』, 1957.5, 199-207면; 고석규,「시인의 역설」제6회,『문학예술』, 1957.7, 201~219면.
7) 정명환,「부정과 생성」,『한국작가와 지성』, 문학과지성사, 1978, 100-161면.
8) 김윤식,「이상론의 行方」,『심상』, 1975.3, 54-67면; 최동호,「'날개'론의 방향」,『한국문학』, 1983.11, 282-287면.
9) 송민호,「이상 文學考」,『절망은 기교를 낳고』(송민호·윤태영 공저), 교학사, 1968, 110~178면.

70년대에 이상문학 연구는 다양한 접근이 이루어지는데, 특히 정신분석학을 대입시킨 연구가 주류를 이룬다.[10] 이상문학을 전기적 시각으로 접근한 연구의 성행은 극단적인 형태를 띠기도 한다.[11] 이상문학을 정신분석적인 면에서 문제점이 발견되는 것으로 보거나, 작품 속의 자아와 작가를 동일 인물로 보는 태도는 지양해야 할 것이다. 이처럼 전기적 분석에 매달려 작품을 분석하게 될 때, 자칫하면 작품의 다양한 의미가 한 개인의 이력 추적으로 그칠 수 있기 때문이다.

이상문학 연구에서 보이는 하나의 편견은, 이상에게는 역사의식이 없다거나 그의 문학은 현실과 단절되었다고 보는 것이다.[12] 시대로부터 차단되었다는 점이 이상문학이 갖는 병폐라고 보는 것은 개인의 내면의식을 다룬 이상문학에 '집단의식'의 잣대를 적용하는 부적절한 접근 태도일 것이다.

김윤식의 이상 연구사 검토[13]는 이상문학의 연구사를 일차적으로 정리했다는 점에서 한 획을 그었다고 볼 수 있다. 김윤식의 작업은 60년대까지의 비평에서 발견되는 비평 시각의 무국

---

10) 정귀영, 「이상문학의 초의식 심리학」, 『현대문학』, 1973.7·8·9; 추은희, 「쉬르 레알리슴에 비춰본 李箱의 작품세계」, 『현대문학』, 1973.7, 275-284면.

11) 김종은, 「이상의 理想과 異常 - 한국예술가에 관한 정신의학적 추적」, 『문학사상』, 1973.7, 241-252면; 김종은, 「이상의 정신세계」, 『심상』, 1975.3, 80-88면; 추은희, 「이상문학의 단절의식과 파괴적 요소」, 『숙명여대 논문집』 16집, 1976.12, 77-96면.

12) 윤재근, 「이상의 詩史的 위치」, 『심상』, 1975.3, 101-107면.

13) 김윤식, 「이상론의 行方」, 『심상』, 1975.3, 54-67면.

적성을 비판하고 한국문학의 정체성에 대해 문제를 제기했다는 점에서 의의가 있다.

80년대의 이상 연구는 이상의 전기와 결합시켜 병리학적 이상(異常)으로 작품을 평가하는 태도를 지양하고, 이상 작품 전체에 일관되는 주제가 무엇인지를 해명하려는 경향을 보인다.14) 이상문학에 대한 김윤식의 연구는 80년대에도 지속적으로 이루어지는데, 그의 연구는 텍스트의 특성을 해명하는 데 집중된다.15) 김윤식은『이상 연구』·『이상소설 연구』등16) 에서 이상의 정신세계를 탐색한다. 그는 작품에 나타나는 이상의 정신과 심리세계를 밝히고 있다.

90년대에 이르러 이상 텍스트에 대한 세밀한 분석이 이루어진다. 최혜실은『조선과 건축(朝鮮と建築)』에 게재되었던 이상 작품들의 의미를 건축의 대칭구조로 해석한다.17) 문흥술도 이상시의 일본어 텍스트와 한글 텍스트를 나누어서 살피고 있다. 그는 일본어 텍스트는 뉴턴 물리학과 유클리드 기하학으로 대표

---

14) 김승희,「접촉과 부재의 시학 - 이상시에 나타난 '거울'의 구조와 상징」, 서강대 석사논문, 1980; 유재천,「이상 시 연구」, 연세대 석사논문, 1982; 이기서,「1930년대 한국시의 의식구조 연구 - 세계상실과 그 변이과정을 중심으로」, 고려대 박사논문, 1983; 이승훈,「이상시 연구 - 자아의 시적 변용」, 연세대 박사논문, 1983.
15) 김윤식,「이상 연구 각서」,『문학사상』, 1986.10, 143-151면; 김윤식,「텍스트의 세 범주와 규칙 세 가지」,『시문학』, 1986.12, 74-90면.
16) 김윤식,『이상 연구』, 문학사상사, 1987; 김윤식,『이상소설 연구』, 문학과비평사, 1988.
17) 최혜실,「1930년대 한국 모더니즘 소설 연구」, 서울대 박사논문, 1990.

되는 근대 과학적 지식을 비판 대상으로 삼았음에 반해, 한글 텍스트는 열악한 근대적 도시의 삶과 관련된 제반 요소들을 비판 대상으로 삼고 있다고 본다.[18]

90년대 이상문학 연구의 두드러진 경향이라고 한다면, 라깡과 크리스테바의 이론을 적용한 논문들일 것이다.[19] 프로이드 이론을 적용하여 이상문학에 나타난 작가의 정신세계를 살펴보았던 전기적 접근 방법을 이어서, 이상 문학 연구는 90년대 국내에서 활발하게 논의된 라깡과 크리스테바 이론의 영향하에 놓이게 된다. 이 같은 라깡과 크리스테바의 이론을 이상문학 텍스트의 생산과 결합시키는 연구경향에 대해 비판적 시각도 제기된다.[20] 크리스테바의 텍스트 생성 이론을 이상문학에 원용하게 될 때, 자칫하면 정작 연구의 대상인 이상의 문학작품이 표현하는 의미의 다양함과 상징들이 한 가지 이론을 주축으로 재단될 수도 있다.

이상이라는 작가와 작품 생산의 밀접한 관계를 분석한 임명

---

18) 문흥술, 「이상문학에 나타난 주체분열과 반담론에 관한 연구」, 서울대 석사논문, 1991.
19) 김승희, 「이상시 연구 - 말하는 주체와 記號性의 의미작용을 중심으로」, 서강대 박사논문, 1991; 우정권, 「이상의 글쓰기 양상」, 서울대 석사논문, 1996; 이강수, 「이상 텍스트 생산과정 연구」, 서울대 석사논문, 1996; 문흥술, 「1930년대 한국 모더니즘 소설에 나타난 언술 주체의 분열 양태 연구」, 서울대 박사논문, 1998.
20) 김주현, 「이상문학 연구의 방향」, 『동서문학』, 1997년 겨울호, 406면; 조영복, 「방법으로서의 '이상'과 '날개'의 연구방법」, 『동서문학』, 1997년 겨울호, 444면; 김윤식, 『이상문학 텍스트연구』, 서울대 출판부, 1998.

섭의 논문은 이상의 정신세계를 '글쓰기'와 '지우기'라는 개념으로 흥미롭게 밝히고 있다.[21] 김주현도 이상 소설을 텍스트로 하여 이상의 글쓰기 양상을 살핀다.[22]

김인환의 논의는 이상문학과 전통문학의 연관성을 찾으려는 노력이다.[23] 1930년대는 세계의 대도시들이 이미 근대화가 실현된 시기이다. 근대문학은 근대의 대도시를 물리적인 토대로 하여 형성된 문학이다. 이 같은 근대 도시를 배경으로 창작된 이상문학을 두고, 전통적인 정서를 표현한 문학과의 단절을 지적하기보다는 새롭게 정립되는 현대문학의 전통이 무엇인가를 발견하여야 할 것이다.

조영복은 1930년대 모더니즘 문학을 30년대 경성의 일상성과 결합시켜서 논의한 바 있다.[24] 모더니즘 문학을 30년대의 구체적인 시대상—도시의 일상성으로 표현되는—과 관련지어 살펴보는 관점을 정립시키는 데 서준섭의 연구[25]가 기여한 바 크다. 김성수도 이상 소설은 30년대 경성의 물신적인 일상을 표현

---

21) 임명섭, 「이상의 문자 경험 연구」, 고려대 박사논문, 1997.
22) 김주현, 「이상 소설의 글쓰기 양상 연구」, 서울대 박사논문, 1998.
23) 김인환은 이상 시의 문학사적 위치를 전통 시형식인 시조와 가장 거리가 먼 곳에 놓는다. 그는 이상 시와 시조의 문학적 거리가 가장 멀지만, 이상의 위치는 독특하면서도 뚜렷하다고 본다. 김인환은 90년대로 이어지는 이상 시의 뚜렷한 계보를 그림으로써, 역설적으로 이상 시의 전통단절논의를 재고케 한다.
    김인환, 「이상 시의 계보」, 『현대비평과 이론』, 1997년 가을·겨울호, 100-132면.
24) 조영복, 「1930년대 문학에 나타난 근대성의 담론 연구 - 김기림과 이상을 중심으로」, 서울대 박사논문, 1995.
25) 서준섭, 『한국 모더니즘문학 연구』, 일지사, 1988.

한 것으로 본다.[26)

김주현은 그동안 연구되어 온 '이상 시 텍스트 선정의 문제점'을 제시한다.[27)] 그가 지적한 이상 시 텍스트상의 문제점들은 첫째, 원전의 오류에 대한 지적이다. 이 같은 이상 시 텍스트의 오류에 대한 지적은 지금까지의 이상 시 연구가 텍스트의 원전 확인조차 검증하지 않은 상태에서 이루어져 왔음을 보여준다.

본고의 중심 논의인 이상문학에 나타난 육체의식과 공간의식과 시간의식을 살핀 연구들을 살펴보자. 육체의식과 관련된 별도의 논문은 아직까지 이루어지지 않았다. 이상문학의 공간의식에 대한 기존의 연구[28)]는 이상 소설에 대한 연구와 시에 대한 연구로 나누어진다.

황도경은 창조된 상상적 영역의 총체를 소설 공간이라고 본다.[29)] 그는 문학적 공간성을 지극히 폭넓게 규정하고 있다. 그는 '공간'이란 인물의 내적 세계를 반영하는 한 상징일 뿐 아니라 행위의 기점으로서, 그 구조나 이동 자체가 서사 진행의 원동력이자 의미 생산의 출발점이라고 말한다. 김중하는 이상은

---

26) 김성수, 『이상소설의 해석』, 태학사, 1999.
27) 김주현, 「텍스트부터 잘못되어 있다 - 이상문학 연구의 문제점」, 『문학사상』, 1996.11, 60-80면.
28) 김중하, 「이상의 소설과 공간성」, 『한국현대소설사 연구』(전광용 外), 민음사, 1984, 335-350면; 김은자, 「한국현대시의 공간의식에 관한 연구 - 김소월·이상·서정주를 중심으로」, 서울대 박사논문, 1986; 황도경, 「이상의 소설 공간 연구」, 이화여대 박사논문, 1993; 오동규, 「이상 시의 공간의식」, 중앙대 석사논문, 1994; 장창영, 「이상 시의 공간연구」, 전북대 석사논문, 1995.
29) 황도경, 앞의 책.

극단적 공간화 또는 절대적 공간화를 시도하고 있으며, 「날개」
의 구조는 절망적 폐쇄 공간이라고 본다.[30] 김중하는 이상 시의
내면의식에 대해 고찰하는데, 이상의 내면 공간은 수많은 단절
을 갖는다고 파악한다.[31]

이상문학에 나타나는 시간의식에 대한 연구는 대부분 소설에
서의 시간을 다루고 있다. 소설의 시간 연구와 시의 시간 연구
는 어느 정도의 차이를 갖는다. 소설에서의 시간은 텍스트의 시
간구조에 대한 연구, 작품의 역사성에 대한 연구, 작가의 시간
의식에 대한 연구 등으로 구분 지을 수 있다. 반면에 시에서의
시간 연구라고 한다면, 텍스트 구조상의 시간성에 대한 연구—
시는 소설의 특성인 시간과 결합된 사건의 전개보다는 시인 내
면의 '순간적'인 발현으로 이루어진다— 는 제외할 수 있으며,
대부분 시적 자아의 시간의식이 연구 대상이 된다.

이상의 시간의식에 대한 기존의 연구[32]를 살펴보자. 김준오

---

30) 김중하, 앞의 책.
31) 김은자, 앞의 책.
32) 김준오, 「자아와 시간의식에 관한 試稿 - 김소월과 이상의 대비」, 『어문학』
    33집, 한국어문학회, 1975.10, 107-123면; 이재선, 「이상문학의 시간의식」, 『
    한국현대소설사』, 홍성사, 1979, 401-427면; 이승훈, 「소설에 있어서의 시간 -
    「날개」의 시간구조」, 『현대문학』, 1980.10, 257-269면; 신규호, 「자아탐색의 諸
    樣相 - 이상시의 시간구조를 중심으로」, 『심상』, 1982.8, 97-111면; 정덕준, 「
    한국 근대소설의 시간구조에 관한 연구」, 고려대 박사논문, 1984; 염철, 「이상
    시에 나타난 시간의식 연구」, 중앙대 석사논문, 1995; 노지승, 「이상 소설의 시
    간성 연구」, 서울대 석사논문, 1997; 김종욱, 「규율화된 주체, 자율적인 주체 -
    모더니즘과 시간성」, 『문학사상』, 1998.3, 54-63면; 김종욱, 「1930년대 장편소
    설의 시간 - 공간구조 연구」, 서울대 박사논문, 1998.

는 시간의식의 파행성으로 인해 이상이 지속적 자아로서의 변증법적 통일을 성공시킬 수 없었다고 평가한다.[33] 이재선은 「날개」에 나타나는 이상의 시간의식은 일상적이고 공적인 시간과는 단절된 '나'의 시간을 나타내며, 그의 죽음에의 의식은 시간의 타성화와 권태감에 대한 반발로 본다.[34] 이승훈도 「날개」의 시간구조는 순간적으로 드러나며, 소설의 사건은 일정한 방향으로 계속 흐르지 않는데, 이는 이상의 수평적 시간에 대한 불신을 암시한다고 밝히고 있다.[35] 신규호는 「시제2호」와 「운동」의 시간은 수평적으로 흐르는 것이 아니라, 순간인 현재를 중심으로 소용돌이치거나 일상적 시간을 포기함으로써 일상적·수평적 시간관에 대한 이상의 회의를 나타낸다고 본다.[36] 김종욱은 1930년대에 등장했던 좁은 의미의 모더니즘은 규율화된 주체의 바깥에 서 있는 타자들에 의해 이루어진 문학이라고 본다. 그는 그 타자들(이상을 포함한 모더니스트들 - 필자 주)을 근대적인 시간규율에서 배제된, 시간의 감옥에서 벗어난 자유로운 존재들로 규정한다.[37]

---

33) 김준오, 앞의 책.
34) 이재선, 앞의 책.
35) 이승훈, 앞의 책.
36) 신규호, 앞의 책.
37) 김종욱, 「규율화된 주체, 자율적인 주체 - 모더니즘과 시간성」, 『문학사상』, 1998.3, 54-63면. 그밖에 1930년대 장편소설을 대상으로 하여 시간과 공간의 의미를 다룬 김종욱의 논문을 참고할 수 있다. 김종욱의 논문은 '시간은 공간과 분리되지 않는다'라는 명제에 충실한 분석이다. 1930년대 장편소설을 대상으로 절대적인 시간과 공간의 개념과 텍스트 속에서 구현된 시간과 공간의 차

이상의 시에 현실 체험이 반영되지 않은 작품은 거의 없다. 이때의 현실 체험이란 경성에 구현된 근대적 도시 체험을 의미한다. 따라서 경성의 일상 현실에 대한 비판정신은 이상문학 정신의 출발점이 된다. 본고에서 주력하고 있는 부분도 이상이 체험한 당대의 현실이 그의 시작품에 구현되고 있다는 점을 논거로써 구체화시키는 데 있다. 위에서 살펴본 '단절과 고립'의 내면 공간을 보여주는 이상의 시정신은 도시라는 독특한 공간을 배경을 형성되었다. 그러므로 이상의 공간의식은 도시라는 현실과 직접적인 연관이 있다. 필자는 이상의 문학정신을 탐구하기 위해서 이상의 문학적 특질인 '단절과 고립'의 내면 공간을 형성케 한 근원까지 밝혀내는 작업이 필요하다고 본다. 이상의 일상 시간의 무의미함과 파편화된 시간의식 역시 도시 공간과 분리해서 인식할 수 없다. 이와 같은 이상의 시간의식과 공간의식을 연구하는 데 반드시 고려해야 할 대상은 바로 '이상의 육체의식과의 연관성'이다. 이상이 소모 개념으로 시간을 인식하고 부정적인 이면이 내재된 도시 공간을 나타내는 인식의 기저로 그의 육체의식이 작용하고 있기 때문이다.

이와 의미를 밝혔다(김종욱, 「1930년대 장편소설의 시간공간구조 연구」, 서울대 박사논문, 1998).

3. 연구 방법과 범위

문학 연구에서 전기적인 작품분석이 작품의 의미를 한정시킬 수 있다는 우려는 많은 연구자들이 공감하는 바이다. 그러나 유독 이상문학에 대해서 이 같은 접근 방법이 지속되고, 설득력을 얻는 것은 작가의 독특한 이력과 작품이 쉽게 분리되지 않는 이상문학의 특성에 그 원인이 있을 것이다. 그러나 필자는 일차적으로 작가와 작품을 구분하여 작품에 나타나는 시인의 정신 세계를 고찰해 가는 방법을 선택하였다.

본고에서 인용한 이상의 일문시는 임종국 편『이상전집』[38]에 실린 임종국과 유정(柳呈)의 번역을 토대로 삼았다. 그러나 번역상의 미흡한 부분은 일문학을 전공한 서선옥 선생의 도움을 받아 다시 첨삭하여 정리하였음을 밝힌다. 번역이 원문에서 많이 벗어나 있는 경우는 각주를 달아 원문과 대조하였다. 앞으로도 이상의 일문시를 올바르게 번역하는 작업이 시 분석에 앞서 이루어져야 할 것이다. 시에서 조사하나라도 의미 형성에 결정적인 영향을 끼칠 수 있음을 고려할 때, 이상의 일문시를 다시 번역하는 작업은 앞으로의 과제이다.

권영민과 김주현은 이상 시 텍스트 원전의 불확정성을 언급한다.[39] 이상문학 연구에서 발생한 원전의 오류가 90년대 후반

---

38) 임종국 편, 『이상전집』(개정판), 문성사, 1966.

에서야 지적된 것이다. 이에 대한 책임은 기존에 출판된 이상전집들을 무비판적으로 수용하여 연구 텍스트로 삼은 연구자들의 안이한 연구 태도에 있다. 시를 연구하는 데 정확한 원전이 필요하다는 것은 누구나 숙지하고 있는 사항이다. 이상의 국문시 부분은 시 원문과 임종국이 처음 집대성한 이상 작품집에 실린 것에서도 약간의 오기가 발견된다. 이후에 발간된 이어령 판[40]과 이승훈 판[41]에서도 원전을 오기한 부분은 수정되지 않았다. 오히려 어떤 경우는 임종국 판보다 원전에서 더 멀어지기도 하였다. 이 같은 현상은 이상 시의 원전을 확인하지 않아서 발생한 오류이다. 김승희 판[42]의 경우, 대체로 국문시는 원전과 일치하고 일문시도 정확하게 게재하였다. 그러나 일문시의 번역 문제에서는 다른 전집들과 동일하다.

이상의 작품집을 처음 집대성한 임종국의 작업은 이상문학을 한눈에 살펴볼 수 있는 기회를 제공했고, 이상문학 연구를 활발하게 하는 데 지대한 공헌을 했다. 그러나 최초의 전집에서 발생한 오류를 바로잡는 일은 이후의 연구자들에 의해서 이루어져야 하는데, 그 뒤로 원전을 확인하려는 노력 없이 이상 시 전집의 발간과 연구가 행해졌기 때문에 오히려 이상 시의 원전을

39) 권영민, 「이상문학, 근대적인 것으로부터의 탈출」, 『문학사상』, 1997.12, 261-272면; 김주현, 「텍스트부터 잘못되어 있다 - 이상문학 연구의 문제점」, 『문학사상』, 1996.11, 60-80면.
40) 문학사상연구자료실 편·이어령 校註, 『이상詩全作集』, 갑인출판사, 1978.
41) 이승훈 편, 『이상문학전집』 1권(詩), 문학사상사, 1989.
42) 김승희, 『이상』(개정판), 문학세계사, 1996.

혼란스럽게 만들었다. 본고에서는 이 같은 혼란을 피하기 위해서 발표 당시의 원전을 텍스트로 삼는 것을 원칙으로 하였다.

본고는 지금까지의 이상 연구에서 발견되는 미흡한 부분들을 극복하려는 시도에서 다음과 같이 이상 시에 대한 분석을 전개하고자 한다. 이상 연구에서 가장 필요한 부분은 절망의식과 불안의식을 기조로 하고 있는 이상의 시정신에 대한 구체적인 해명이다. 이를 위해서 이상의 시에서 가장 빈번하게 나타나는 심상인 육체의 의미에 대해서 고찰하는 작업이 필요하다. 또한 이상의 육체의식은 시간화되어 표출되며, 공간화되어 나타나기 때문에 필자는 육체와 시간과 공간을 병행하여 이상의 시세계를 규명하고자 한다.

제2장에서는 이상의 시세계를 형성하는 토대가 바로 육체라는 설정하에 이상의 시의식을 다룬다.

첫째 항에서는 이상의 육체에 대한 해부학적인 시각이 육체인식의 기저를 형성하고 있음을 다룬다. 그리고 구체적으로 이상의 과학적인 시선 속에서 육체가 해부 대상이 되는 양상을 밝힌다.

둘째 항에서는 '거울' 계열의 시를 텍스트로 하여, 이상이 대칭으로 영상된 자기의 육체를 대상화시켜 자아를 탐구하고 절망하는 과정에 대해 고찰한다.

셋째 항에서는 육체가 이성의 통제를 받는다는 이분법적 관념이 이상의 시에서 역설적으로 붕괴되는 현상을 밝힌다. 이상의 육체는 자율적 존재로서 힘을 발휘하는 육체임이 드러난다.

제3장에서는 이상 시에 나타나는 육체와 도시 공간의 이미지 결합에 대해서 고찰한다.

첫째 항에서는 이상이 병든 육체와 도시 공간의 부정적인 이면에 대한 사유를 결합시켜, 육체와 공간을 동질화하고 있음을 밝힌다.

둘째 항에서는 '백화점'과 '도로'라는 균일화된 도시 공간을 배경으로, 근대인의 개체화 현상과 그로 인한 인간관계의 단절을 다룬다. 이상의 시에서 개체화된 육체의 고립은 '유배지'와 '감옥'이라는 상징적인 공간으로 형상화되고 있음을 고찰한다.

셋째 항에서는 윤리적인 규범과 가치가 전도된 공간인 유곽에서 발생하는 주체의 일탈 현상에 대해 살핀다.

제4장에서는 이상 시에 나타나는 육체와 시간의 밀접한 상호 관련성에 초점을 맞추어 논의를 전개한다.

첫째 항에서는 일상의 반복적인 시간에 의해 발생하는 외부 세계의 무의미함이 이상의 시에서 두 개의 태양으로 상징되고 있음을 살핀다.

둘째 항에서는 일상 시간의 반복성과 소모성이 점차 파괴되어 가는 시적 자아의 병든 육체와 결합하면서 이상의 독특한 육체의 시간화 현상을 창조해내고 있음을 밝힌다.

셋째 항에서는 현실적으로 불가능한 생명을 향한 이상의 절실한 갈망을 살펴본다. 식목(植木)으로 상징되는 그의 재생 욕구

가 불모지로 인식되는 이상 자신의 육체적 조건 속에서 좌절되
는 과정을 밝힌다.

제2장
물체로서의 육체와 육체의 자율성

1. 과학적 시선으로 해부되는 육체

"플라톤은 육체와 정신을 이분법적 대립관계로 파악하여, 육체를 변화하고 소멸하는 물질성의 세계에 속한 것으로 인식했다. 육체는 욕망과 질병으로 영혼을 혼탁하게 만드는 악의 거처이다. 영혼의 존재인 인간에게 육체는 비정신적이고 비인간적인 실체에 불과하므로 이러한 육체는 영원하고 변하지 않는 본질의 세계와 이데아의 세계를 추구하는 인간에게는 거부하고 극복해야 할 질곡이 된다. 영혼은 영원하지만, 육체는 일시적인 것으로 인식되어 왔다. 17세기의 데카르트도 물체로서의 육체와 정신을 분리하여 정신만이 본질적인 것으로 여겼다."[1] 고대 그리스 시기에는 인간을 영혼과 육체의 합일체로 인식하였다. 플라톤 이후 중세의 기독교, 근대의 데카르트에 이르기까지 인간 존재에 대한 탐구는 정신과 육체로 이분되어 전개되었다. 육체는 정신에 비해 열등한 위치를 면하지 못하였고, 본질적이고 긍정적인 정신 혹은 영혼에 반하여 육체는 진리에 이르는 길을 방해하는 존재에 불과한 것으로 여겨졌다.

그러나 19세기 말에 니체는 정신과 육체를 분리시키고 정신과 이성을 육체의 우위에 두는 사유를 비판한다. 니체에 이르게 되면, 이성이 아니라 육체가 사유의 출발점이 된다. 이성을 사유의 중심으로 삼아 온 기존의 형이상학을 니체는 거부한다. 니체는 육체와 정신을 이분화하지 않고, 인간 존재를 규정하는 역할을 하는 것으로 육체를 이해한다.[2] 그는 몸을 경멸하는 반면에 이성을 중시해 온 기존의 사유를 거부하고 오히려 '이성'은

---

1) 이상으로 육체를 역사적으로 정리한 오생근의 글과 C. A. 반 퍼슨의 글을 참조하였다. 오생근, 「데카르트·들뢰즈·푸코의 육체」, 『사회비평』 제17호, 95-121면; C. A. 반 퍼슨, 손봉호·강영안 역, 『몸·영혼·정신』, 서광사, 1985.

2) 니체(1844-1900)와 관련해서는 김정현의 니체에 대한 평가를 참고할 수 있다.

"근대 형이상학으로부터 니체의 벗어남은, 그가 몸성을 실마리로 생활세계 속에서 자아와 실천의 새로운 모델을 전경에 세움으로써 드러난다. 삶의 현상성을 이해하기 위해 우리는 먼저 인간 존재의 내면세계의 현상성을 규정하는 데 큰 역할을 하는 몸의 현상을 주목해야 한다. 우리에게 재구성되는 가장 내면적인 충동들의 지배질서는 몸이성에 기초를 두고 있다. 정신과 몸, 의식과 충동은 한 마차의 두 바퀴와 같다. 의식은 '정신적 원인'으로 작용할 수 있는 육체와 떨어진 '본질'이 아니다. 정신 없는 몸은 맹목이며, 몸 없는 정신이란 공허하다. 몸과 정신은 자기 창출의 두 축이다."(김정현, 『니체의 몸철학』, 지성의샘, 1995, 171-184면)

'작은 이성'이며, '몸'이야말로 그것을 포괄하는 '큰 이성'이라고 주장한다.[3] 니체를 계승하는 메를로 퐁티와 사르트르도 신체와 정신의 이원론을 극복하고, 주체적으로 외부세계를 수용하고 조직하는 것으로서 육체를 파악한다.

푸코도 육체의 문제를 사유의 중심에 두고 있다. 그는 육체를 권력의 형태와 긴밀하게 결합시켜 분석하는데, 근대 과학의 시기에 이르러 육체에 대한 관심은 높아졌지만 이성에 비해 열세의 위치에 처했던 육체에 대한 편견에서 해방된 것이 아님을 역설한다. 자연과학의 시대에 부각되는 육체는 바로 육체에 대한 통제와 관리가 이전보다 합리적인 형태를 갖게 되었음을 나타내는 표면적인 현상에 지나지 않는다고 본다. 성과 권력의 관계에 대한 푸코의 연구는 역사적으로 육체에 대한 인식이 어떻게 변모했는가를 살펴볼 수 있게 한다.[4] 푸코는 인간 실존의 문제

---

3) 니체의 『자라투스트라는 이렇게 말했다』에서 주인공인 자라투스트라의 다음과 같은 강렬한 독백은 기존의 서양철학이 내세웠던 '이성'에 대한 직접적인 반박이며 회의이다. 자라투스트라는 몸이 이성보다 더 큰 이성이라고 말한다. "형제여! 그대들이 정신이라고 말하는 조그마한 이성도 육체의 도구이다. 커다란 이성의 조그마한 도구요, 또한 玩具이다. / 自我 ―이렇게 그대는 말하고, 이 말에 대하여 자랑스러움을 느낀다. 그러나 보다 위대한 것은 (그대는 그것을 믿으려고 하지 않는다) 그대의 육체와, 그 육체에 대한 이성이다. …… 그대의 사상과 감정의 배후에 형제여! 강한 주인공, 미지의 賢者가 있다. ―그것을 自己라고 부른다. 그것은 그대의 육체에 살고 있다. 그것은 그대의 육체이다. / 육체 속에는 그대의 가장 큰 지혜보다 더 큰 이성이 깃들여 있다."(니체, 최민홍 역, 『자라투스트라는 이렇게 말했다』, 집문당, 1982, 45-46면)
4) 18세기 말에 이전과는 전혀 새로운 성의 기술체계가 생겨난다. 성의 기술체계는 삶과 질병 문제와 관련하여 정립된다. 이 시기에 인간의 '육욕'은 다른 생물과 다름없이 유기체의 위상으로 낮춰진다. 인간에 대한 권력의 행사는 인간

에서 중요한 몫을 차지하는 것으로 성을 들고 있다. 그는 성과 권력의 긴밀한 연관성에 대해 탐구하면서 권력이 얼마나 인간의 육체를 정밀하게 관리해 왔는가를 역사적 시각으로 밝혀내고 있다.

전통적으로 정신의 우위성에 비해 육체는 부정의 대상이었다. 그러나 근대 이후에 육체는 새롭게 조명을 받으며 부상한다. 과학과 의학이 발달하면서 점차 육체는 인식의 중심으로 부각된다. 과학적 시선 속에서 점점 더 확고하게 인식되기 시작한 인간의 육체는 신의 고유한 창조물이라는 관념에서 벗어나, '영장류'에 속하는 동물로 분류되었다. 탄생에 대해 가졌던 외경심과 두려웠던 죽음도 과학으로 관찰과 탐구가 가능한 대상이 된 것이다.

의 육체를 기계로 취급하는 것으로 나타난다. 육체의 조련, 육체적 적성의 최대의 활용, 체력의 착취, 육체의 유용성과 순응성의 병행 증대, 효과적이고 경제적인 통제 체계로의 육체 통합 등 이 모든 것이 '규율'을 특징짓는 권력의 절차, 곧 '인체의 해부정치학'에 의해 더욱 확고해진다. 또 이 시기에는 인간의 육체를 종개념으로 다룬다. 증식, 출생률과 사망률, 건강의 수준, 수명, 장수 그리고 이것들을 변화시킬 수 있는 제반 조건들에 관심을 갖고, 인간의 육체를 조절·통제한다. 성은 이 같은 권력의 조절 아래 무한히 세밀한 감시와 끊임없는 통제를 받는다. 인간의 육체는 의학적·심리학적 검사, 대대적인 조치, 통계학적 추정 등을 통하여 관리되며, 성은 인류라는 動物種의 삶에 대한 규율과 조절의 원리로 이용된다. 19세기에 성적 욕망은 개인 생활의 가장 사소한 세부에서조차 추적 당하고, 행동을 통해 탐지된다. 이제 인간의 육체는 조절과 통제의 대상이 되며, 개인의 성과 육체는 그 고유성을 보장받지 못한다. 근대 이후에 육체와 성의 해방이 표면화되지만, 그것은 더욱 더 정밀하게 권력에 속박되는 과정이다(미셸 푸코, 이규현 역, 『性의 歷史』 1권, 나남출판, 1990, 130-167면).

인간의 육체는 이푸 투안의 진술대로 "우주의 상(像)이며 우주적 틀의 중심이다. 신체는 구체적인 세계의 부분이므로 신체는 세계 경험의 조건이며, 세계에 접근할 수 있는 대상"5)이다. 육체는 사유의 기초이며, 실존의 토대가 된다. 따라서 육체에 대한 인식을 살펴보는 것은 삶의 본질을 해석할 수 있는 중요한 접근 방법이다. 이상의 시에서 육체는 중심 제재가 될 정도로 중요한 인식 대상이다. 이상이 신체 해부도 같은 시를 썼던 것은 그가 근대적인 신체관에 익숙하게 되었음을 보여준다. 필자는 이상의 작품에 나타나는 육체의식이 근대 과학적 시선으로 탐구되는 대상이며, 그의 자의식적 성찰의 토대였다는 점에서 논의를 출발하고자 한다.

이상의 육체의식을 살필 때, 자칫 그의 전기적 사실들이 작품 해석에 앞서게 될 우려가 있다. 결핵환자였던 이상의 개인적인 정보를 이상문학 연구의 기준으로 삼을 경우, 이상문학의 연구 범위는 축소될 것이다. 이상문학에서 이상의 지병이었던 결핵이 문학적 함축6)을 전혀 갖지 않는다고 말할 수는 없지만, 작품을 해석하는 선험적인 자료로 삼는 것은 시해석의 범위를 위축시킬 수도 있는 것이다. 본고에서는 이상 시에서 구체적으로 결핵 이미지가 나타날 경우에 한정시켜 결핵의 문학적 의미를 분석

---

5) 이푸 투안, 구동희·심승희 역, 『공간과 장소』, 대윤, 1995, 147면.
6) 결핵이라는 질병이 문학적 함축을 갖는다는 견해는 가라타니 고진의 흥미로운 진술에서 찾을 수 있다(가라타니 고진, 박유하 역, 『일본 근대문학의 기원』, 민음사, 1997, 135~149면).

하였다.

이상의 시는 정신에 속한 육체, 혹은 관념에 의해 형성된 육체가 아니라, 외부세계와 능동적인 관계를 맺는 물체적 근거로서의 육체를 보여준다. 그의 육체는 "피와 살이 살아 숨쉬는 진짜 몸"[7]으로 나타난다. 이 같은 육체인식은 이상화된 육체, 혹은 정신과 종속관계에 있는 육체 개념에서 벗어나 육체를 '그 자체로 바라보려는' 시각이다. 이상에게 사실적인 육체는 자기발견을 위한 대상물이자 주체가 된다. 이상은 과학적 시선 속에서 해부되는 육체에 대한 사유를 보여준다. 이상은 다음의 시에서 신체의 장부를 기하학적 도형으로 재현하고 있다.

某[8]後左右를除하는唯一의痕迹에잇서서
翼殷不逝 目大不覩[9]

---

7) 어빙은 누드 사진의 변천사를 예로 들어 육체에 대한 인식적 변모를 진술한다. "제1차 세계대전 이후에 예술사진과 인간의 몸에 관한 생각에서 목가적인 달빛 속의 환영이나 꿈과 같은 상징주의는 사라지고, 피와 살이 살아 숨쉬는 진짜 몸이 날카로운 초점 속에 도입되었다. 사진가들은 신화와 우화를 버리고 주제 그 자체로서의 몸을 열성적으로 탐사했다. 그들은 수줍음을 가장한 교태·미화강조를 배격하고, 생생하고 현실적인 몸을 강조했다."(윌리엄 A. 어빙, 오성환 역, 『몸』, 까치, 1996, 26-27면)

8) "某後"의 "某"가 임종국 전집과 이어령 전집, 이승훈 전집에서 "前"으로 바뀌어 표기됨. 일문시「二十二年」에는 "前後左右"로 되어 있다.

9) 장자의 "翼殷不逝 目大不覩"라는 故事는 다음과 같다. "장자가 彫陵(밤나무 밭 이름)의 울타리 가에서 노닐다가, 이상한 까치 한 마리가 남쪽에서 날아오는 것을 보았다. 까치는 날개 넓이가 일곱 자요, 눈 둘레가 한 치나 되었다. 그놈은 장자의 이마를 스쳐 밤나무 숲에 앉았다. 장자는 혼자 생각했다. "저놈은 어떤 새이기에 저렇게 넓은 날개를 가지고도 높이 날지 못하고, 저렇게 큰 눈을 가지고도 잘 보지 못하는가?" 이에 옷깃을 걷어올리고 빠른 걸음으로

胖矮小形의神의眼前에我前落傷한故事를有함.

臟腑라는것[10]은 浸水된畜舍와區別될수잇슬는가.

——「詩第五號」[11]

화살을 잡아 이것을 겨누었다." 이에 계속 이어지는 이야기는 매미가 그늘을
즐길 때, 당랑이 그 매미를 노리고 있었고, 당랑은 자신을 노리는 새를 보지
못했고, 새는 화살을 겨눈 장자를 알지 못했다. 이렇듯 利害 때문에 자신을 알
지 못하는 존재들을 보면서 장자는 자신도 자신의 몸을 잊어버리고 있었음을
깨닫게 되었다는 것이다(莊子, 김달진 역, 『莊子』, 양우당, 1983, 272-273면).
"翼殷不逝 目大不覩"의 출전은 『莊子』 外篇 중 「山木」편이다. 이상은 원문
을 그대로 시에 인용했으나, 임종국 전집과 이어령 전집, 이승훈 전집에서는
모두 "目大不覩" 부분을 "目不大覩"로 바꿔서 게재하였다. 대부분의 이상 연
구자들 역시 이들 전집류를 연구 텍스트로 삼았으므로 해석상의 오류는 수정
되지 못했다. 김인환(「이상시 연구」, 『양영학술연구논문집』 제4회, 1996,
175-198면)과 김주현의 지적(「텍스트부터 잘못되어 있다 - 이상문학 연구의
문제점」, 『문학사상』, 1996.11, 60-80면)이 있기 전까지 어떠한 문제제기도 되
지 않은 채, 이상의 일문시인 「二十二年」과 유사한 국문시 「詩第五號」는 왜
곡되어 분석되어 왔다. 게다가 어떤 연구자는 『莊子』의 "目大不覩" 부분을
이상이 "目不大覩"로 바꾼 것이라 보고 이를 이상의 언어적 유희라고까지 해
석하기도 했다.
10) 시 원문에는 "臟腑타는것"으로 되어 있는데, 임종국 전집과 이어령 전집, 이
  승훈 전집에서 "臟腑라는것"으로 바꿈. 김주현은 「텍스트부터 잘못되어 있다」
  (『문학사상』, 1996.11, 66면)에서 "臟腑라는것"의 誤記일 가능성을 지적했다.
  「詩第五號」(1934년 발표)가 먼저 창작된 일문시 「二十二年」(1932년 발표)
  과 내용 면에서 크게 다르지 않다고 보는 필자는 일문시의 "臟腑 其者は"를
  해석한 "臟腑라는 것은"으로 표기하겠다.

여기에서 "翼殷不逝 目大不覩"를 살펴보면, 커다란 날개를 가
지고도 새가 잘 날 수 없다는 것은 날개의 무용성을 드러낸다.
또 새의 볼 수 없는 커다란 눈은 그 크기 때문에 눈의 맹목을

---

11) 이상, 『조선중앙일보』(1934.7.28)에 실림. 1931년 『朝鮮と建築』에 발표된 이
  상의 시 「二十二年」은 『조선중앙일보』(1934.7.28)에 발표된 「烏瞰圖, 詩第五
  號」와 유사한 작품이다. 여기에서는 국문시인 「詩第五號」를 텍스트로 분석하
  고자 한다. 사진으로 보는 자료, 243면.
  「二十二年」(『朝鮮と建築』, 1932년 7월호 26면에 실렸으며, 임종국 역으로
  임종국 판 『이상전집』에 재게재됨. 사진으로 보는 자료, 249면)의 일문시 원문
  은 다음과 같다.

  前後左右を除く唯一の痕跡に於ける
  翼段不逝 目大不覩
  胖矮小形の神の眼前に我は落傷した故事を有つ.

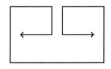

  (臟腑 其者は浸水された畜舍そは異るものであらうか)
                                                    ―「二十二年」 전문

  「二十二年」과 「詩第五號」의 차이는 첫 행의 첫 글자가 '前'에서 '某'로, 셋
째 행의 "神の眼前に我は落傷した"이 "神의眼前에我前落傷한"으로 바뀌었다
는 점이다. 이것은 김주현도 지적한 바 있다(김주현, 「텍스트부터 잘못되어 있
다-이상문학 연구의 문제점」, 『문학사상』, 1996.11, 60-80면). 여기에서 의미
가 약간 달라지는데, '前'을 썼을 경우에는 입을 제외한 사방이 막혔다는 점에
서 장부를 가린 육체의 폐쇄성이 강조되며, '某'를 썼을 경우에는 이 작품에 나
오는 도형에 좀더 논리적으로 충실한 표현이라고 할 수 있다. 또 "神の眼前に
我は落傷した"의 신의 안전에서 나는 낙상한 고사가 있다는 것과 "神의眼前
에我前落傷한"의 신의 안전에서 나는 전에 낙상한 고사가 있다는 것은, 神과
내가 각각 보여주는 불일치와 부조화를 강조한다는 점에서 의미상 그리 차이

더욱 두드러지게 만든다. 그 기능을 상실한 날 수 없는 커다란 날개나, 보지 못하는 큰 눈은 거추장스럽고 우스꽝스런 형상에 지나지 않는다. 장자가 맞닥뜨렸던 새는 큰 날개와 큰 눈을 가졌으면서도 자기의 처지를 살피지 못한다는 점에서 외양과 실제가 일치하지 않는 짐승이다. 장자의 눈앞에 앉은 이상한 새의 어리석음은, 자신을 잊고 그 새에게 화살을 겨눈 장자 자신과 다를 게 없다. 그 새는 곧 장자 자신의 어리석음을 드러내는 짐승이기도 하다. 위의 시에서 어리석은 새의 고사(故事)는 또한 화자인 나의 고사이기도 하다. 나는 비대하고도 왜소한 신의 안전에서 전에 낙상한 고사가 있음을 고백한다. 자기의 본래 모습을 상실한 존재들이란 점에서 장자의 새와 반왜소형의 신과 화자 자신은 모두 조롱의 대상들이다. 화자는 장자의 고사에 자신이 낙상한 고사를 병치시켜 화자 자신의 어리석음을 드러내고자 한다. 형상과 실제가 일치하지 못하는 새의 이야기는 비대하고 왜소한 형상의 신 앞에서 넘어져 다친 나의 이야기와

나지는 않는다.

박현수는 「二十二年」의 "翼段不逝"에서 '段'은 '殷'의 오식으로 보았다(박현수, 「토포스(topos)의 힘과 창조성 고찰」, 『한국학보』 제94집, 1999년 봄호, 31면). 이에 대해 필자도 동의하는 바이다. 그것은 '段'으로는 의미가 성립되지 않는 데다가, 이상 스스로 이후에 발표한 「詩第五號」에서 "翼殷不逝"로 발표했기 때문이다.

이상의 시작품에 빈번하게 나타나는 '글자 바꿈' 현상을 놓고 이상문학 연구자들은 의도적 바꿈 또는 오자로 본다. 필자는 시 문맥상 확연한 오자가 아닌 한에서 시 원전에 표기된 것에 이상의 의도가 반영되어 있다고 보는 입장이다. 그렇게 보지 않을 경우, 이상 시의 원전이 갖는 의미는 감소될 것이며, 이상 시의 특징 가운데 하나인 '일상어의 전복' 현상을 설명할 수 없을 것이다.

결합한다. 화자가 장자의 고사에 빗대어서 궁극적으로 조롱하려는 대상은 바로 자신이다.

위의 시에서 그림은 '뒤와 좌우'를 제외한 유일한 흔적인 입을 거쳐 장부가 있는 육체 안으로 들어가는 모양을 도형화한 것이다. 안으로 향해 있는 화살표는 한번 들어가면 빠져나올 수 없는 육체의 내부를 도형으로 표현한 것이다. 이상은 인간의 장부를 물에 질척하게 젖어 있는 가축의 우리에 비유한다. 인간의 육체를 해부하였을 때, 과연 동물의 몸과 구별할 만한 근거를 어디에서 찾을 수 있는가. 「시제5호(詩第五號)」에 나타나는 이상의 육체에 대한 시각은 해부학적이다.[12] 이는 해부학이 가능하게 한 인체에 대한 시선이라고 할 수 있다. 인간이 동물과 구분된다는 관념은 추상적이다. 인간의 육체를 해부학적으로 관찰했을 때, 그러한 명제는 근거를 상실한 허상임이 드러난다. 육체를 해부학적 시각으로 보았을 때, 침수된 축사인 육체를 가진 인간의 모습은 "翼殷不逝 目大不覩"의 이야기처럼 이상한 새의

---

12) "해부학은 동물이나 식물의 구조와 기능을 연구하는 생물학의 한 분과이다. 특히 인체의 생김새를 연구하는 인체 해부학은, 복잡한 인간의 기능을 이해하는 데 필요한 기초가 되는 학문이다. '해부학'이라는 용어는 히포크라테스(B.C 460)에 의해 사용되었으며, 17세기에 이르러 현미경이 개발되면서부터 생물의 미세한 구조를 연구하는 새로운 분야가 개척되었다. 사람은 척추동물에 속하고, 외면이 피부로 덮여 있다. 신체는 외형상으로 체간과 체지로 구분된다. 체간은 머리·목·몸통으로 나뉘고 꼬리가 있으며, 몸통에는 가슴배 및 골반이 포함된다. 체지는 상지와 하지가 몸통에서 뻗어나와 있으며, 그 끝은 손과 발을 형성하고, 각각 5개씩의 손가락과 발가락으로 갈라져 있다."(한갑수, 『인체해부학』, 형설출판사, 1988, 15~16면)

우스운 형상에 불과한 존재임이 드러나는 것이다. 이상은 인간
에 대한 추상적 관념의 허상을 하나의 도형으로 간명하게 표현
한다.

이상은 해부학적으로, 기하학적으로 신체를 탐구 대상으로
삼아서 세밀하게 관찰한다. 해부학은 유기체를 연구 대상으로
하여 그것의 구조와 기능을 '분석한다'. 인체해부학은 인간의 육
체를 정밀하게 연구하는 근대 과학의 산물이다.[13] 이상의 시에
나타나는 육체는 대상화되고 사물화된 육체이다. 이상의 「시제8
호(詩第八號) 해부(解剖)」에서 신체는 해부의 대상이다. 여기에서
화자는 해부학과 기하학이라는 관찰 방법을 통하여 인간의 본
질적인 면을 밝혀보려고 한다. 시험자는 피시험자를 대상으로
해부한다. 시험인은 피시험인을 평면의 거울에 비추어서 그 비
춰진 모습을 두 개로 자른다. 곧 비춰진 신체를 절단한다. 시험
인의 이 같은 행동은 살아 있는 인간의 몸을 실제로 해부하고
있지는 않다. 그러나 피시험인을 평면 거울에 비추어 해부하고
있다손 치더라도, 해부자의 의식 속에서 육체는 해부가 가능한
하나의 사물이다.

第一部試驗 手術室   一

---

13) "르네상스 시대의 예술가들은 의사처럼 사람의 신체에 대한 직접적인 지식
을 얻고자 많은 노력을 하였다."(메드베이, 최영길 편역, 『임상 내분비학 역사』,
의학출판사, 1994, 55면) 르네상스 시기의 육체에 대한 관심은 해부학에 대한
관심과도 연관된다.

水銀塗沫平面鏡 一
氣壓　　　　二倍의平均氣壓
溫度　　　　皆無

爲先痲醉된正面으로부터立體와立體를爲한立體가具備된全部를平面鏡
에映像식힘.平面鏡에水銀을現在와反對側面에塗沫移轉함.(光線侵入防止
에注意하야徐徐히痲醉를解毒함.一軸鐵筆과一張白紙를支給함.試驗擔當人
은被試驗人과抱擁함을絶對忌避할것)順次手術室로부터被試驗人을解放함.
翌日.平面鏡의縱軸을通過하야4)平面鏡을二片에切斷함.水銀塗沫二回.
　　ETC 이즉그滿足한結果를收得치못하얏슴.

第二部試驗　直立한平面鏡 一
　　　　　　助手　　　　　數名

野外의眞實15)을선택함.爲先痲醉된上肢16)의尖端을鏡面에附着식힘.平面
鏡의水銀을剝落함.平面鏡을後退식힘.(이때映像된上肢는반듯이硝子를無事
通過하겟다는것으로假設함)上肢의終端까지.다음水銀塗沫.(在來面에)이瞬
間公轉과自轉으로부터그眞空을降車식힘.完全히二個의上肢를接受하기까
지.翌日.硝子를前進식힘.連하야水銀柱를在來面에塗沫함(上肢의處分)(或은
減形)其他.水銀塗沫面의變更과前進後退의重複等.
　　ETC 以下未詳

　　　　　　　　　　　　　　　　　　　　　　—「詩第八號　解剖」17)

----

14) 평면경의 종축을 통과하여 절단한다는 것은, 곧 '해부학적 자세'에 있는 신
　　체를 '수직면'으로 자르는 것이다. "해부학적 자세라 함은 수평면을 향해 앞을
　　보고 똑바로 서서 상지는 몸에 붙여 손바닥을 앞으로 향하게 해서 선 자세를
　　말한다. 지면에 수평으로 절단하였을 때 생기는 면은 횡단 또는 수평면이며,
　　지면에 직각인 수직으로 절단하였을 때 생기는 면은 수직면이다."(한갑수,『인
　　체해부학』, 형설출판사, 1988, 17면)
15) "野外의 眞實"에서 "實"이 임종국 전집과 이어령 전집, 이승훈 전집에서 모
　　두 "眞空"으로 바꾸어 표기되었다.
16) 上肢는 신체의 체지, 즉 두 팔을 가리킨다. 두 다리는 下肢이다.

해부학은 육체가 관찰할 수 있는 '대상물'임을 자명하게 보여준다. 위의 작품에서 인간은 실험실이라는 공간 안에서 특정한 물리적 조건들을 부여하고, 그에 합당한 결과가 예기되는 대상이다. 해부학자와 해부 대상인—거울에 비춰진 피실험자의 모습을 가지고 간접적인 해부를 하고 있지만, 결국 해부 대상으로 인지되는—사람이 있다. 한 사람은 관찰자이며, 한 사람은 관찰의 대상인 물체이다. 화자는 두 사람 사이에는 과학적인 엄정함, 즉 관찰의 거리가 존재해야 한다고 말한다. 실험실 안에서는 오직 물리적 조건에 상응하는 어떠한 결과만이 냉정하게 관찰되어야 한다. 포옹 같은 친밀감을 표시하는 주관적 감정을 개입시켜서는 안 된다. 실험실에서는 시험인과 피시험인 간의 객관적인 거리만이 허용된다.

그러나 위의 시에서 해부학자와 해부 대상자는 다른 사람인가. 여기에서 실험인은 수은을 바른 평면경(즉 거울)을 사용하여, 바로 자기 자신을 비춘 것을 대상으로 하여 해부하고 있음이 암시된다. 평면경에 피실험인을 비춰서 해부하는 것은 거울을 매개체로 삼아 자기를 탐구하는 하나의 방법이다. 해부학자와 해부 대상자는 둘 다 화자를 의미한다. 평면경에 비친 자기의 육체를 탐구하는 데 철저히 객관적인 거리를 가지기 위해서 화자는 자신을 시험인과 피시험인으로 구분한 것이다. 화자는 자기

---

17) 이상, 『조선중앙일보』(1934.8.2)에 실림. **사진으로 보는 자료**, 241면.

의 신체를 거울에 영상하고, 그 비춰진 신체를 대상으로 해부한
다. 따라서 피시험인을 거울에 비춘 후에 해방시킨다는 것은 자
기의 육체가 완전한 연구 대상물이 되었음을 암시한다. 이제 평
면경에 비춰진 객관적 대상물인 육체를 가지고 나는 나를 탐구
하기 시작한다.

화자인 나는 "(이때映像된上肢는반듯이硝子를無事通過하겠다
는것으로假設함)"이라고 진술하는데, 영상된 팔들을 초자(硝子,
유리)에 무사통과시키는 방법은 기하학의 투시도법[18]을 의미한
다. 화자는 제1실험에서 "立體와立體를爲한立體가具備된全部를
平面鏡에映像식힘"으로써 입체인 육체를 평면경에 사영시켜서
평면상에 표현한다. 마찬가지로 제2실험에서도 평면, 즉 3차원
의 공간 속에 있는 팔들을 2차원 공간(평면)인 초자(유리)에 "무사
통과"시킨다는 것은 입체인 육체를 평면에 기하학적으로 재현
해 내는 것이다.

그러나 영상된 자기의 육체를 대상으로 자기를 밝혀보려는
화자의 의도는 좌절된다. 화자는 다양한 실험 조건을 마련하지

---

18) "인간이 어떤 대상을 볼 때, 눈과 그 대상을 잇는 직선, 즉 시선이 장애물을
만나서는 안 된다. 이것이 그림을 그릴 때도 마찬가지이다. 레오나르도 다빈치
의 경우를 예로 들면, 그는 60구 이상의 신체를 해부하여 모두 공책에 그려 놓
았다. 바로 기하학적인 투시화법의 그림을 그리는 데 실제로 활용한 예이다.
이 투시화법이 수백 년 후(18세기 - 필자 주)에 '寫映幾何學(도형적인 흥미를
주는 고전기하학에 새로운 사영, 절단 등의 개념을 덧붙인 - 필자 주)'이라는
새로운 기하학의 분야를 여는 계기가 되었다."(이종우 편, 『기하학의 역사적
배경과 발달』, 경문사, 1997, 155-213면)

만, 해부의 목적을 이루지 못한다. 따라서 「시제8호(詩第八號) 해부(解剖)」에서 화자가 제1부 실험을 통해 "ETC 아즉그滿足한結果를收得치못하얏슴"이라고 고백하고, 제2부 실험에서도 "ETC 以下未詳"이라고 진술한다. 이 시의 화자는 해부를 통해 자기에게 접근하려고 하지만, 이 같은 관찰 방법으로 자신을 이해할 수 없음을 토로한다.

직립한 평면경은 거울을 가리키는데, 이상은 이 같은 자기 탐구의 매개체로 거울을 선택하였으며, 자기 탐구의 대상물로 자신의 육체를 사용한다. 그 육체를 재현해주는 사물이 바로 거울이다. 이상은 거울을 통해 자기를 완전히 대상화하고자 한다.

2. 자기 탐구 대상으로서의 육체

여기에서 필자는 「거울」 계열의 시작품들을 대상으로 하여 이상이 거울을 통해 육체를 새롭게 발견하고 화해와 일치를 지향하지만, 차단되는 그의 의식 현상에 대해 고찰하고자 한다. 지금까지 이상의 시에서, 이상 자신의 육체를 인식의 중심에 놓고 자기를 탐구해 가는 과정을 살펴볼 수 있었다. 이상은 사람의 장부를 기하학적으로 도형화하거나 대상화하여 관찰하는 방법으로 자기에 대해 끊임없이 탐색한다. 앞 절에서 분석한 바

있는 「시제8호(詩第八號) 해부(解剖)」도 「거울」 계열의 작품으로
볼 수 있지만, 본 절에서 다룰 작품들은 거울에 대칭으로 영상
되는 육체를 통한 자기 탐구를 보여주면서 동시에 그로 인한 좌
절의식을 표출한다는 점에서 분리시켜 분석하고자 한다.

거울속에는소리가업소
저럿케까지조용한세상은참업슬것이오

거울속에도 내게 귀가잇소
내말을못아라듯는딱한귀가두개나잇소

거울속의나는왼손잡이오
내握手를바들줄몰으는-握手를몰으는왼손잡이오

거울째문에나는거울속의나를만저보지를못하는구료만은
거울아니엿든들내가엇지거울속의나를맛나보기만이라도햇겟소

나는至今거울을안가젓소만은거울속에는늘거울속의내가잇소
잘은모르지만외로된事業에골몰할께요

거울속의나는참나[19]와는反對요만은
쏘쐐닮앗소
나는거울속의나를근심하고診察할수업스니퍽섭々하오

— 「거울」 전문[20]

---

19) 여기에서 "참"은 '眞'을 뜻하지 않는다. 다시 말하여 "참나"는 '참다운 나',
본질적인 '나'의 뜻이 아니라, 「거울」 제1연에서 나온 "참업슬것이오"처럼 부사
어다.
20) 이상, 『카톨릭 청년』(1933.10)에 실림. 사진으로 보는 자료, 246면.

이상은 여기에서 자기 발견의 도구로서 거울을 설정한다. 이 상의 거울은 자기를 발견하고 자기애를 표현하는 사물이다. 「시 제8호(詩第八號) 해부(解剖)」에서 시험인이 자기를 객관화시켜 관 찰할 수 있는 방법으로 피시험인(시험인과 동일인)을 평면경에 비 추어 자기를 해부하고 있듯이, 「거울」의 나는 거울에 비친 나를 대상으로 나를 탐구하고 있다. 나는 거울에 나를 투사한다. 거 울은 하나의 도면이고, 거울 속의 나는 실제의 나, 즉 3차원 공 간 속에서 입체로 존재하는 내가 2차원 공간인 도면(평면)에 기 하학적으로 재현된 나이다. 거울은 물체를 기하학의 제도 용구 (콤파스자트라이앵글)를 사용하여 도면에 정밀하게 그려내는 것보 다 더 완벽하게 입체인 나를 평면에 표현한다. 거울 밖의 나는 직립한 평면경인 거울에 사영된 나를 대상으로 탐구하기 시작 한다.

나는 거울이라는 도면과 대칭의 조건을 가질 때, 비로소 투사 될 수 있다. 그러나 나는 거울에 대칭으로 나타나는 나의 육체 가 실재하는 나를 완벽하게 재현한 그림이 아님을 깨닫는다. 거 울 밖의 나와 거울 속의 나는 평면인 거울을 사이에 두고 대칭 되는 물체이다. 거울에 비쳐진 나의 육체는 실재하는 나를 그대 로 재현하는 것처럼 보이지만, 실제로는 실재하는 나의 육체를 변형시켜 재현한 것이다.[21] 면대칭으로 비쳐진 거울 속의 나는

---

21) 실재물과 거울의 관계를 이해하는데, 실재물과 사진의 관계를 대응시켜 볼 수 있다. "모든 사진이 아무리 '사실적'으로 보일지라도 사진은 근본적인

실제의 나와는 반대의 상으로 맺힌다. 거울 밖에 있는 내 신체의 오른 쪽은 거울 속의 세계에서는 신체의 왼쪽에 해당된다. 제4연에서처럼 거울은 나를 관찰하고 발견할 수 있는 기회를 주지만, 거울 밖의 세계는 거울 속의 세계에 '그대로 재현'되지 못하고, 그와 정반대의 세계를 형성한다. 이처럼 반대로 재현된 나의 신체에 대해 나는 불안의식을 갖는다. 자기의 육체를 대상화시켜 자아를 발견하고 일치하고자 하는 「거울」의 화자는 자기와 일치하는 것이 불가능한 또 다른 자신을 발견하게 된다.

"나는至今거울을안가젓소만은거울속에는늘거울속의내가잇소 / 잘은모르지만외로된事業에골몰할게요." 실제의 내가 거울을 보지 않을 때조차 거울에 비친 나의 분신은 거울 속에 있다. 거울 속의 분신은 그것을 처음 의식했던 본래의 나와는 상관없이 독자적으로 존재한다. 거울 속의 나는 거울 밖에서 실재하는 내가 있음으로써 존재가 가능하다는 점에서, 거울 밖의 나는 거울 속의 나를 창조한 모체(母體)이다. 그러나 나의 분신은 그것을 낳은 나에게 속하지 않는다. 거울 속의 나는 실재하는 나와는 무관하게 존재한다. 분신은 본래의 나를 소외시킨다. 거울 속의 나는 "외로된事業", 즉 독자적인 일을 도모한다. "외로된事業"을 꾀하는, 자기의 힘을 이탈해 있는 또 다른 자기를 발견함으로써 나

변형을 거친다는 점이다. …… 공간을 2차원의 평면에 압축시킴으로써, 실상과 현격하게 달라지는 것이다."(윌리엄 A. 어빙, 오성환 역, 『몸』, 까치, 1996, 354면)

는 자기 소외[22]를 체험하게 된다. 거울 속의 나는 거울 밖의 내가 인식할 수 있는 범주를 벗어나 있다. 내가 알 수 없는 나라는 존재는 진정한 나의 모습이 아니다. 실제의 나와 반대로 영상된 나는 동일인이지만, 둘 사이에는 전혀 동질성이 형성되지 않는다. 거울 밖의 나는 거울을 통해 나의 본질적인 면을 찾고자 하지만, 나는 나와 정반대의 방향성을 가지는 또 다른 나를 발견할 뿐이다.

나는 나를 살펴보는 성찰의 수단으로 거울을 선택하지만, 거울은 내가 나 자신에게서 소외되어 있음을 확인하게 만든다. 나는 거울을 통해 나의 본래적 자아를 꿈꾼다. 그러나 나는 거울을 통해 나의 분열상태를 강렬하게 체험할 뿐이다.

1
나는거울업는室內에잇다.거울속의나는역시外出中이다.나는至今거울속의나를무서워하며떨고잇다.거울속의나는어디가서나를어떠케하려는陰謀를하는中일가.

2
罪를품고식은寢床에서잣다.確實한내꿈에나는缺席하얏고義足을담은軍用長靴가내꿈의白紙를더럽혀노앗다.

---

22) 자기 소외는 하나의 전체인 자아에 동등하게 관계되어 있는 두 개 부분의 단순한 분리가 아니라 그 중의 일부가 전체로서의 자아를 대변함에 있어서 타 부분보다 더 많은 권리를 가짐으로써 이 부분에서 소외된 타부분은 결국 자아 전체에 대해서 소외되는 결과가 된다(G. Petrovic, Paul Edwards, *The Encyclopedia of Philosophy*. 신오현, 「소외 이론의 구조와 유형」, 『현상과인식』, 1982년 가을호, 23면에서 재인용).

3

　나는거울잇는室內로몰래들어간다.나를거울에서解放하려고.그러나거울속의나는沈鬱한얼골로同時에꼭들어온다.거울속의나는내게未安한뜻을傳한다.내가그때문에囹圄되여잇듯키그도나때문에囹圄되여떨고잇다.

4

　내가缺席한나의꿈.내僞造가登場하지안는내거울.無能이라도조흔나의孤獨의渴望者다.나는드듸여거울속의나에게自殺을勸誘하기로決心하얏다.나는그에게視野도업는들窓을가르치엇다.그들窓은自殺만을爲한들窓이다.그러나내가自殺하지아니하면그가自殺할수업슴을그는내게기르친다.거울속의나는不死鳥에갓갑다.

5

　내왼편가슴心臟의位置를防彈金屬으로掩蔽하고나는거울속의내왼편가슴을견우어拳銃을發射하얏다.彈丸은그의왼편가슴을貫通하얏스나그의心臟은바른편에잇다.

6

　模型心臟에서붉은잉크가업즐러젓다.내가遲刻한내꿈에서나는極刑을바닷다.내꿈을支配하는者는내가아니다.握手할수조차업는두사람을封鎖한거대한罪가잇다.

　　　　　　　　　　　　　　　　　　　　　—「詩第十五號」전문23)

　「오감도 시제15호」는 평면경에 사영시켜 객관적으로 자기를 탐구하려던 이상의 기하학적 사유가 한계에 부딪힌 양상을 보여준다. 거울은 나의 육체를 되비쳐 주지만, 반대로 영상된 육

　　23) 이상, 『조선중앙일보』(1934.8.8)에 실림. 이어령의 전집에는 이 작품에 매겨져 있는 '1'부터 '6'까지의 번호가 "罪를품고식은寢床에서잣다"의 앞에서 '1'이 시작되어 '5'까지만 매겨져 있다. 사진으로 보는 자료, 239면.

체에서 나는 본래의 나를 찾을 수 없다. 나는 거울을 통해 나와 대칭되는, 일치하지 않는 또 다른 나를 발견함으로써 혼란에 빠진다. 그것에 극도의 두려움을 갖는 나는 깊은 좌절을 체험하게 된다. 이 같은 혼란과 두려움에서 벗어나기 위해 나는 거울 속의 나와 분리되기를 갈망한다. 그러나 거울 속의 나는 나의 분신이므로 그에게서 벗어나는 것은 불가능하다. 거울에 비춰진 분신은 내가 거울을 보고 있지 않을 때도 나를 가두는 하나의 대상이다. 나에 대해 객체가 되어버린 분신은 오히려 나에게 위협적인 대상으로 존재한다. 「오감도 시제1호」의 서로를 무서워하는 아이들처럼, 나와 나의 분신은 개별적인 존재로서 서로에게 두려움을 느끼며 대립한다.

내가 두려움과 위협감을 가지는 것은, 나의 분신인 거울 속의 내가 실재하는 나에게 속하지 않음을 자각하기 때문이다. 따라서 거울 속의 나는 1인칭인 '나'로 지칭되지 못한다. 나는 거울 속의 나를 3인칭인 '그'로 표현한다. "내가그때문에囹圄되어잇듯키그도나때문에囹圄되어떨고잇다"에서 보이는 바처럼, '그'는 '나'와 무관한 3인칭의 타자이다. 나는 완전히 별개의 개체로 대상화된 나의 모습을 본다. 거울 속에서 실재의 나와는 정반대의 방향으로 비치는 나는 내가 일치감을 가질 수 없는 '위조된 나'이다. 그렇기 때문에 나는 "내僞造가登場하지안는내거울"을 열망한다.

「오감도 시제15호」의 2연에서 "죄를품고식은침상에서잤다"고한 화자의 진술은 거울 속의 나에게서 벗어나려는 화자의 의식적인 행위를 나타낸다. '잠'은 의식의 단절 상태, 즉 잠정적인 의식의 죽음이다. 나는 나를 거울 속에서 해방하려고 잠을 잔다. 위조된 내가 등장하지 않는, 거울 속의 내가 등장하지 않는 잠 속으로 나는 피신한다. 의식이 차단된 잠 속에서 나는 "백지"의 순결한 꿈을 마련한다. 백지의 꿈은 내가 이질적인 다른 나에게서 벗어나 일치된 나를 만날 수 있는 공간이다. 그러나 내가 기대했던 해방의 꿈은 인공 다리인 "義足을 담은 군용장화"24)에 의해 짓밟히게 된다. 의족을 담은 "군용장화"는 본래의 나를 위협하는 위조된 나를 상징한다. 위조된 나는 내 꿈을 종횡무진으로 짓밟는다. 거울 속에 존재하는 허상의 나는 꿈속에까지 쫓아와 나를 완력으로 지배한다. 꿈속에서도 나는 나의 분신에게서 자유로워질 수 없다. "내가缺席한나의꿈.내僞造가登場하지안는내거울"처럼 반대의 나, 위조된 나에게서 벗어나기를 열망하던 나는 깊은 좌절을 체험하게 된다.

나는 내가 개별적인 이체(異體)로 분리되기 이전으로, "握手할수조차업는두사람을封鎖한거대한罪"를 범하기 이전으로 돌아가기를 꿈꾼다. 나는 자아의 해방을 위해 최후의 방법으로 죽음을 선택하고자 한다. 자살만이 내가 거울 속의 나에게서 해

---

24) 여기에서 군용장화는 폭력성을 상징한다. 이상의 다른 시, 「街外街傳」의 "老婆의結婚을거더차는여러아들들의육중한구두 / - 구두바닥의징이다"와 「AU MAGASIN DE NOUVEAUTES」의 "名街을짓밟는軍用長靴"에서도 자신보다 약한 것을 걷어차거나 짓밟는 신발의 이미지가 나타난다.

방될 수 있는 유일한 방법인 것이다. 거울 속의 나에게서 벗어나기 위해서 나는 거울 속의 나를 죽이려 한다. 그러나 거울 속의 나는 실재하는 나에게서 탄생한 존재이므로 나와 결코 분리될 수 없다. 그러므로 거울 속의 나를 죽인다는 것은 곧 실재하는 나의 죽음을 뜻한다. 그것을 자각하면서도 거울 속의 나에게서 벗어나려는 나의 욕망은 나 자신에게 죽음을 강력히 요구하게 만든다.[25]

---

25) 장 보드리야르의 『소비의 사회』(이상률 역, 문예출판사, 1991, 290-296면) 결론 부분에 근대인의 '타자가 되어버린 자기', '자신에게서 소외된 자기'에 대한 이야기가 나온다. 여기에서 보드리야르는 1930년대의 무성영화인 「프라하의 학생」을 인용하고 있다. 주인공인 학생은 현실적으로 실현이 불가능한 자신의 야심을 위해 악마에게 거울에 비친 자신의 분신을 팔아 넘긴다. 학생은 야망을 이루지만, 어느 순간 자기도 의식하지 못하는 사이에, 분신이 자신을 앞지르며 자신을 대신하는 것을 발견한다. 분신은 자기와는 무관하게 대낮의 거리를 활보한다. 학생은 이제 거울에 영상되지 않는 자신의 모습에 절망하고 자신의 분신을 죽이고자 한다. 분신이 자신의 거울 앞을 지나갈 때, 그는 분신에게 총을 쏘고 거울은 깨어진다. 그는 자기의 분신을 죽였지만, 결국 자신을 죽인 것이다. 죽어가면서 그는 마침내 거울 조각에서 자신의 모습을 되찾는다.
보드리야르는 「프라하의 학생」을 인용하면서 다음과 같이 진술한다. "개인과 거울에 비친 그의 충실한 像의 관계는 세계와 우리들의 관계의 투명성을 매우 교묘하게 나타내고 있다. 따라서 상징적으로 말하면, 이 像을 잃어버리는 것은 세계가 불투명하게 되고 또 우리들의 행위가 우리들에게 이해되지 않는다는 표시이다. 그렇게 되면 우리들은 우리 자신에 대한 시각도 없는 것이 된다. 이 시각이 없으면 더이상 어떠한 자기 인식도 불가능하다. 나는 나 자신에게 있어서 하나의 타인이 된다. 즉 소외된다."(같은 책, 292면) 여기에서 보드리야르는 거울을 본래적 자아를 인식하는 매개체로 본다. 그렇기 때문에 보드리야르는 거울 속의 나를 잃어버린다는 것은, 곧 자기와 세계를 투명하게 인식할 수 있는 기회를 상실하게 되는 것을 의미한다고 진술하는 것이다.
이상의 경우에도 거울은 자신을 인식할 수 있는 계기이지만, 동시에 일치할 수 없는 자기를 인지하게 만드는 사물이다. 거울은 본래적 자아가 깨어진 상태에 자신이 놓여 있다는 사실을 확인하게 만드는 인식의 매체로 나타난다.

「명경(明鏡)」[26]도 자아성찰의 방법으로 삼은 기하학적 인식의 한계를 보여준다. "만적 만적하는대로 愁心이平行하는 / 부러 그렇는것같은 拒絶 / 右편으로 옴겨앉은 心臟일망정 고동이 / 없으란법 없으니 // 설마 그렇랴? 어디 觸診 …… / 하고 손이갈때 指紋이指紋을 / 가로막으며 / 선뜻하는 遮斷뿐이다." 여기에서 거울을 사이에 두고 나와 나는 대칭으로 서 있다. 화자는 거울을 통해 자신의 얼굴을 관찰하기도 하면서 거울 속의 '조용한 세상'을 그려본다. 나의 의식 속에서는 나의 수심의 감정도 거울에 영상되어 있는 것처럼 여겨지며, 심장의 고동도 영상된 것처럼 여겨진다. 거울은 내가 기대하는 바인 육체의 반영뿐만 아니라 내 감정과 나의 내면을 훼손하지 않은 채, 그대로 비춰줄 것처럼 맑다. 거울 속은 외적 자극에 흔들리지 않는 평정의 세계에 대한 화자의 동경을 만족시켜 준다. 화자가 명경의 공간을 동경하는 것은 곧 화자 자신의 정체성에 대한 추구이다. 그러나 이같은 동경은 화자를 반대로 비춰주는 거울에 의해 차단된다.

거울 밖에서 비춰진 영상을 만지려는 나의 손가락은 나 자신에 대한 친밀감의 표현이다. 그러나 동시에 그러한 나의 감정을

그렇기 때문에 이상은 본래적 자아를 회복하기 위해 거울에 영상되는 자기에 대해 끊임없는 불안감을 가지며, 그로부터 벗어나고자 하는 것이다. 보드리야르가 「프라하의 학생」을 통해 이야기하는 거울과 이상의 거울이 상징하는 바는 각각 다르지만, 이들 모두 근대인의 상실된 주체성을 이야기한다는 점에서는 같은 의미선상에 있다고 볼 수 있다.

26) 이상, 『여성』(1936.5)에 실림. 사진으로 보는 자료, 227면.

가로막는 것은 거울 속의 내 손가락이기도 하다. 거울 속의 "指紋"이 거울 밖의 "指紋을/ 가로막"는다. 비춰진 나의 영상을 내가 손을 뻗어 만지려는 순간, 동시에 거울 속의 나도 손을 뻗는다. 나와 나의 접촉은 손가락의 지문만큼이나 정밀하게 차단된다. 나와 또 다른 대칭으로 맞서 있는 거울 속의 나는 실재하는 나를 반대로 영상시키기 때문이다. 대칭면을 사이에 두고 영상되는 또 하나의 나는 시적 자아가 자기를 탐구할 수 있는 계기가 된다. 그러나 거울에 비친 육체는 실재의 육체를 반대로 재현하고 있기 때문에, 화자의 자아 확인에 대한 갈망은 좌절될 수밖에 없다. 이상의 의식이 대칭으로 물체를 재현하는 거울 도면에 속박되었을 때, 그의 자의식은 거울에 반대로 영상된 자기의 육체에서 정체성을 확인할 수 있는 기회를 얻는 대신 자기 소외만을 체험하게 된다.

3. 자율적 존재로서의 육체

이상은 인간의 존재 양상을 관념으로 드러내지 않고, 육체라는 물체적 감각으로 형상화한다. 그는 관념으로 인식되는 추상적인 육체가 아니라, 물체로 지각되는 구체적인 몸 그 자체를 다룬다. 또 그는 의식으로 통제되지 않는 자생적 힘을 육체에서 발견함으로써 관념의 허상을 역설적으로 드러낸다. 앞 절에서 살펴보았듯이 이상은 육체를 자아탐구의 중요한 대상으로 삼아 자아를 추구하는 시정신의 한 측면을 보여준다. 그는 절단되고 파괴되는 육체를 극적으로 그림으로써 육체의 존재를 극대화시킨다. 반면에 그는 육체에 대한 불안의식을 표출하기도 한다. 그의 시에서 시적 자아의 육체는 의식하는 주체와 분리된 채, 그를 소외시키고 독자적인 힘을 발휘한다. 이상은 육체의 자율성과 자생성, 파괴 욕구를 그림으로써 일정한 형식이나 관념을 거부하는 시의식을 드러낸다. 그러나 그의 시적 자아가 부딪히게 되는 죽음 앞에서는 이 같은 육체의식은 이면화되고, 오직 운명적인 힘에 의해 파괴되어 가는 육체에 대한 불안의식이 표면화되어 나타난다. 앞으로 3장과 4장에서 살펴보겠지만, 이상이 드러내는, 생명성이 확대된 상태인 '자율적 존재로서의 육체의식'은 생명이 파괴되어 가는 육체에 대한 불안감의 표출로 이어진다. 파괴되어 가는 육체에 대한 이상의 불안은 "구체적 실재"27)인 "주체로서의 몸, 살로서의 몸"28)이 붕괴되는 것에 대한 두려움이다.

---

27) "우리는 몸으로, 살로 존재한다. 하나의 존재자인 살로서의 몸은 관념이 아니라 구체적인 현실이다. 바꾸어 말하면 인간 존재가 관념이 아닌 것은 곧 몸이 구체적 실재이기 때문이다."(정화열, 박현모 역, 『몸의 정치』, 민음사, 1999, 243-244면)
28) 여기에서 "살로서의 몸"은 메를로 퐁티의 용어이다. '살(flesh)'은 물체도 아니고 정신도 아닌, 하나의 궁극적인 개념으로서 존재의 한 원소를 가리킨다(정화열, 같은 책, 246면).

바른손에菓子封紙가없다고해서
왼손에쥐어져있는菓子封紙를찾으려방금막온길을五里나되돌아갔다

이손은化石하였다

이손은이제이미아무것도所有하고싶지도않다所有된물건의所有된것을느끼
기조차아니한다

방금떨어지고있는것이눈[雪]이라고한다면방금떨어진내눈물은눈[雪]이어야
할것이다

나의內面과外面과
이것의系統인모든中間들은무섭게춥다

左 右
이兩側의손들이서로의義理를잊고두번다시握手하는일은없이
困難한勞動만이가로놓여있는이整頓하여가지아니하면아니될길에있어서獨
立을固執하는것이기는하나

추울것이다
추울것이다

누구는나를가리켜孤獨하다고하느냐
이群雄割據를보라
이戰爭을보라

나는그들의軋轢의發熱의한복판에서昏睡한다
지루한歲月이흐르고나는눈을떠본즉
屍體도蒸發한다음의고요한月夜를나는想像한다

순진한村落의畜犬들아짖지말거라
내體溫은적당하고
내希望은甘美롭도다

—「空腹」 전문29)

이 시에서 화자인 나의 오른손과 왼손은 내가 의식할 수 있는 범주를 벗어나 개별적으로 존재한다. 나의 손들은 좌우로 나뉘어 대립하는데, 그것들은 나의 의식과는 별개의 존재이다. 나의 손들은 각각 자신이 독립체임을 주장하고 있다. 오른손은 과자봉지를 쥐고 있는 왼손의 감각을 동시적으로 공유하지 않는다. 오른손은 왼손과 연관이 없는 별개의 존재이다.

제4연에서 화자인 나는 떨어지는 것을 눈[雪]이라 이름 붙인다면 떨어지는 나의 눈물도 동일하게 떨어지는 운동을 하므로 눈[雪]과 구별할 근거는 없다고 진술한다. 그러므로 눈물도 눈[雪]이라 부를 수 있다고 말한다. 사물에 이름을 붙이는 것이 필연적이지 않다면, 눈물도 '내리는 눈이 녹는 물'이라 부를 수 있다는 것이다. 사물의 특성을 규정짓는 것은 절대적인 기준에 의한 것이 아니다. 사물에 대한 인간의 인식적 준거는 자의적이며 모호하다. 화자의 체액인 눈물이, 내리는 눈이 녹은 눈물과 구별될 수 있는 어떤 명확한 기준이란 본래 존재하지 않는다. 따라서 화자에게 어떤 현상이 특정한 이름으로 명명된

---

29) 金海卿, 「空腹」, 『朝鮮と建築』(1931.7)에 실림. 柳呈 역으로 임종국 전집에 재게재. 사진으로 보는 자료, 258면.

다는 사실은 무의미하다.

눈[雪]과 눈물을 예로 들어 사물과 그것의 명명에 절대적인 기준이란 존재하지 않는다는 화자의 인식은 관념에 의해 현상을 구분짓지 않으려는 정신을 드러낸다. 이처럼 기존의 관념과 인식으로부터 탈각해 있는 상태는 "空腹"으로 상징된다. "空腹"은 육체가 가지는 배고픔이 아니라, 나의 "내면"에 속하지도 않으며, 나의 "외면"에도 속하지 않는 의식의 중립을 의미한다. 외면과 내면의 중간, 내외부 경계의 중립 공간은 "무섭게춥다". 나의 의식은 어떠한 기존의 관념에도 속하지 않은 채, 내 육체가 좌우 서로에게 "獨立을固執하는" 상태를 지각한다.

내가 춥다는 것을 자각하고, 공복을 느끼는 것은 나의 의식행위이다. 이 같은 나의 의식과는 상관없이 독립을 고집하며 좌우로 대립하는 나의 육체는 각자 자신의 자율성을 주장하느라 발열한다. 나의 의식과는 상관없이 전쟁을 일으키는 나의 손들 사이에서 나는 혼수에 빠진다. 혼수란 의식행위의 중단을 의미한다. 나는 더이상 나의 육체에 대해 의식하기를 중단한다. 의식행위를 중단함으로써 육체의 활발한 지각 상태 속으로 혼수할 때, 나의 육체성은 극대화된다.

每日가치列風[30]이불드니드듸여내허리에큼직한손이와닷는다. 恍惚한指紋

---

30) 이어령의 『이상詩全作集』에서는 시 원문상에 나타나 있는 "列風(줄지어 부는 바람, 이는 촉각을 시각화한 표현으로 파악된다 – 필자 주)"을 "烈風(세차게 부는 바람)"의 誤記라 하여 "烈風"으로 고쳤다. 그렇게 고쳤을 때, 시 원문과

골작이로내땀내가슴여드자마자쏘아라.쏘으리로다.나는내消化器官에묵직한
銃身을늣기고내담으른입에맥근맥근한銃口를늣긴다.그리드니나는銃쏘으듯
키눈을감이며한방銃彈대신에나는참나의입으로무엇을내여배앗헛드냐.

—「詩第九號 銃口」31)

「시제9호(詩第九號) 총구(銃口)」에서 나의 육체는 나에 의해 객
관적으로 관찰될 수 있는 사물이다. 여기에서 나는 나의 육체에
대해 객관적인 태도를 취한다. 그런 만큼 나는 감정을 겉으로
드러내지 않은 채 냉정을 유지한다. 나는 나 자신의 육체를 하
나의 물체로 인지하는데, 그 물체로서의 육체가 바로 총신(銃身)
이다. 이 시에서 나의 감정도 철저히 대상화되어 표현된다. 나
의 몸이 무언가를 토하는 행위를 가리켜 마치 타인의 몸에서 일
어나는 상황인 것처럼, 나는 "쏘아라.쏘으리로다", "무엇을내어
배앝었드냐"라고 진술한다. 매일같이 열풍이 불던 나의 몸은 총
신으로 변하여 무언가를 몸밖으로 쏘려고 한다. 나의 몸은 '묵
직하고 매끈매끈한' 물체로 지각된다. 나는 나의 입 밖으로 그
것이 쏘아지기 전까지 나의 몸이 무엇을 쏘려는지 예견하지 못
한다. 다만 쏘려는 육체의 강한 운동성을 감지할 뿐이다. "무엇
을배앝었드냐"에서 "무엇을" 만들어낸 것은 나의 육체의 자발성
에 속한 것이지, 의지의 영역에 속하지 않는다. 나의 육체는 총
신 같은 이질적인 물체로서 감각되고, 내 몸으로 하여금 강렬한

는 의미상 큰 차이를 빚게 된다. 임종국의 『이상전집』과 이승훈의 『이상문학
전집(詩)』에도 "烈風"으로 되어 있다.
31) 이상, 『조선중앙일보』(1934.8.3)에 실림. 사진으로 보는 자료, 241면.

운동을 하게 만드는 큼직한 손도 나의 의식으로는 알 수 없는 존재이다. 따라서 나의 몸밖으로 쏘아진 것의 정체도, 역시 나의 의지와는 전혀 무관한 것일 수밖에 없다. 나는 나보다 더 큰 힘을 발휘하는 육체의 위력을 자각한다. 나의 의식영역 밖에서 존재하는 총신 같은 나의 육체와 그 육체를 주재하는 "큰손"은 나를 소외시킨다.

그사기컵은내骸骨과흡사하다.내가그컵을손으로꼭쥐엿슬때내팔에서는난데업는팔하나가接木처럼도치드니그팔에달린손은그사기컵을번적들어마루바닥에메여부딧는다.내팔은그사기컵을死守하고잇스니散散히깨어진것은그럼그사기컵과흡사한내骸骨이다.가지낫든팔은배암과갓치내팔로기어들기前에내팔이或움즉엿든들洪水를막은白紙는찌저젓으리라.그러나내팔은如前히그사기컵을死守한다.

—「詩第十一號」[32]

위의 시에서 나의 육체가 분열되어 서로 대립하는 과정은, 움직이는 영상물처럼 나의 시선 앞에서 극적으로 펼쳐진다. 복제된 나의 팔은 나의 것임에 분명하지만, 나의 것이 아닌 상태로 나타난다. 복제된 팔은 나의 의식과 대립 관계에 있다. 나는 내 육체의 주인이 아니다. 나에게서 복제된 육체의 일부는 내 의식과는 상관없는 존재가 된다. 그것은 내 의식에서 분리된 채 독자적으로 자생한다. 접목처럼 팔에서 돋은 또 하나의 팔은 나를 위협하고 파괴한다. 나의 육체는 내 의식의 힘을 벗어나서 존재

---

32) 이상,『조선중앙일보』(1934.8.4)에 실림. 사진으로 보는 자료, 240면.

한다.

나는 육체의 파괴에 직면해 있으면서도 내 해골과 흡사한 사기컵을 지키려고 사력을 다한다. 내가 사기컵을 꼭 쥐는 것은 내 몸에 대한 애정을 표시하는 행위이다. 내가 내 육체를 사랑하는 표시를 하자마자 나의 육체에서 정체를 알 수 없는 또 하나의 팔이 돋아나서 그것을 방해한다. 나의 육체는 나와 분열되어 있으며 나에게 적대적이기까지 하다. 복제된 내 팔은 사기컵을 사수하려는 나의 의지를 산산이 깨뜨려버리고 다시 "배암과 갓치" 나의 내부로 기어든다. 이 작품은 육체와 의식의 대립을 내가 알지 못하는 육체의 독자적인 능력을 보여줌으로써 육체가 이성으로 파악되고 통제되는 범위를 넘어선 존재임을 드러낸다.

나의 육체와 육체의 일부가 서로 대립하고 있는 상황에 있는 것처럼, 홍수와 백지도 서로 대립한다. 홍수는 한번 넘치게 되면 걷잡을 수 없는 위력을 지닌 물의 힘을 나타낸다. 또 그것은 한자의 뜻과 상관없이 붉은 피를 연상케 한다. 사전적인 의미를 벗어나 다른 뜻을 갖는 낱말을 연상케 하는 시적 표현은 이상의 시 「침몰(沈歿)」[33]에서 '침몰(沈歿)'이 '침몰(沈沒)'과 의미의 융합작용을 일으키듯, 이상의 독특한 언어사용의 일례이다. 백지는 하얀 피부로 해석할 수 있다. "洪水를

---

33) 사진으로 보는 자료, 226면.

막은白紙는찌저젓으리라." 넘치려는 홍수와 그것을 간신히 막고 있는 백지는 극도의 긴장 상태에 놓여 있다. 백지에게 홍수는 불가항력의 힘이다. 홍수가 넘치려는 일촉즉발의 순간은 각혈을 상징한다. 육체가 파괴되는 파국의 순간을 이상은 "瞬間닭이활개를친다"(「內科」), "포-크로터뜨린노란자위겨드랑에서난데없이孵化하는勳章型鳥類-푸드덕거리는바람에 方眼紙가찌저지고氷原웋에座標잃은符牒떼가亂舞한다"(「街外街傳」),[34] "압흔것이匕首에버어지면서鐵路와열十字로어얼린다. 나는문어지느라고기침을떨어트린다"(「行路」),[35] "나의 呼吸에 彈丸을 쏘아넣는 놈이 있다"(「咯血의 아침」) 등으로 압축하여 표현한다. 「시제11호(詩第十一號)」에서도 "洪水를막은白紙는찌저젓으리라"는 바로 각혈의 순간, 육체적 파괴의 순간을 암시한다. 나를 위협하던 또 하나의 내 몸이 나의 육체로 기어들기 전에 조금이라도 "내팔이혹움직였"더라면, 나는 각혈과 같은 파국에 직면했으리라는 것이다. 나는 간신히 사기컵을 사수하면서 파국의 순간을 막아낸다.

이 작품은 나의 육체이지만 나의 의지로 통제할 수 없는 육체의 자율성을 이야기하고 있다. 나에게 보이지 않으며, 내가 알 수 없는 상태로 존재하는 육체의 이질성은 '난데없이 내 팔에서 접목(接木)처럼 돋아난 또 다른 팔'로 가시화된다. 그것은

---

34) 사진으로 보는 자료, 228~231면.
35) 사진으로 보는 자료, 232면.

나의 지력과 의지에서 벗어나 있는 나의 육체이다.

> 내팔이면도칼을든채로끈어저떨어젓다. 자세히보면무엇에몹시威脅당하는것
> 처럼샛팔앗타. 이럿케하야일허버린내두개팔을나는燭臺세움36)으로내방안에裝
> 飾하야노앗다. 팔은죽어서도오히려나에게怯을내이는것만갓다. 나는이런얇다
> 란禮儀를花草盆보다도사랑스레녁인다.
>
> —「詩第十三號」37)

「시제11호(詩第十一號)」와 「시제13호(詩第十三號)」는 육체의 단
편성에 대한 이상의 인식을 잘 보여주고 있다. 육체를 해체시
켜 각 부위에 일정한 공간성을 부여한 것은 해부학이다. 육체
를 분할시키고, 단편적으로 인식하게 된 데에는 시간과 공간

---

36) 시 원전에는 "燭臺세음"으로 되어 있고, 임종국 전집(임종국 편, 『이상전집』
개정판, 문성사, 1966, 222면)에도 "세음"으로 표기하였는데, 이어령 전집(문학
사상연구자료실編·이어령 校註, 『이상시全作集』, 갑인출판사, 1978, 29면)과
이승훈 전집(이승훈 편, 『이상문학전집』 1권(시), 문학사상사, 1989, 46면)에서
는 "燭臺세움"으로 바꾸어 표기하였다. 이승훈은 앞의 저서에서 "떨어져 나간
두 팔을 촉대처럼 세운다는 말"이라는 해설을 달아놓았다. 그러나 시 원문의
"세음"을 "세움"으로 표기했을 때, 시 해석상 의미는 전혀 달라진다. 이상은 시
의 원문에서 분명히 "세음"으로 표기하고 있다. 이 작품에서 "세음"이 무엇을
뜻하는지 살펴보자.
　　『조선일보』(1936.10.6)에 「危篤」이라는 큰 제목 아래 실린 시 「白晝」를 보
면, "나더러世上에서얼마짜리貨幣노릇을하는세음이냐는뜻이다"라는 구절이
있다. 여기에서도 "세음"이 나오는데, '세음(細音)'은 '셈'의 取音이다. 「詩第十
三號」의 "燭臺세음"의 '세음'은 '~하는 셈(형편, 셈판)이다'의 의미를 갖는다.
"燭臺세음"은 '燭臺인 셈으로', 즉 '燭臺인 양으로'라고 풀이할 수 있는데, 이
어령과 이승훈이 풀이한 '촉대처럼 세운다'와 상황 설정상 그리 차이가 나지는
않으나, '촉대처럼 세워서 내방 안에 장식한다'가 아닌, '촉대인 양 내방 안에
장식한다'로 풀이하는 것이 옳다.
37) 이상, 『조선중앙일보』(1934.8.7)에 실림. 사진으로 보는 자료, 239면.

을 일정한 양으로 분할하는 근대 과학적 사유체계가 끼친 영
향을 무시할 수 없다.[38] 이상의 시에는 이처럼 육체를 단편적
으로 표현하는 부분이 빈번하게 나타나는데, 이는 정신이 깃
든 유기체로서의 육체 혹은 이상화된 육체라는 관념에서 벗
어나 있으며, 사물로서의 육체가 극대화된 이상의 육체의식
을 보여준다. 나의 육체는 의식하는 나와는 분리되어 나의 관
찰 대상이 된다. 몸의 각 부분들은 절단되어 서로 첨예하게
대립하는 양상으로 나타난다. 해체된 육체의 파편들은 서로
에게서 소외되어 있다. 팔들이 절단된 것은 나의 몸체와는 상
관없는 일이다. 내게서 분리된 나의 팔들은 나에게 객관적인
대상물이다. 팔들이 지니고 있을 감정 상태를 나는 세밀한 관
찰을 통해서 감지해낸다. 팔들이 가지는, 나에 대한 두려움은
나에게 속한 나의 의식이 아니라 나의 육체에 속한 감각이다.
이 같은 나의 육체와 감정은 대상화되어 나와 대립관계에 있
다. 나는 절단되어 죽은 팔들이 아직도 나에게 겁을 내는 듯
새파랗게 질려있음을 본다. 나는 잘라진 내 팔들이 내게 드러

---

38) 어빙은 '육체의 단편성'에 대해 다음과 같이 언급한다. "시간과 공간을 분할
하는 과학적인 경향이 자연을 새롭게 인식하는 데에 광범위하게 공헌했다.
…… 의학사진 역시 몸의 단편적인 영상으로의 이행을 촉진했다. 19세기의 해
부학은 과거보다 정확하고 세밀하게 몸의 비밀을 드러낼 수 있었다. 이 일에
사진과 엑스선은 대단히 훌륭한 도구로 간주되었다. 테슬로는 이렇게 지적한
다. 몸의 이미지는 갈수록 단편성을 드러내었다. 몸이 부위별로 대상화되고 수
량화되고 분류화되고 합리화됨으로써 마침내 전체와는 별도로 존재하게 되었
다."(윌리엄 A. 어빙, 오성환 역, 『몸』, 까치, 1996, 34-35면)

내는 두려움을 사랑스러운 "얇다란예의"라고 여긴다. 분리된 나의 신체는 하나의 독립된 개체로 인식된다. 죽은 나의 팔들이 나에게 가지는 두려움을 나에 대한 예의라고 여기는 나의 의식과 나의 육체는 분열되어 있다.

이상은 의식에 의한 이해와 통제의 범주를 이탈해서 자율적으로 존재하는 육체를 형상화한다. 이는 육체를 이성 혹은 의식으로 해석되고 제어되는 대상이 아니라, 육체가 스스로 힘을 발휘하는 존재로 인식하는 것이다. 이처럼 자생적인 성질의 육체 —유기성이 파괴되기까지 하는— 는 육체의 생동감이 확장된 상태를 나타낸다.[39]

> 죽고십흔마음이칼을찻는다. 칼은날이접혀서퍼지지안으니날을怒號하는焦燥가絶壁에끈치려든다. 억찌로이것을안에떼밀어노코또懇曲히참으면어느결에날이어듸를견드렷나보다. 內出血이뻑뻑해온다. 그러나皮膚에傷차기를어들길이업스니惡靈나갈門이업다. 가친自殊[40]로하야體重은점점무겁다.

> ―「沈歿」[41]

---

39) 프란시스 베이컨의 그림을 텍스트로 삼아 쥘르 들뢰즈는 생동감이 극대화되는 신체에 대한 사유를 전개한다. 그는 "내 신체로부터 벗어나려 하는 것은 나의 자아가 아니라, 신체 스스로가 자신으로부터 벗어나려 한다"(G 들뢰즈, 하태환 역, 『감각의 논리』, 민음사, 1995, 28면), "유기체란 생명이 아니라 생명을 가두고 있는 것이다. 신체는 전적으로 살아 있지만, 유기적이지 않다. 따라서 감각이 유기체를 통해 신체를 접하면, 감각은 과도하고 발작적인 모습을 띤다. 감각은 유기적 활동의 경계들을 잘라버린다. 감각은 살 한가운데서 신경의 파장이나 생생한 흥분 위에 직접 실린다"(G, 들뢰즈, 같은 책, 75면) 등의 진술을 통해 쥘르 들뢰즈는 하나의 질서 체계를 나타내는 유기체 개념조차도 거부하고, 경련처럼 감각되는 '전적으로 살아 있는 신체'를 역설한다.
40) 자수(自殊)는 스스로를 죽인다는 뜻이다.

위의 시에서 이상은 죽음으로 점점 빠져드는 화자의 내면을 섬세하게 드러내기 위해 물 속에 점점 가라앉는다는 의미의 '침몰(沈沒)'과 동음의 단어를 사용하였다. 다른 의미를 갖는 두 개의 낱말은 동음인 관계로 마치 하나의 낱말처럼 결합하면서 연상된다. 죽음의 세계로 빨려들어 가는 화자의 의식이 물 속으로 불가항력으로 가라앉는 침몰(沈沒)의 상황과 결합하면서 절망적인 화자의 내면세계가 표출된다.[42)

나의 정신은 죽음을 간절히 열망한다. 그러나 그 열망을 실현시킬 조건이 마련되지 않음으로 해서 나는 견딜 수 없을 만큼 초조하다. 그것은 "절벽"과 같은 초조감이다. 나의 내면은 이미 죽었지만, 나의 내면과 대립하는 육체는 나의 영혼을 감금한다. "피부에傷차기를얻을수없으니" 나는 죽음을 선택할 수도 없고, 그렇다고 죽음에서 벗어날 수도 없다. 이 같은 절명의 상황은 나로 하여금 극도의 절망감을 체험하게 만든다. 죽음의 상태에 있으면서도 죽을 수 없는 고통은 죽음과 같은 절망에 빠지게 하는 것이다. 이상이 시를 통해 표출하는 이 같은 절망감의 원인은 영혼과 육체의 날카로운 대립관계에서 비롯된다. 영혼과 육체는 서로 융합하지 못한 채, 서로를 속박한다. 정신과 육체는

---

41) 이상, 『조선일보』(1936.10.4)에 실림. **사진으로 보는 자료, 226면.**
42) 이상이 동음의 단어이지만 전혀 다른 뜻을 갖는 「鳥瞰圖」와 「烏瞰圖」, 「童孩」와 「童骸」를 사용한 예를 들어, 김윤식은 단어 획수를 빼거나 첨가함으로써 이상이 "일상적 세계의 의미 변경을 겨냥"하고 있는 것으로 파악한 바 있다 (김윤식 편, 『이상문학전집』 2권, 문학사상사, 1991, 13면).

완전히 분리되어 대립한다. 본래 분리될 수 없는 정신과 육체는 극단적으로 이분되어 있다. 나의 육체는 의식을 바깥 세계로부터 완전히 단절시킨다. 이러한 까닭에 나의 영혼은 죽어서도 육체 밖으로 나갈 수 없는 것이다. 화자는 밖으로 나가지 못하는 영혼의 무게가 더해져서 "體重은점점무겁다"고 여긴다. 영혼을 가두는 육체와 빠져나가려는 악령의 극단적인 분열과 대립이 발생한다. 영혼이 빠져나갈 수 없는 데서 오는 고통, 즉 죽을 수 없는 고통이 점점 심해지고 그 고통의 무게만큼 내 육체의 몸무게는 늘어난다. 영혼은 물체인 나의 체중을 무겁게 할 뿐이다.

이상의 시에서 의식하는 자아와 대립하거나 적대적인 대상으로 표현되는 육체는 파괴적이다. 시적 자아는 극적으로 전개되는 자신의 육체적 파괴를 관찰할 뿐, 그것을 막을 수 없는 존재로 나타난다. 이처럼 시적 자아의 의지로 제어할 수 없는 육체의 파괴성—이 경우의 파괴는 생명력의 확대가 아니라, 생명력의 소진을 의미한다—은 이상 시에 나타나는 병든 육체와 긴밀한 연관이 있다.

본 장에서 필자는 이상의 시세계를 형성하는 토대가 바로 육체라는 설정하에 이상의 시의식을 다루었다. 이상의 시에 나타나는 육체는 정신에 속한 육체가 아니라, 외부세계와 능동적인 관계를 맺는 물체적 근거로서의 육체이다. 그에게 육체는 정신 혹은 영혼의 본질을 추구하는 데 있어서의 장애물이 아니라, 자기 발견의 대상이다. 이상은 과학적 시선 속에서 해부되는 육체에 대한 사유를 보여준다. 과학적 시선 속에서 육체는 더이상 관념적 대상이 아닌, 확고한 하나의 물체로서 인식된다. 이상은 해부학적으로, 또 기하학적 시선으로 신체를 탐구 대상으로 삼아서 세밀하게 관찰한다. 그는 평면경에 영상된 객관적 대상물인 육체를 통해서 자기 발견을 시도한다.

이상의 '거울' 계열의 시는 대칭으로 영상된 자기의 육체를 대상화시켜 자아를 탐구하고 절망하는 과정을 보여준다. 또 그는 육체가 이성의 통제를 받는다는 이분법적 관념이 역설적으로 붕괴되는 현상을 보여줌으로써 육체의 자율성을 드러낸다. 이상은 자기를 탐구할 수 있는 대상물로 자신의 육체를 사용하는데, 그 육체를 재현해주는 사물이 바로 거울인 것이다. 이상은 거울을 통해 자기를 완전히 대상화시킬 수 있었다. 그러나 그는 거울을 통해 육체를 새롭게 발견하고 화해와 일치를 지향하지만 차단되는 의식현상을 드러낸다. 거울 밖의 세계는 거울 속의 세계에 '그대로 재현'되지 못하고, 대칭의 세계를 형성하기 때문이다. 이상은 이처럼 반대로 재현된 육체에 대한 시적 자아의 불안의식을 표출한다.

이상은 의식으로 통제되지 않는 자생적 힘을 육체에서 발견함으로써 관념의 허상을 역설적으로 드러내면서 동시에 절단되고 파괴되는 육체를 통하여 시적 자아의 소외를 보여준다. 이상 시에서 시적 자아의 의지로 제어할 수 없는 육체의 파괴성은 소진되어 가는 것으로 인식하는 그의 육체의식에 의해서 발생한다.

제3장 육체와 근대 공간

1. 근대 도시의 부정적인 이면과 병든 육체의 융합

육체는 오감을 통해 외부세계를 인식하고, 정체성을 발견할 수 있는 물리적인 토대이다. 이상의 시에서 시적 자아의 병든 육체는 외부세계의 병든 현상들을 날카롭게 감지하게 한다. 그의 병든 육체는 현상의 본질적인 측면들을 꿰뚫어볼 수 있는 이방인과 같은 위치라고 볼 수 있다. 다시 말하여 생명이 소진되어 가는 육체가 도시의 병든 공간을 첨예하게 인식하게 하는 기초라는 것이다.

이상의 시는 육체와 공간의 융합을 보여주는데, 이는 신체와 그 신체가 조직하는 세계와의 긴밀한 상관관계를 나타낸다. 「가외가전(街外街傳)」1)과 「가구(街衢)의추위」에서 병든 육체와 도시의 병듦이 직접적으로 결합되어서 육체의 공간화와 공간의 육체화가 이루어지기도 하고, 「파첩(破帖)」2)에서처럼 화자가 봉락의 도시 공간을 체험함으로써 외부세계를 황폐함으로 인지하는 현상이 나타나기도 한다.

인간은 몸을 가지고 있는 까닭에 공간을 차지한다. 공간 안에서 실재하는 물체인 육체는 공간과의 연관성 속에서 인지된다. 따라서 공간의 변화는 인간의 의식적 변화를 초래하는 직접적인 계기가 된다. 강내희와 이진경은 물리적인 공간이 인간의 육체와 의식에 직접적인 영향력을 미친다고 본다. 이들은 근대 이후에 발달하게 된 도시라는 새로운 환경이 인간의 의식에 어떠한 영향을 미쳤는가에 대해 주목한다.3) 이상의 시작품들은 근

---

1) 사진으로 보는 자료, 228~231면.
2) 사진으로 보는 자료, 220~223면.
3) 강내희는 공간과 육체의 관련성에 대해 다음과 같이 진술한다. "공간은 그 속에 있는 신체에 각인되는 여러 작용들을 안고 있고 우리의 몸놀림에 한계를 설정하지만, 또한 이로 인해 저항의 몸부림을 유발하는 등 육체를 매개로 한 권력의 행사가 일어나는 지점이다. 사람들은 새로운 공간에서 새롭게 길들여지며, 이에 따라 전에 없던 육체적 취향이나 특징, 능력들을 가지게 되면서 새로운 인간 형태로 바뀌어 간다. 그래서 이들 공간은 우리 자신의 신체와 관련되어 있고, 나아가 그 신체의 정념, 지식, 의식이 활동하는 방식 일체와 관련된 가능성들의 개방과 봉쇄의 문제를 안고 있는 셈이다."(강내희, 『공간·육체·권력 - 낯선 거리의 일상』, 문화과학사, 1997, 9면)
   이진경도 공간은 사회적으로 형성되는 사회적 현상이라고 본다. 공간이라는 관념은 추상적인 것이 아니다. 이는 사회적 차원의 공간과 무관할 수 없다. 그만큼 물리적인 공간의 형태 혹은 환경은 인간의 의식을 형성하는 데 지배적인 영향력을 발휘한다고 볼 수 있다. "공간적 배치는 이미 그 자체가 사회적으로 형성되는 사회적 현상이며, '사회적 변화'가 사람들에게 영향을 미치는 통로며,

대 도시라는 사회적 공간을 토대로 형성된 근대인의 자의식을 표출한다. 근대 이후의 변화된 물리적 공간과의 연관성을 긴밀하게 보여주는 이상의 시에서 도시는 "내밀한 삶"[4]을 상실한 공간들로 나타난다. 그는 인간과 그의 삶을 구축하는 토대인 공간의 균형이 깨어짐으로써 실존감이 붕괴되는 과정을 보여준다. 도시는 구획된 지역과 그것에서 배제되어 밀려난 무질서한 공간들을 갖는다. 무질서한 공간들은 구획된 공간들과 뚜렷한 대조를 보인다. 밝음과 화려함으로 상징되는 도시 공간은 그 이면에 어두운 공간들을 내포한다. 이처럼 근대 도시는 밝음과 어둠이라는 이중적인 외양을 하고 있다. 도시 공간만큼, 화려하면서 추한 두 개의 모습을 한 몸뚱이에 가지고 있는 것은 없을 것이다. 불연속성과 부조화, 밝음과 어둠의 이미지를 동시적으로 내포한다는 점에서 도시는 양면성을 갖는다.[5] 도시 공간의 불연

사실 좀더 정확하게는 그 변화에 의해 야기되는, 집합적인 삶의 양상 자체의 변화이기 때문이다. 나아가 공간에 대한 추상적 관념 역시 사회적 차원에서의 이러한 공간적 배치와 무관할 수 없다. 그렇다면 공간에 대한 관념조차 철학적으로 사유하기 이전에 사회 - 역사적 차원에서 연구되어야 한다. 시간이나 공간의 개념은 분명 사회적으로 습득되고 강제된다. 그리고 그 안에서만 개인의 행위는 사회적으로 받아들여지고, 다른 개인을 움직이게 할 수 있다. 따라서 시간과 공간은 개개의 행동이나 판단경험에 앞서며, 그것을 규정하고 제한하는 선험적 조건이라고 할 수 있다. 그것은 경험되는 것이고, 학습이나 강제를 통해 획득되는 것이지만, 다른 모든 경험을 틀 지우고 다른 모든 행위가 그 위에서 펼쳐지는 기초다."(이진경,『근대적 시·공간의 탄생』, 푸른숲, 1997, 26-59면)
4) 바슐라르, 곽광수 역,『공간의 시학』, 민음사, 1990, 144면.
5) 도시 공간의 단절성과 불연속성에 대하여 이진경은 다음과 같이 진술한다. "이 세련된 공간과 광산이나 공장의 참혹한 공간 사이에는 얼마나 큰 불연속과

속성은 발전하는 대도시로서의 면모와 더러운 뒷골목을 함께
지닌 1930년대 경성의 이중적인 외양에서 잘 나타난다. 도심과
외곽지역 간에는 단절이 있으며, 또 동일한 공간 안에서도 단절
이 발생한다. 파편적이고 단절된 물리적 공간은 인간관계의 심
리적 단절과 소외를 낳는다. 이 같은 이질적인 공간들의 부조화
와, 그를 구성하는 인간들의 심리적인 불일치가 존재하는 곳이
도시이다.

근대 도시 공간의 부정적인 측면을 살펴볼 때, 도시는 '집'을

단절이 있는 것인지 알 수 있다. 이제 이처럼 한 나라, 한 도시의 공간들은 그
토록 이질적이고 불연속적인 공간들로 분할되고 나누어진다. '구획화'를 통해
작용하는 공간적 분절기계는 바로 이런 불연속과 단절, 이질성을 공간 사이마
다 만들어 놓는다."(이진경, 『근대적 사·공간의 탄생』, 푸른숲, 1997, 127면)

마샬 버먼은 파리가 대도시로 새롭게 건축되면서 불빛이 휘황한 화려함을
소유하게 되었지만, 동시에 그 화려한 재건축에 의해 파괴되고 밀려나서 비참
한 뒷골목이 형성되었다고 말한다. 도시 공간은 화려함과 비참함이라는 극심
한 단절 양상을 보인다. 이는 인간의 실존 공간이 자연스러움과 조화가 깨진
상태에 놓여져 있음을 의미한다(Marshall Berman, *All That is Solid Melts into
Air*, Penguin Books, 1982, pp.152-153).

블라지미르 또뽀로프는 도시의 이중성을 세밀한 언어로 표현한다. 도시는
밝음으로 나타나는 긍정적인 요소들과 어둠으로 나타나는 부정적인 요소들이
불연속적으로 존재한다. 전자는 똑바른 대로들, 넓은 광장들, 시야에 광활함이
열리고, 모든 것은 신선한 공기로 가득차고, 발전을 위한 기회를 얻는 곳이다.
이곳은 확장되다, 퍼지다, 넓혀지다 등으로 표현할 수 있는 공간들이다. 후자
의 경우는 초라한 혹은 혐오스러운 형태의 주거, 관 같은 방, 초라하고 작은
방, 더러운 계단, 마당의 우물, '노아의 방주' 같은 공동 주택, 시끄러운 골목이
다. 이곳은 떠들썩한 웃음, 후덥지근함, 골목, 더럽고 숨막히는 거리, 열기, 무
더위, 구정물, 먼지, 악취, 붐빔, 군중, 다수, 무리, 민중, 외침, 소음, 욕설, 싸움,
빽빽함, 좁음, 찌는 듯한, 더러운, 좁은, 부자유스런(구속당한), 축축한, 가난한
등으로 표현할 수 있다. 블라지미르 또뽀로프, 「뻬쩨르부르그와 러시아 문학에
있어서의 뻬쩨르부르그 텍스트」, 『시간과 공간의 기호학』(로뜨만 외, 러시아시
학연구회 편), 열린책들, 1996, 103-104면.

상실한 '안티 집'이다.6) 집은 바슐라르가 이야기하는 내밀한 장소이며, 고유성이 살아 있는 곳이다. 반면에 안티 집은 인간적인 의미가 깃들어 있는 장소를 발견할 수 없는 공간이다. 양적으로 계산된 구획화된 도시는 말 그대로 의미가 제거된 '양적 공간'과 도시화의 산물인 도시의 추악한 이면들— 유곽·빈민지 대뒷골목 등 — 로 채워진 안티 집의 공간이다.

이상에게는 '집'이라는 자기 세계의 중심이 존재하지 않는다. 그에게는 삶을 정상적으로 영위할 수 있는 장소가 없다. 방 같은 집의 일부가 시의 소재가 된 경우에도, 역시 진정한 집의 의미는 부재한다. 그에게 이 같은 공간은 백화점이나 도시 거리와 마찬가지로 내밀한 장소가 되지 못한다는 점에서 동질성을 갖고 있다. 이상의 시는 인간적인 내밀함이 소멸되고 황폐해진 도시 공간을 보여준다.

---

6) 세계 구비 문학의 보편적 주제 가운데 '집(dom)'(자신의 공간, 안전한 공간, 문화적 공간, 신의 비호를 받는 공간)과 안티 집(antidom)인 '숲속의 집'(타인의 공간, 악마의 공간, 일시적 죽음의 공간, 이 공간으로 들어가는 것은 사후 세계를 여행하는 것과 같다)의 대비는 큰 비중을 차지한다. 집은 안전을 의미하며, 안티 집은 사창가로 상징적으로 나타난다. 집 없음의 주제와 더불어 거짓된 집에 대한 주제도 부각된다. 도시의 아파트는 비도덕적 세계의 구심점이 된다. 아파트가 삶의 공간이 아닌 정반대의 의미를 상징한다는 것은 아파트와 죽음의 공고한 관계를 드러낸다. 살아 있는 자들의 '집'과 거짓된 삶의 '안티 집'의 대비는 불가꼬프(M. Bulgakov, 1891~1940, 러시아의 소설가이며 극작가이다. 「개의 심장」·「치치코프의 편력」·「붉은 관」·「巨匠과 마르가리따」 등의 작품이 있다. 로뜨만이 글에서 분석하고 있는 작품은 「巨匠과 마르가리따」에 대한 분석이다 - 필자 주)에게서는 빛과 음향의 특성 등 일련의 공고한 특징들로 인해 실현된다. (유리 로뜨만, 「예술적 공간에 관한 소고」; 로뜨만 외, 같은 책, 31~38면)

이상의 시 「가외가전(街外街傳)」은 외형적으로는 화려하지만 어둠을 동시적으로 내포한 도시의 이중성을 병든 육체와 병치하여 보여준다.[7] 도시의 환부인 유곽 이미지는 폐환(肺患)에 걸린 육체 이미지와 결합한다. 유곽은 동일한 도시 공간이면서도, 더럽고 음습한 뒷골목에 '숨겨져' 있다. 그곳은 반듯한 도로를 중심으로 현대식 건물들이 늘어서 있는 경쾌한 도심에서 소외된 공간이다.

喧噪때문에磨滅되는몸이다. 모도少年이라고들그리는데老爺인氣色이많다. 酷刑에씻기워서算盤알처럼資格넘어로튀어올으기쉽다. 그렇니까陸橋우에서또하나의편안한大陸을나려다보고僅僅이산다. 동갑네가시시거리며떼를지어踏橋한다. 그렇지안아도陸橋는또月光으로充分히天秤처럼제무게에끄덱인다. 他人의그림자는위선넓다. 微微한그림자들이얼떨김에모조리앉어버린다. 櫻桃가진다. 種子도煙滅한다. 偵探도흐지부지 — 있어야옳을을拍手가어쩌서없느냐. 아마아버지를反逆한가싶다. 默默히 — 企圖를封鎖한체하고말을하면사투리다. 아니 — 이無言이喧噪의사투리리라. 쏟으랴는노릇 — 날카로운身端이싱싱한陸橋그중甚한구석을診斷하듯어루많이기만한다. 나날이썩

---

7) 1930년대 경성은 도시의 이중적 구조를 전형적으로 보여주는 근대 도시로 형성되어 갔다. 유광열의 「대경성의 점경」(『사해공론』, 1935.10), 김진송 편, 『현대성의 형성 – 서울에딴스홀을許하라』(현실문화연구, 1999, 287면)라는 글에 명암이 공존하며, 혼란스럽게 펼쳐지는 대도시 경성의 면모가 잘 나타나 있다. "경성은 집집의 쓰레기나 변소에서 매월 수천 차의 똥오줌과 쓰레기를 산출한다. 그러나 이 똥오줌이나 쓰레기에 못지 않게 더러운 화류병자, 고히중독자, 타락자, 정신병자도 산출하고 남이 보면 얼굴을 찡그리는 걸인도 산출한다. 청계천변, 광희문 밖, 애오개 산지 일대, 남대문 밖, 노동자 거리, 지하실에는 수천의 걸인이 있다. 이 걸인은 모든 것을 조소하며 모든 것을 저주한다. 화려한 도시의 부스럼腫物이요, 사회진보의 찌꺼기이다. …… 부호와 걸인, 환락과 비참, 구와 신. 이 모든 불균형을 4십만 시민 위에 '씩씩'하게 배열하며 경성은 자라간다."

으면서가르치는指向으로奇蹟히골목이뚤렸다. 썩는것들이落差나며골목으로
몰린다. 골목안에는侈奢스러워보이는門이있다. 門안에는金니가있다. 金니안
에는추잡한혀가달닌肺患이있다. 오-오-. 들어가면나오지못하는타잎기피가
臟腑를닮는다. 그우로짝바뀐구두가비철거린다. 어느菌이어느아랫배를앓게
하는것이다. 질다.

反芻한다. 老婆니까. 마즌편平滑한유리우에解消된政體를塗布한조름오는
惠澤이든다. 꿈-꿈-꿈을짓밟는虛妄한勞役-이世紀의困憊와殺氣가바
둑판처럼넓니깔였다. 먹어야사는입술이惡意로구긴진창우에서슬몃이食事흥
내를낸다. 아들-여러아들-老婆의結婚을거더차는여러아들들의육중한구
두-구두바닥의징이다.

層段을몇벌이고아래로나려가면갈사록우물이드믈다. 좀遲刻해서는텁텁
한바람이불고-하면學生들의地圖가曜日마다彩色을곷인다. 客地에서道
理없어다수굿하든집웅들이어물어물한다. 卽이聚落은바로여드름돋는季節
이래서으쓱거리다잠꼬대우에더운물을붓기도한다. 渴-이 渴때문에견듸지
못하겠다.

太古의湖水바탕이든地積이짜다. 幕을버틴기둥이濕해들어온다. 구름이近
境에오지않고娛樂없는空氣속에서가끔扁桃腺들을알는다. 貨幣의스캔달-
발처럼생긴손이염치없이老婆의痛苦하는손을잡는다.

눈에띠우지안는暴君이潛入하았다는所聞이있다. 아기들이번번이애총이되
고되고한다. 어디로避해야저어른구두와어른구두가맞부덧는꼴을안볼수있스
랴. 한창急한時刻이면家家戶戶들이한데어우러저서멀니砲聲과屍斑이제법
은은하다.

여기있는것들은모도가그尨大한房을쓸어생긴답답한쓰레기다. 落雷심한그
尨大한房안에는어디로선가窒息한비둘기만한까마귀한마리가날어들어왔다.
그렇니까剛하든것들이疫馬잡듯픽픽씰어지면서房은금시爆發할만큼精潔하

다. 反對로여기있는것들은통요사이의쓰레기다.

　간다. 「孫子」도搭載한客車가房을避하나보다. 速記를펴놓은床几웋에알뜰한접시가있고접시우에삶은鷄卵한개 ― 포 ― 크로터뜨린노란자위겨드랑에서난데없이孵化하는勳章型鳥類 ― 푸드덕거리는바람에方眼紙가찌저지고氷原웋에座標잃은符牒떼가亂舞한다. 卷煙에피가묻고그날밤에遊廓도탔다. 繁殖한거즛天使들이하늘을가리고溫帶로건는다. 그렇나여기있는것들은뜨뜻해지면서한껴번에들떠든다. 尨大한房은속으로골마서壁紙가가렵다. 쓰레기가막붙ㅅ는다.

―「街外街傳」 전문8)

　이 시는 길 밖의 길에 대한 이야기이다.9) 여기에서 길 밖의 길이 의미하는 것은 정상적인 삶이 이루어질 수 없는 일탈된 공간을 가리킨다. 그곳은 화자가 생활하는 곳이지만, 벗어나고 싶은 공간이기도 하다. 이상은 유곽 골목과 그곳을 배경으로 살아가는 사람들의 피폐한 정서를 암시적으로 드러낸다. 유곽 골목은 입구부터 막다른 골목까지 화자의 시선에 의해 투시된다. 동시에 이 공간은 화자 자신의 몸을 평면도처럼 펼친 것이다. 폐환으로 장부가 곪아가는 화자 자신의 육체를 입에서 장부에 이르기까지 세밀하게 관찰하는 화자의 시선은 음습하고 황폐한 유곽의 내부를 관찰하는 시선과 중첩된다. 유곽과 육체를 중첩시켜 관찰하는 화자의 시선은 이들 두 대상이 동질성을 갖는 공

---

8) 이상, 『詩와小說』(1936.3)에 실림. 사진으로 보는 자료, 228~231면.
9) 김인환은 "「街外街傳」은 거리 밖에서 하는 거리의 이야기라는 뜻인데, 여기서 말하는 거리란 입에서 시작하여 항문에 이르는 내장의 여러 기관"이라고 풀이하였다(김인환, 「이상시 연구」, 『양영학술연구논문집』 제4회, 1996, 190면).

간임을 보여준다. 화자는 관찰을 통하여 병들고 곪은 몸과 유곽의 파괴 과정을 동시에 낱낱이 해부한다.

화자는 거리 밖에서 유곽을 관찰하지만 화자 역시 유곽에 사는 사람으로 나타난다. 유곽에서 생존하는 노파 같은 매춘부와 마찬가지로 나는 쇠락해 가는 늙은이, 즉 "老爺" 같은 존재이다. 이 시에는 화자와 매춘부와 유곽을 찾는 남자들이 등장한다. 화자의 나이는 소년처럼 젊지만 실제로는 늙은이를 뜻하는 '노야'와도 같다. 매춘부 역시 '노파'로 상징된다. 매춘부를 화폐로 사는 다수의 남자들은 노파의 "여러아들들"로 표현되며, 그녀를 억압하는 폭력적인 존재들로 나타난다.

좁은 뒷골목의 시끄러움[喧噪]은 나의 몸을 마멸시킨다. 나는 소음 때문에 늙어간다. 나의 육체적 연령은 소년이나, 세상의 소음에 닳고 닳아서 늙은이와 다름없다. 썩어 가는 유곽은 폐환으로 병들은 육체이며, 동시에 질병을 앓는 육체는 유곽과 동질성을 띤다. 유곽으로 들어서는 골목, 그 골목 안에 사치스러워 보이는 화려한 문이 있고 화려한 문은 썩는 몸을 위장한다. '侈奢스러워(사치스럽다는 뜻 - 필자 주) 보이는 문', 그 안의 '금니', 금니 안의 '추잡한 혀', '폐환' 등의 시어들은 유곽이라는 병들고 황폐한 공간을 폐질환으로 병들은 육체에 비유한 것이다. 유곽은 내객들을 맞기 위해 문을 화려하게 장식하고 있지만, 그것은 한번 들어가면 다시는 나올 수 없는 병든 내부를 감춘 장식에 불과하다. "나날이썩으면서가르키는방향으로기적히골목이뚫렸다." '기적처럼' 뚫린 골목이란 유곽을 조롱하는 반어적 표현이다. 그 골목으로 향하는 시간은 오로지 부패 작용만이 진행되는 시간이다.

"마즌편平滑한유리우에解消된政體를塗布한줄음"에서 노파 같은 매춘부는 한때의 한가로운 시간을 맞아 졸고 있다. 그러나 그녀는 유리면에 비치는, 산산이 부서지는 빛처럼 모두 해소(解消)되어 있는 것으로 나타난다. 그녀의 인간으로서의 삶은 형체 없이 소멸되는 햇살과 같다. 매춘부의 매춘행위는 자신의 꿈을 짓밟는 허망한 노역(勞役)에 불과하다. 여기에서 그녀의 육체를 화폐로 사는 남자들은 그녀의 아들들로 표현된다. "老婆의結婚을거더차는여러아들들의육중한구두", 아들들이 징박은 구두를 신고 노파의 결혼을 걸어찬다는 것은 여성에게 가하는 남성들의 억압을 형상화한 것이다.

"貨幣의스캔달—발처럼생긴손이염치없이老婆의痛苦하는손을잡는다"에서 이상은 매춘행위를 우회적으로 묘사한다. "발처럼생긴손"은 염치없이, 고통스러워하는 여인을 억압한다. "아기들이번번이애총이되고되고한다"에서 아기들도 "어른구두"에 의해 희생당하는 존재이다. 어른구두와 어른구두가 맞부딪는 꼴, 즉 매춘행위로 임신된 태아들은 낙태된다. 저녁 무렵이면 유곽 골목은 활기를 띠기도 하지만 병들은 공간이 내뿜는 활기는 시반(屍斑)이 은은한 죽음의 무늬와 냄새를 감춘 것에 지나지 않는다. 유곽은 폭군포성·시반(屍斑) 등의 죽음 이미지가 지배하는 공간이다. 화자는 유곽으로 통하는 육교 위에 서서 유곽을 관찰한다. 유곽 골목의 근처는 죽음의 골목인 방대한 방을 쓸어서 생긴 답답한 쓰레기들로 가득차 있다. 유곽을 상징하는 방대한 방은 쓰레기를 쓸어냈기 때문에 폭발할 만큼 정결하지만, 반대로 방 밖은 방이 뱉어낸 쓰레기들로 가득하다. 도시의 뒷골목은 쓰레기 집하장과 다르지 않다.

"「간다」" 나는 관찰을 끝내고 내가 생존하는 곳, 가외가(街外街)로 돌아간다. 유곽 골목 밖에 있는 육교 위에서 유곽을 관찰하던 나는 관찰자의 위치에서 다시 현실 속으로 되돌아가는 것이다. 나는 병든 유곽과 심리적 거리를 두고 유곽에서 벗어나기를 바라지만, 나의 생존의 터로 돌아가지 않을 수 없다. 나는 유곽을 벗어나지 못하는 유곽에 속한 존재이며 동시에 나는 유곽의 거리가 병들고 곪아 있듯이 병든 육체를 소유한 자이다. "포 — 크로터뜨린노란자위겨드랑에서난데없이孵化하는勳章型鳥類 ― 푸드덕거리는바람에方眼紙가찌저지고氷原웋에座標잃은符牒떼가亂舞한다." 난데없이 부화한 조류가 푸드덕거리는 순간은 내가 '각혈하는 순간'을 암시한다. 화려한 문으로 가리고 있던 유곽의 환부가 노출되는 것과 마찬가지로 감춰져 있던 병든 화자의 육체가 정체를 드러내는 파국의 순간이다. 화려함과 정결함으로 위장된 유곽은 곪은 내부를 숨기고 있었고, 나의 병든 육체는 각혈을 간신히 억누르고 있었던 것이다. 그러나 마침내 나는 각혈을 하고, 유곽은 불탄다.

1

優雅한女賊이 내뒤를밟는다고 想像하라

내門 빗장을 내가질으는소리는내心頭의凍結하는錄音이거나 그「겹」이거나……

—無情하구나—

燈불이 침침하니까 女賊 乳白의裸體가 참 魅力있는汚穢 - 가아니면乾淨이다

2

市街戰이끝난都市 步道에「麻」기어즈럽다 黨道의命을받들고月光이 이「麻」어즈러운우에 먹을 즐느리라.

(色이여 保護色이거라) 나는 이런일을흉내내여 껄껄 껄 웃는다

3

人民이 퍽죽은모양인데거의亡骸를남기지안았다 悽慘한砲火가 은근히濕氣를불은다 그런다음에는世上것이發芽치안는다 그러고夜陰이夜陰에繼續된다

猴는 드디어 깊은睡眠에빠졌다 空氣는乳白으로化粧되고

나는?

사람의屍體를밟고집으로도라오는길에 皮膚面에털이소삿다 멀리 내뒤에서 내讀書소리가들려왔다

4

이 首都의廢墟에 왜遞信이있나

응? (조용합시다 할머니의下問입니다)

5

쉬 - ㅌ우에 내稀薄한輪廓이찍혓다 이런頭蓋骨에는解剖圖가參加하지않는다

내正面은가을이다 丹楓근방에透明한洪水가沈澱한다

睡眠뒤에는손까락끝이濃黃의小便으로 차겁드니 기어 방울이저서떨어 젓다

6

건너다보히는二層에서大陸게집들창을닫어버린다 닫기前에 춤을배알었다
마치 내게射擊하듯이……

室內에展開될생각하고 나는嫉妬한다 上氣한四肢를壁에기대어 그 춤을
디려다보면 淫亂한 外國語가허고많은細菌처럼 꿈틀거린다

나는 홀로 閨房에病身을기른다 病身은각금窒息하고 血循이여기저기서망
설거린다

7

단초를감춘다 남보는데서「싸인」을하지말고…… 어디 어디 暗殺이 부헝
이처럼 드새는지 — 누구든지모른다

8

…… 步道「마이크로폰」은 마즈막 發電을 마쳤다
夜陰을發掘하는月光 —
死體는 일어버린體溫보다훨신차다 灰燼우에 시러가나렷건만……

별안간 波狀鐵板이넌머졌다 頑固한音響에는餘韻도없다
그밑에서 늙은 議員과 늙은 敎授가 번차례로講演한다
「무엇이 무엇과 와야만되느냐」
이들의상판은 個個 이들의先輩상판을달멋다
烏有10)된驛構內에貨物車가 웃둑하다 向하고잇다

---

10) 사물이 아무것도 없이 되는 것을 뜻하는데, 여기에서는 역구내가 텅 비어 있
음을 가리킨다.

9

喪章을부친暗號인가 電流우에올나앉어서 死滅의「가나안」을 指示한다
都市의崩落은 아 - 風說보다빠르다

10

市廳은法典을감추고 散亂한 處分을拒絶하엿다
「콩크리 - 트」田園에는 草根木皮도없다 物體의陰影에生理가없다
─孤獨한奇術師「카인」은都市關門에서人力車를나리고 항용 이거리를 緩
步하리라

─「破帖」11) 전문

이상의 시, 「파첩(破帖)」12)은 망가진 책표지를 의미하는 파첩
처럼 파괴된 도시 거리를 보여준다. 화자인 나는 도시의 밤거리
를 완보하면서 도시의 황폐함을 관찰한다. 나는 내 뒤를 누군가
─아름다운 여적(女賊)─가 밟고 있다고 상상한다. 도시의 밤
거리를 비추는 침침한 등불은 여적(女賊)의 우윳빛 나체를 매력
적인 육체로 만든다. 나는 상상 속의 여체에서 매력적인 더러움
─부정(不貞)─을 느끼면서 동시에 정결함─순결─을 발견
한다. 내가 여체에서 더러움을 발견하는 것은 정숙치 못한 여자
에 대한 거부감이 나의 의식 속에 선재해 있기 때문이다. 반면
에 내 의식의 한편에는 여적(女賊)의 육체에 대한 정결한 느낌이
자리잡고 있다. 여자의 나체에 대한 오예감(汚穢感)과 정결함은
양립하기 어렵다. 그러나 이 같은 나의 복합적인 감정 발생은

---

11) 이상,『子午線』1호(1937.11)에 실림. 사진으로 보는 자료, 220~223면.
12) '破帖'은 標題(책의 겉에 씌어진 책이름)가 망가진 것을 뜻한다.

도시의 침침한 등불 아래이므로 가능하다. 도시의 밤거리를 비추는 흐린 불빛은 밝은 대낮에 명료하던 이성을 후퇴시키고—이성이 인간으로 하여금 오예든지 정결이든지 하나의 감정으로 정돈하고 선택하도록 한다면—이성적으로 사고하기 이전의 무질서한 감정을 그대로 노출시킨다. 나의 본능은 아름다운 여자의 육체에서 파괴되기 이전의 정결함을 본다. 정결한 여자의 육체는 나의 욕망을 자극하는, 파괴를 기다리는 육체이다. 그녀의 몸은 오직 나만의 욕구 대상이 될 수 있다. 나의 욕망이 강렬할수록 그녀의 육체는 아름답다. 반면에 그녀의 육체에 대해 내가 더러움과 혐오감을 갖는 것은 이미 파괴된 혹은 더럽혀진 육체가 주는 부정함 때문이다. 부정함이 나에게 더럽다는 느낌을 주는 이유는 그녀의 몸이 나만의 소유가 아니기 때문이다. 그러나 나만의 욕구 대상이 될 수 없는 여적(女賊)의 육체는 더욱 더 강력한 힘으로 나를 매혹시키는 대상이다.

이같이 극단적으로 대립하는 여체에 대한 나의 복합적인 감정은 침침한 등불에 의해 유발된다. 불빛은 나의 이성을 덮고 대신에 본능을 전면에 나타나게 만든다. 실제의 여체가 어떠한 모습을 갖는가와는 무관하게 나의 자유로운 상상 속에서 여체는 더러움이 되기도 하고 정결함이 되기도 하고, 더러움과 정결함의 이미지가 동시에 겹쳐져 나타나기도 한다. 외부와 차단된 나의 의식은 어떠한 상상도 가능하게 한다. 도시의 밤은 그 거리를 완보하는 자의 의식을 무한한 상상의 세계로 끌어들인다.

그러나 상상 속으로 몰입하던 나는 곧 "—무정하구나—"라는 말을 토로한다. 이처럼 외부와는 단절된 채 오로지 내면 공간 속으로만 몰입하는 화자의 모습은, 근대인의 현실과 괴리되고 소외된 의식을 드러낸다.

도시의 밤은 시가전(市街戰)이 끝나고 처참한 포화(砲火)와 인민의 주검들이 남겨진 시간이다. 도시의 일상은 전쟁이 주는 이미지와 다르지 않다. "步道"에 "麻"가 어지럽다. 월광이 어지러운 환각의 거리에 먹을 지른다. 일과가 끝난 도시의 밤은 환각제로 마취되어 있다. 여기에서 거리에 먹물을 지르는 월광은 자연과 인간이 만들어낸 인공물과의 적대적인 관계를 나타낸다.

전원(田園)에서 인간과 인간이 만든 조형물은 자연과 조응하면서 자연의 일부로 존재한다. 자연만물은 자연의 품안에서 충돌하지 않고 융합한다. 전원(田園)의 달빛은 사물들을 부드럽게 감싼다. 그러나 「파첩」에서의 월광은 인간의 도시와 불화의 관계에 있음을 적나라하게 드러낸다. 월광은 생존의 전쟁이 끝난 거리, 환각의 거리에 검은 먹물을 "즐는다".13) 이상은 인공과 자연의 반목(反目)을 보여준다. 달빛이 먹을 지르는 도심의 거리 어디에서도 자연과 인간이 조화로웠던 흔적을 찾아볼 수 없다. 인공의 도시 위를 비추는 달빛의 공격성은 만물을 감싸는 포근한 달의 이미지에서 완전히 벗어나 있다. 먹을 지르는 듯한 달빛에

---

13) "즐는다"는 지르다. 지르다는 팔다리나 막대기 따위를 내뻗치어 대상물을 힘껏 건드리거나, 그 속에 꽂아 넣는다는 뜻이다.

서, 나는 대상을 노려보는 싸늘한 적의를 느낀다. 여기에서 자연물인 달빛도 인공의 도시가 내뿜는 차가운 불빛과 전혀 구분되지 않는다. 달빛은 어두운 거리를 밝히는 것이 아니라, 오히려 먹ㅡ검은 물감ㅡ을 뿌린다. 거리는 더욱 더 어두운 암흑으로 덮인 거리가 된다.

"(色이여 保護色이거라)"에서 화자의 바람이 나타나는데, 그것은 차갑고 검은 달빛이 도시의 보호색이 되라는 것이다. 먹 같은 어둠 속에서 도시는 자유롭게 환각 속으로 빠져들 수 있다. 그러나 달빛이 환각도시의 보호색이 되라는 화자의 바람은 달빛과 도시의 융합에 대한 기대가 아니다. 도시 거리와 대적하는 검은 달빛을 보고 보호색이 되라고 하는 나의 진술은 일치하지 않는 사물들에 대한 나의 조롱이다. "나는 이런일을흉내내여 껄껄껄 웃는다." 나도 달빛이 거리를 향해 먹을 지르는 것을 흉내낸다. 그것은 나의 "껄껄 껄" 웃는 행위로 나타난다. 나의 반복되는 웃음소리는 밤거리를 덮은 월광이 함축하고 있는 것과 동일한 것으로, 환각의 도시를 향한 비웃음이다.

마(麻)가 어지러운 환각의 도시가 주는 혼돈은 무언가 창조되기 이전에 나타나는 무질서가 아니다. 그것은 "世上것이發芽치안는", 모든 것이 파괴되고 난 뒤의 황폐함과 무질서를 가리킨다. 도시의 밤은 '죽은 인민'이 널려 있는 죽음이 지배하는 공간이다. 이상의 시에서 '발아'의 이미지는 자주 발견되는 심상이다. 그것은 대지에서 식물의 싹이 트는 것을 의미하는데, 바로 생명성의 발현을 상징한다. 따라서 "世上것이發芽치안는다"는 것은 생명성의 부재, 곧 죽음을 뜻한다. 세상의 모든 것들은 죽음의 그림자에 덮여 있다. 도시의 밤은 내일의 밝은 빛이 전혀 도래할 기미를 보이지 않는, 음습한 어둠만이 "야음에계속된다". 어둠침침한 밤은 더욱 더 깊은 어둠 속으로 빠져 들어간다. 밤의 시간에 인간들의 인간성은 사라지고, 동물성만이 그들의 인성(人性)을 대신한다. "猴"는 드디어 깊은 수면에 빠진 사람들을 상징한다. 그러나 집으로 돌아오는 나도 점점 '털'이 자라는 동물로 변신한다.

월광은 싸늘하고 냉기가 돈다. 황량한 도시의 밤에 월광은 싸늘함을 더한다. 차가운 시체와 다 타버린 재 위에 서리가 내린다. "步道「마이크로폰」은 마즈막 發電을 마쳤다." 마이크로폰은 전화나 라디오의 송화기 등과 같이 음파를 음성(音聲) 전류로 바꾸는 장치이다. 화자는 폐허가 된 수도에 "체신"으로 상징되는 의사소통의 수단이 남아 있다는 사실에 의문을 갖는다. 그러나 그 "체신"에 대한 의문도 곧 의미 없는 것으로 드러난다. 체신은 할머니의 "下門"에 지나지 않는다. 생식력을 상실한 할머니의 생식기에 타자와의 의사소통 수단을 빗대어 표현한 것에서 시인의 의도가 나타난다. 생명성이 부재하는 폐허의 도시에 의사소통은 불가능 상태에 있는 것이다.

대륙 계집이 마치 내게 사격하듯이 침을 뱉는다. 나와 마주하고 있는 이층 건물은 '유곽'으로 짐작되는 건물이다. 나는 창문이 닫혀진 방 안에서 누군가와 그녀가 즐길 은밀한 밀회의 순간을 상상하며 질투심을 느낀다. 그와 동시에 점점 사지가 상기되는 흥분 상태에 빠진다. 여기에서 성은 감춰진 사적인 공간에 은폐되지 않는다. 내가 이층의 방 안에서 전개될 성행위를 즉각적으로 상상할 수 있을 정도로 성은 노출되어 있다. 나는 이층의 여자가 뱉은 침을 관찰하며 실내의 음란함을 연상한다. 그러므로 중국 여자의 침에는 외국어가 세균처럼 꿈틀거리고 있다고 생각한다. 나로 하여금 외국어가 음란하게 꿈틀거리는 침은 그 이층 여자의 부정한 행실을 상상케 한다. 나는 이층 여자가 다른 남자와 같이 있는 것에 질투를 느끼는데, 나의 질투심은 곧 그녀에 대한 나의 관심이다. 나는 그녀와의 소통을 원하고 있다. 그러나 그녀는 침을 뱉고 나와 마주해 있는 들창을 닫아 버리는 차단의 몸짓을 한다. 그녀에게서 철저하게 외면당하는 나는 그녀와 현격한 거리가 있는 "閨房"에서 "병신"을 기를 수밖에 없다. 규방은 나만의 고독한 공간이다. 나는 이층 여자에게 관심을 갖지만, 나는 그녀에게서 음란함과 "射擊"으로 나타나는 나를 향한 공격성만을 발견할 뿐이다. 그녀에게서 동질감을 찾을 수 없는 나는 병신과 같이 존재의 불완전함을 체험하는 것이다.

"단초를감춘다 남보는데서 「싸인」을하지말고…… 어디 어디 暗殺이 부엉이처럼 드새는지 ― 누구든지모른다." 도시 공간에서 사람들은 자신을 알리는 어떤 정보도 노출하지 않는다. 남들에게 자신의 의사를 나타내는 어떠한 의미 있는 기호도 사용하지 않는다. 이처럼 자신에 관한 정보를 감추는 것은 도시 공간이 가지는 불안감을 반증한다. 이곳에서 개인의 실존은 생명에 위협을 받을 정도로 불안하다. 암살이 어디에서 일어나는지 아무도 알 수 없는 도시의 밤을 맞는 사람들은 생명의 위협을 느낀다. 어느 곳에서 살인행위가 일어날지도 모르는 상황은 더욱 더 불안감을 증폭시킨다. 폭력적인 도시의 밤에 사람들은 자신을 보호하기 위해서 익명으로 존재해야 한다. 자신을 노출시키는 것은 곧 자신의 생명에 직접적인 해를 초래할 것이기 때문이다. 이상에서 살펴본 것처럼 도시에서의 일상과 인간관계는 모두 극단적인 적대관계 속에 놓여 있다.

늙은 의원과 늙은 교수는 선배들의 이론을 똑같이 반복하여 강의하는 사람들이다. 그들은 「무엇이 무엇과 와야만되느냐」를 연구한다. 이는 어떠한 현상에 대해 그것의 이치와 필연성을 따지는 것이다. 그들이 보기에 어떤 현상이 발생할 경우 반드시 그것에 부수되는 결과는 일정하다. 그들은 과학적인 분석이나 이성으로 모든 현상들의 원리는 밝혀진다고 여긴다. 여기에 우연은 발생할 수 없다. 이 같은 필연의 법칙에 맞지 않는 현상은 합리적이지 않기 때문이다. 이 원칙에서 벗어나는 것은 모두 비합리적이고 우연적인 것에 불과하다. 인과의 법칙을 벗어나는 현상들은 이성의 세계에 속하지 않는 것들로 치부된다. 늙은 의원과 늙은 교수는 이성과 질서와 법칙의 세계만을 강의한다. 이들을 수식한 "늙은"은 '낡은'과 동일한 의미를 내포한다. 학자와 정치가는 선배들의 낡은 이론만을 반복적으로 되풀이할 뿐이다. 그 이론들이 이미 낡아버린 도식에 지나지 않는 것으로 드러난다 해도, 늙은 학자와 정치가는 낡은 패러다임을 고수한다. 이들 위에 세워졌던 물결 모양의 철판인 "파상철판"은 넘어지면서 "완고한 음향"을 낸다. 새로운 무언가를 창조할 만한 유연함— "여운"—은 전혀 찾아볼 수 없는, 이들의 이미지는 '딱딱함'으로 나타난다.

"烏有된驛構內에貨物車가 웃둑하다 向하고잇다" 아무 것도 없이 텅 빈 역구내에 화물차만이 우뚝 선 채, 도시의 황량한 모습을 몸체로 가리킨다. 화물차의 시커먼 외양은 "喪章을부친暗號"처럼 "死滅의「가나안」을 指示한다." 가나안은 성서적 의미로 보자면 복락의 땅이지만, 여기에서는 반어로 쓰인다. 젖과 꿀이 흐르는 낙원인 가나안과 죽음의 도시를 결합시켰을 때의 불일치는 더욱 더 도시의 붕락을 섬뜩하게 드러낸다.

   ——九三三, 二月十七日의 室內의 件—

   네온사인은쌕스폰과같이야위어있다.

   파릿한靜脈을切斷하니새빨간動脈이었다.
   ─그것은파릿한動脈이었기때문이다─
   ─아니! 붉은動脈이라도저렇게皮膚에파묻혀있으면……
   보라! 네온사인인들저렇게가만히있는것같아보여도실은끊임없이네온가스
   가흐르고있는게란다.

　　　　―肺病쟁이가쌕스폰을불었드니危險한피가檢溫計와같이
　　　　―실은끊임없이壽命이흐르고있는게란다.
―「街衢의추위」 전문14)

　위의 작품에서 네온사인은 화자 자신의 혈관을 상징한다.15)
동맥의 선홍색 피는 생명의 원천이다. 이에 반하여 암적색을 띠
는 정맥의 피는 생명력이 소진된 혈액이다. 「가구(街衢)의추위」
에서 청색 네온사인과 붉은색 네온사인은 각각 인체의 정맥과
동맥으로 비유된다. 이 시의 화자인 나는 동맥에 비해 생명성을
상실한 것처럼 보이는 정맥, 즉 푸른색 네온사인을 운동성을 잃
고 "가만히있는것"으로 여긴다. 그러나 나는 청색의 네온사인도
붉은색의 네온사인―동맥―과 같은 것이라고 말한다. 나는 파
란 정맥을 절단하면 그 속에는 생명력이 넘치는 새빨간 동맥이
숨겨져 있다고 믿는다. 나의 이 같은 믿음은 동맥이 함축하고

---

14) 이상의 遺稿 日文詩이며, 원제는 「街衢 / 寒サ」이다. 임종국의 번역으로 임
　　종국의 『이상전집』(개정판, 문성사, 1966)에 실림.
15) 여기에서 이상은 자신의 병든 육체를 추운 거리로, 혈관을 거리의 네온사인
　　으로 비유한다. 인체를 근대적인 사물로 환치하여 표현하는 것에서 이상의 시
　　의식은 근대 도시에 의해 형성되었음을 알 수 있다.
　　　1911년에 발명된 네온사인은 1920년대 말, 서울의 밤을 비추게 된다. 이 네
　　온사인을 '근대색'이라 칭하면서 찬미한 글이 있다.
　　　"初夏의 거리를 꾸미는 청·황녹 등의 광채를 방사하는 '네온사인', 이것은
　　일홈부터가 현대적인 것과 가티 '네온사인'은 실로 현대도시를 장식하는 가장
　　진보적 조명품이다. 얼핏보면 非常히 자극적인 듯하나 자세히 보면 볼사록 어
　　데까지 맑고 참 네온사인은 정히 근대인의 신경을 상징한 것이다. …… 우리
　　서울의 밤거리에 이 네온사인이 비추게 된 것은 겨우 2·3년 전의 일이다."(「하
　　기과학상식」, 『신민』, 1931.7. 김진송 편, 『현대성의 형성 - 서울에딴스홀을許
　　하라』, 현실문화연구, 1999, 257~258면에서 재인용)

있는 '생명성'을 정맥에서조차 발견해내려는 생명 욕구에서 비롯된다.

정맥처럼 보이는 푸른 색 네온사인을 붉은 피가 채워진 동맥이기를 열망하는 나의 바람은 나의 육체가 병들었기—"肺病쟁이"—때문이다. 생명이 소진되어 가는 육체를 가진 자의 재생 욕구는, 푸른 네온사인조차 생명성이 내재된 사물로 보게 만든다. "街衢의추위"는 바로 병든 육체가 일으키는 오한을 비유적으로 표현한 것이다. 도시는 병든 나의 육체이다. 도시의 네온사인은 내 육체의 내부를 흐르는 혈관이다. 수척하고 파리한 네온사인은 도시의 병든 상태를 나타내며, 동시에 나의 병든 육체를 나타낸다. 육체의 한기(寒氣)와 파란 혈관을 가진 병든 나는 죽은 피를 담은 정맥을 상징하는 푸른색의 네온사인에서도 새빨간 동맥, 즉 생명력을 발견하려는 절실한 생명 욕구를 표출한다.

이상은 병든 육체 내부를 도는 한기(寒氣)를 추운 거리의 수척한 네온사인으로써 표현한다. "위험한피"는 화자의 병든 육체를 상징한다. 그러나 화자는 추운 거리의 파리하고 수척한 네온사인에도 부단히 네온가스가 흐르고 있다고 말한다. 색소폰을 부는 폐병환자에게도 끊임없이 목숨이 흐르고 있음을 역설하는 것이다. "－실은끊임없이壽命이흐르고있는게란다"라는 나의 독백은 생명을 향한 간절한 욕망을 드러낸다.

2. 개체화된 육체의 고립 공간

이상의 시 「AU MAGASIN DE NOUVEAUTES」에서 백화점은 일상적인 공간으로 나타난다. 백화점이라는 공간에서 가지는 인간관계는 가벼움으로 표상된다. 이 작품의 화자는 백화점의 상품들과 사람들을 관찰한다. 그가 다른 사람들과 맺는 인간관계는 걸어가면서 대상들을 훑어보는 극히 '짧은 시간' 안에 이루어진다. 낯선 타자들과의 만남은 스쳐 지나가는 것으로 끝난다. 화자가 백화점의 상품을 보는 것과 사람들을 보는 것에는 화자 자신에게 어떠한 질적인 차이를 주지 못한다. 똑같은 관찰의 대상인 것이다. "새로운 일상공간들, 그 공간들은 우리 삶에 어떤 영향을 미치는가? 우리는 이런 곳에서 어떤 식의 행동을 하게 되며 어떤 인간이 되는 것일까? 새로운 공간이 그곳을 찾는 사람들에게 연출된 정체감을 부여한다는 것은 그런 공간이 어떤 독자적인 공간논리를 가진다는, 즉 연극 무대처럼 그 위에 서면 사람들 행동거지를 바꿔 놓는 힘을 갖고 있다는 말이다."16) 백화점이라는 새로운 일상 공간은 그곳에 익숙한 사람들의 인성(人性)을 바꿔놓는다. 백화점 내부에 있는 물건들과 마찬가지로 사람들도 하나의 사물에 불과한 것으로 인지될 뿐이다.

---

16) 강내희, 『공간·육체·권력 – 낯선 세계의 일상』, 문화과학사, 1997, 103~ 115면.

四角形의內部의四角形의內部의四角形의內部의四角形의內部의四角形.

四角이난圓運動의四角이난圓運動의四角이난圓.

비누가通過하는血管의비눗내를透視하는사람.

地球를흉내내며만들어진地球儀를模型으로만들어진地球.

去勢된洋襪(그女人의이름은워어즈였다)

貧血緬絢,[17] 당신의얼굴빛깔도참새다리[18]같습네다.

平行四邊形對角線方向을推進하는莫大한重量.

마르세이유의봄을解纜한코티의香水의맞이한東洋의가을.

快晴의空中에鵬遊하는Z伯號. 蛔蟲良藥이라고씌여져있다.

屋上庭園. 猿猴를흉내내이고있는마드모아젤.

彎曲된直線으로疾走하는落體公式文字盤에XII에내리워진二個[19]의浸水된黃昏.

도아—의內部의도아—의內部의鳥籠의內部의카나리야의內部의嵌殺門戶의內部의인사.

食堂의門깐에方今到達한雌雄과같은朋友가헤어진다.

검은잉크[20]가엎질러진角雪糖이三輪車에積荷된다.

---

17) 임종국의 이상전집 초판본(임종국 편, 『이상전집』 제2권, 태성사, 1956)의 초역에는 "貧血緬絢"라고 제대로 표기되었고, 개정판(이상, 『이상전집』, 임종국 편, 문성사, 1966)에도 동일하게 표기되었으나, 이후에 발간된 이상전집류에는 모두 "貧血緬胞"로 오기된 채 게재되었다. 일 문시 원문은 "貧血緬絢"이다. '緬(가는 실 면)' 다음의 한자인 "絢"는 '絢(合絲로 짠 피륙의 올 구)'로 추측해볼 수 있다. '絢'는 합사로 짠 천의 올이라는 뜻이다. 여기에서 이상이 "貧血緬絢"라 표현한 대상은 바로 앞 시구에 나온 "去勢된洋襪"이다. 이 시의 화자는 진열된 양말에 붙여진 여성의 이름과 양말의 모양에서 곧 거세된 남성의 이미지를 연상하는 한편 양말 천의 흐릿한 색채를 "貧血緬絢"로 표현하고 있다.

18) 참새의 다리라는 뜻이다. 시의 원문은 "スヅメノアシ"이다.

19) "文字盤에XII에내리워진二個의浸水된黃昏" 부분도 임종국의 『이상전집』 초판본에는 "二個"로 올바로 표기되었지만, 증보판에서 "一個"로 오기되었다. 그 외의 이상전집류의 사정도 마찬가지이다. 일문시 원문은 "文字盤にXIIに下された二個の濡れた黃昏"이다.

20) 이 시의 원문은 검다(黑)로 되어 있다. "黑インクの溢れた角砂糖"이므로, 초역에서 "파랑잉크"로 해석한 것은 잘못이다. "검은잉크가엎질러진각설탕"으로

名衝을짓밟는軍用長靴. 街衢를疾驅하는造花金蓮.[21]

위에서내려오고밑에서올라가고위에서내려오고밑에서올라간사람은밑에서
올라가지아니한위에서내려오지아니한밑에서올라가지아니한위에서내려오지
아니한사람.

저여자의下半은저남자의上半에恰似하다.(나는哀憐한邂逅에哀憐하는나)

四角이난케 - 스가걷기시작이다(소름끼치는일이다)

라지에이타의近傍에서昇天하는군빠이.

바깥은雨中. 發光魚類의群集移動.

　　　　　　　　　　　　　—「AU MAGASIN DE NOUVEAUTES」전문[22]

　이 작품의 제목은 '백화점에서'로 해석된다. 이 시에서 화자의
시선은 백화점 건물 내부에서 옥상으로 올라가 건물 옥상에서
바깥 풍경을 관찰하고, 다시 백화점 내부로 이동한다. 백화점
내부에 있는 모든 것들은 화자인 나에게는 정상 형태를 벗어난
기형으로 인식된다. 모형 지구의(地球儀)는 백화점에 있는 물품
들의 인공과 인위성을 상징한다. 또 "去勢된洋襪(그女人의이름
은워어즈였다)"에서 '거세'는 남성성이 제거된 상태를 뜻한다.

　해석해야 한다. 이 부분에 대한 번역이 잘못되었다는 것은 박현수가 이미 지적
하였다(박현수, 「토포스(topos)의 힘과 창조성 고찰」, 『한국학보』 제94집, 1999
년 봄호, 31면). 이 작품은 '건축무한육면각체'라는 큰 제목 아래 『朝鮮と建築
』(1932.7)에 실린 것이며, 임종국의 한글 번역본이 『이상전집』에 게재되어 있
다. 이후에 출간된 이상의 시 全集類는 모두 임종국의 전집에 실린 일문시의
한글 초역을 그대로 再揭載했고, 이에 대한 연구자들의 번역상의 오류에 대한
재고가 전혀 없는 상태에서 일문시 초역은 현재에 이르기까지 연구자들의 기
본 텍스트가 되어 왔다.
　21) 金蓮은 금련화로 꽃의 이름이다. 한련(旱蓮)이라고도 부른다.
　22) 이상, 「AU MAGASIN DE NOUVEAUTES」, 『朝鮮と建築』, 1932.7, 25면.
임종국 역으로 임종국 전집에 재게재됨. 사진으로 보는 자료, 250면.

남성성이 제거된 양말의 이름은 '워어즈'라는 이름을 갖고 있다. 화자는 여자의 이름인 '워어즈'라는 상표가 부착된 양말을 관찰하면서 거세된 남성의 이미지를 떠올린다. 동시에 양말의 이름에서 여성적인 이미지를 연상한다. 사람의 이름은 상품의 이름으로 변한다. 인명은 인간에게 부여된 고유의 것이 아니다. 백화점이라는 공간에서는 사람의 이름이 상품명이 되는 현상이 자연스럽게 이루어진다. 인격은 사물화되어 나타난다. 여기에서 이상은 거세된 남성과 연관되는 이미지를 여성의 이름과 결합시켜 제시함으로써, 인간의 고유성이 사물화되는 것에 대한 부자유스러움을 보여주고 있다.

시계의 문자판은 12시를 가리키지만, 자연 시간은 이미 황혼이 침수된 시각이다. 시계 시간과 자연 시간은 일치하지 않는다. 이는 시계 시간에 대한 화자의 심리적인 거부를 드러낸다. 백화점의 외양은 화려하고, 그 내부에는 풍부한 상품들이 쌓여 있지만, 백화점은 모형의 지구나 거세된 양말 또는 원숭이를 흉내내는 여자 등에서 알 수 있듯이, 가치가 전도되고 결핍된 것들로 채워진 공간이다.

사각의 건물 내부는 온통 사각으로 채워져 있다. 화자가 사각 건물 안으로 들어가면서 발견하게 되는 것은 사각으로 구획되고 정리된 건물의 내부이다. 화자는 내부로 점점 깊이 들어가도 마찬가지임을 깨닫는다. 사각의 내부를 가진 사각 건물에서는 원도 사각으로 보일 정도로 모든 물건들과 사람들을 사각의 틀

속에 가둔다. 건물 내부도 사각이고 원도 사각이고, 사각도 원이다. '사각형의 내부'가 반복되어 나타나고 화자는 사각이 난 건물 속 깊이 갇힌다. 백화점 내부에 진열되어 있는 물건들과 그 물건들을 구매하러 들어온 사람들은 모두 사각이 난 백화점 안에 갇힌 존재들이다. 이 작품의 화자가 진열된 상품들을 보면서 지나가는 백화점 내부의 통로는 화자인 나의 자발적인 선택으로 가는 길이 아니다. 사각이 난 내부는 백화점이 건축될 때, 고객을 유도하기 위해 설계된 진열대와 통로이다. 나는 주체적으로 상품을 보고, 길을 선택할 수 없다. 구매를 목표로 설계된 통로와의 관계에 있어서 나는 전적으로 수동적인 위치에 있게 된다. 이 작품의 첫 부분에서 나타난 것처럼, 나는 백화점 내부를 사각이 연속되는 것으로 인지한다. 이는 고객을 유도하기 위해 설계된 횡유도(橫誘導)[23]를 따라가는 나의 시각적 혼란을 뜻한다.

조롱의 새처럼 사람들은 "嵌殺門戶"[24]의 공간 속에 완벽하게 갇히고 만다. "嵌殺門戶"는 외부와의 완벽한 단절을 나타낸다.

---

23) 橫誘導는 횡적으로 고객을 유도하는 것을 가리킨다. 횡적이라 함은 한 층에서의 이동을 말한다. 백화점을 설계할 때, 고객이 한 층의 내부를 한 바퀴 도는 통로를, '역L字形' 혹은 '格子象形' 등으로 유도계획을 짠다. 한편 縱誘導는 백화점의 지하층에서 최상층까지 고객을 골고루 구석구석 움직이게 하는 유도선을 의미한다. 유도계획은 고객의 시선을 상품이 있는 곳으로 이끌어내는 것으로 상품을 구석까지 진열시켜 구매의 기회를 놓치지 않게 하려는 것이다(전병직, 『백화점 건축계획』, 세진사, 1996, 55면).
24) 감살문호(嵌殺門戶)란 채광만을 위한 것으로, 열고 닫는 기능은 본디 없는 창문을 가리킨다.

"주거가 감옥이 되지 않기 위해서는 그 배후의 세계 속으로 열려진 개구부(開口部), 즉 안의 세계와 밖의 세계를 연결하는 개구부를 갖고 있어야 한다."[25] "모든 생활의 기본은 환경과의 상호작용이기 때문에 개구부는 장소에 생기를 넣어주는 요소이다."[26] 감살문호는 개구부인 창문의 형상을 하고 있지만, 실제로는 개구부의 기능을 갖지 못한다. 사람들이 물품을 구매하기 위해 백화점에 들어가는 것은 그들의 자유로운 선택에 의한 것이지만, 백화점에 발을 들여놓는 순간, 그들은 구매력을 최대한 높이기 위해 미리 계획된 유도 통로를 수동적으로 돌아다니게 된다. 백화점의 통로나 물품들에 대하여 수동적인 위치에 있는 인간은 감살문호의 조롱에 갇혀서 인사말을 되풀이하는 카나리아처럼 주체성을 잃은 존재이다. 위의 시에서 백화점에 안과 밖을 연결하는 개구부는 존재하지 않는다. 안으로만 열려 있는 문은 들어가자마자 폐쇄되어 버린다. 들어갈 수만 있을 뿐, 나올 수는 없는 건물 내부의 문들은 새조롱 속에 갇힌 카나리아와 이미지가 결합하면서 백화점은 인간을 '가두는 건물'로 암시된다. 문들이 안으로 계속 이어지는 건물 내부는 개폐가 불가능한 조롱과 동일하다는 사실을 이상은 보여준다. 백화점이라는 건물에 발을 들여놓는 순간부터 인간은 외부와는 격리된 채,

---

25) O. F. Bollnow, *Mensch und Raum*, Stuttgart, 1963, p.154. C. 노베르그 슐츠, 김광현 역, 『실존·공간·건축』, 태림문화사, 1985, 51면에서 재인용.
26) C. 노베르그 슐츠, 같은 책, 52면.

건물 안에 갇히게 된다. 이때 외부로부터의 소외가 발생한다. 감살문호는 더이상 백화점이 인간적인 의미로서의 장소가 될 수 없으며 합리성과 편의만을 위한 건물에 의해 차압당한 인간의 자유를 상징한다. 조롱 속에 갇힌 카나리아와 최대한의 구매효과를 위해 고안된 사각이 난 통로를 돌아다니는 인간은 구별되지 않는다.

"위에서내려오고밑에서올라가고"에 나타나 있듯이 백화점에서 사람들의 공간이동은 의미를 갖지 못한다. 건물 내부에 의미 있는 장소는 없다. 그들이 위에 있든지 아래에 있든지 공간상의 차이는 나지 않는다. 사람들은 다만 물건을 사기 위해 '그곳'에 있을 뿐이다. "저여자의下半은저남자의上半에恰似하다"에서 계단을 오르내릴 때, 여자의 하반신과 남자의 상반신은 평행을 이루게 된다. 이때 화자에 의해 관찰되는 여자와 남자의 육체는 한 개인이 가지는 주체적이고 독자적인 육체로 인지되지 않는다. 여자는 하반신만으로 인지되고, 남자는 상반신만으로 자신의 존재를 나타낸다. 그러나 그러한 인지조차도 화자가 그들의 존재를 파악하는 데는 아무런 영향을 미치지 않는다. 백화점 안에서 오고가는 사람들은 그곳에 쌓여 있는 물건들과 마찬가지로 동일하게 인식되기 때문이다. 여자의 하반신과 남자의 상반신이 계단에 의해 물리적으로 평행을 이루게 될 때, 여자와 남자의 육체는 유기성이 해체되어 버린다. 사람들은 육체의 어느 한 부분만으로 자신의 존재를 표현하는 것이다. 해체된 육체를 가지고 스쳐 지나가는 인간들의 군집 속에서 더이상의 인간적인 만남은 이루어지지 않는다. 백화점 안의 낯선 남녀들은 '스쳐서' 지나간다. 구획되고 정리된 공간은 결코 타자와의 친밀감이 발생하는 장소가 될 수 없다. 화자인 나는 낯선 인간들의 군상을 관찰하면서 애련한 감정을 갖는다.

화자는 사각이 난 건물 안에 있는 "사각이난케-스"27)인 엘리베이터28)가 움직이는 모습에 소름이 끼친다. 건물의 난방기구인 라디에이터 근방에 설치된 엘리베이터는 '승천'한다. 그러나 엘리베이터를 탄 사람들이 승천하는 모습을 보인다고 할지라도 사각 건물 속에 갇힌 승천에 지나지 않는, 조롱 속의 승천에 불과하다. 화자로 하여금 감살문호의 공간 속에서 인간관계

---

27) 조영복은 "사각이난케-스"를 백화점 바깥에서 지나가는 자동차로 해석한다. "사각케스-곧 자동차의 움직임과 雨中의 군중들의 행렬에서 그는(이 작품의 화자-필자 주) 소름끼침을 경험하게 된다."(조영복, 「1930년대 문학에 나타난 근대성의 담론 연구-김기림과 이상을 중심으로」, 서울대 박사논문, 1995, 65면)

28) 고층건물을 가능하게 한 엘리베이터의 실용화는 19세기에 이뤄졌다. 우리나라에 본격적으로 엘리베이터가 실용화된 것은, 1937년에 재건된 화신백화점의 내부에서이다(한국건축가협회 편, 『한국의 현대 건축』 1876-1990, 기문당, 1994, 45면). 여기에서 필자가 엘리베이터에 대해 깊은 관심을 갖는 이유는 이상의 시, 「AU MAGASIN DE NOUVEAUTES」에 나타나는 이상의 공간의식을 규명하는 데 중요한 열쇠를 제공하기 때문이다. 기계에 의한 공간이동은 공간인식에 막대한 영향을 끼친다고 볼 수 있다. 이상이 위의 작품을 발표한 시기는 1932년이다. 이상이 엘리베이터가 경성에 실용화되기 이전에 엘리베이터와 관련된 심상을 표현한 것은 모더니즘 건축을 공부하고 접했던 그의 개인적인 이력과 관련이 있을 것이다. 이상이 「AU MAGASIN DE NOUVEAUTES」와 『朝鮮と建築』(1932년 7월호)에 동시에 발표했던 시, 「眞晝」에서도 "ELEVATER FOR AMERICA"라는 시구가 있는데, 이는 이상에게 엘리베이터가 익숙한 도시의 사물이었다는 것을 보여준다.

의 해체를 경험케 하는 백화점은 다음에 살펴볼 유배지 혹은 감옥으로 상징되는 개체화된 근대인의 현실 공간이다.

근대 도시의 도로는 오로지 속도만이 감지될 뿐이다. 여기에 가치판단의 시간은 부재한다. 다시 말하여 도로는 판단이 정지되는 공간이며, 인간적인 교유는 끼어들 여지가 없는 곳이다. 도로는 빠른 이동을 가능하게 해주는 근대적 도시 공간의 중심망이다.[29] 그러나 이동을 빠르게 하는 것은 인간적인 만남을 불가능하게 한다. 그것은 인간관계에서 친밀감을 형성할 만한 시간을 허용하지 않는 속도 때문이다. 이 같은 공간에서 사람들은 서로에게 낯선 타자에 불과하다. 타자와 부딪침은 의미 있는 관계를 맺지 못한 채, 오히려 적대적인 낯설음에서 오는 불안감만이 지배한다. 다음의 시는 도시의 도로가 가지는 상징적 의미와 그러한 곳을 삶의 공간으로 삼는 근대인의 불안감을 결합시킨 작품이다.

> 十三人의兒孩가道路로疾走하오.
> (길은막달은골목이適當하오.)
>
> 第一의兒孩가무섭다고그리오.
> 第二의兒孩도무섭다고그리오.

---

29) "도로는 정보의 매체다. 수송수단의 발달, 즉 정보 미디어의 확대는 더욱 광대한 지역에 걸친 무역이나 상업을 가능하게 하고, 훨씬 더 다양성을 가진 지역의 물적 자원을 집산시킬 수 있다."(손정목, 『한국 현대도시의 발자취』, 일지사, 1988, 18면)
   이와 같이 근대 도시를 형성하는 데 도로는 혈관의 역할을 한다.

第三의兒孩도무섭다고그리오
第四의兒孩도무섭다고그리오
第五의兒孩도무섭다고그리오
第六의兒孩도무섭다고그리오
第七의兒孩도무섭다고그리오
第八의兒孩도무섭다고그리오
第九의兒孩도무섭다고그리오
第十의兒孩도무섭다고그리오

第十一의兒孩가무섭다고그리오
第十二의兒孩도무섭다고그리오
第十三의兒孩도무섭다고그리오
十三人의兒孩는무서운兒孩와무서워하는兒孩와그러케뿐이모혓소(다른事
情은업는것이차라리나앗소)

그中에一人의兒孩가무서운兒孩라도좃소
그中에二人의兒孩가무서운兒孩라도좃소
그中에二人의兒孩가무서워하는兒孩라도좃소
그中에一人의兒孩가무서워하는兒孩라도좃소

(길은뚤닌골목이라도適當하오)
十三人의兒孩가道路로疾走하지아니하야도좃소

—「詩第一號」 전문30)

　　좁은 골목에서 열세 명의 아이들이 달리고 있다. 한 사람이
움직이는 것이 아니고, 열세 명이 동시에 달려나가는 것이기 때
문에 그 운동의 강도는 세다. 아이들이 질주하는 것은 어떠한

---

30) 이상, 『조선중앙일보』(1934.7.24)에 실림. **사진으로 보는 자료, 244면.**

동기를 가지고 있는가? 아이들이 질주하는 동기는 이 작품의 표면에 나타나지 않는다. 다만 '무서움'의 감정만이 그들의 의식을 지배하는 것으로 나타날 뿐이다. 아이들에게 무서움의 감정을 유발시키는 구체적인 상황은 없으며, 아이들은 모두 '무섭다'는 심정만을 토로한다.

따라서 아이들을 질주하게 만드는 것은 그들을 지배하는 공포감 때문이라고 볼 수 있다. 열세 명의 아이들의 느끼는 공포는 각각 분리된 개인들이 가지는 공포 감정에 의해 증폭된다. 그러한 감정이 형성되는 것은 무서운 아이와 무서워하는 아이들 열세 명이 서로에게서 무서움을 느끼든지, 서로를 무서워하게 만들든지 한다는 점에서 발생한다. 각각의 아이들은 무서운 아이이거나 또 그러한 아이를 무서워하는 아이이다. 그 아이들 중에 누가 무서운 아이이고, 누가 무서워하는 아이인가를 알아내는 것은 중요하지 않다.

무서움이 타자―사람이든지 사물이든지, 유형이든지 무형이든지―의 힘을 느끼고 그에 의해 자아가 위기의 상태에 놓여 있을 때의 심리상태라고 본다면, 이 작품에 등장하는 아이들은 서로를 무서워하는 혹은 억압하는 존재인 것이다. 열세 명의 아이들은 그 누구에게서도 친밀감이나 동질성을 찾을 수 없다. 그들의 의식을 지배하는 것은 타자에 대한 극대화된 적대감이다. 이상 시에 나타나는 불안은 보편적 의미의 정서적 불안과는 다르다. 이상 시에 나타나는 불안의식은 근대인의 불안이다.

열세 명의 아이들처럼 완전히 개체화된 인간들이 타자에게서 동질감을 전혀 발견할 수 없음으로 해서 발생하는 공포감이기 때문이다.

그렇기 때문에 아이들이 달리는 장소의 상황 설정이 '막다른 골목'이든, '뚫린 골목'이든, 다른 사정이 있든 없든 아이들을 지배하고 있는 타자에 대한 두려운 감정에는 어떠한 영향도 끼치지 못한다. 이미 타자에 대한 공포가 아이들의 기본 정서를 이루고 있기 때문이다. 상황이 어떠하든 간에 아이들의 내면은 오로지 '무서움'에 완벽하게 감금되어 있다.

이상은 시에서 도로가 가지는 상징성을 보여준다. 도시의 도로는 개인의 주관적인 의미가 개입될 수 없는 공간이며, 집단의식을 형성할 수 없는 공간이다. 도로는 개별체로 존재해야 하는 인간의 불안과 적대적 타자의식만이 횡행하는 곳이다. 한편으로 위의 시에서 이상은 인간은 상황이 정해져 있는 도시 공간에서 철저하게 관찰되는 하나의 대상물에 불과하다는 사실을 보여준다. "도로"에서 따뜻한 집이나 은신처로서의 기능을 기대할 수는 없다. 도로에서 질주하는 열세 명의 아이들은 보이지 않는 그들보다 더 큰 존재의 관찰 대상이다. 그들은 자신들의 내밀한 심리조차도 감출 수 없게 큰 존재의 시선에 완전히 노출된다. 이상이 그의 다른 작품 「문벌(門閥)」[31]에서 "天下에달이밝아서

---

31) 사진으로 보는 자료, 226면.

나는오들오들떨면서到處에서들킨다"라고 근대 인간의 불안심리
를 묘파했듯이, 그는 이 시에서 어디에도 안정감을 찾을 수 없
는 근대인의 심리적 박리감을 날카롭게 파헤치고 있다.

앞에서 근대화된 도시 공간 속에서 인간의 주체가 억압되는
현상을 고찰하였다. 한편 이상의 시에는 유배지와 벌판이 시의
배경으로 나타나는데, 이는 앞에서 다루었던 고립과 단절의 근
대 공간이 내면화된 것이다. 근대인의 내면적 특질인 고절감과
소외를 보여주는 공간이 이상의 시에서는 유배지와 벌판으로
상징된다.

久遠謫居의地의一枝·一枝에피는顯花·特異한四月의花草·三十輪·三十輪
에前後되는兩側의明鏡·萌芽와갓치戱戱하는地平을向하야금시금시落魄하는
滿月·淸澗의氣가운데滿身瘡痍의滿月이劓刑當하야渾淪하는謫居의地를貫
流하는一封家信·나는僅僅히遮戴하얏드라濛濛한月芽·靜謐을蓋掩하는大氣
圈의遙遠·巨大한困憊가운데의一年四月의空洞·槃散顚倒하는星座와星座의
千裂된死胡同을跑逃하는巨大한風雪·降霾·血紅으로染色된岩鹽의粉碎·나의
腦를避雷針삼아沈下搬過되는光彩淋漓한亡骸·나는塔配하는毒蛇와갓치地
平32)에植樹되어다시는起動할수업섯드라天亮이올때까지

—「詩第七號」전문33)

아득하게 먼 유배의 땅이 이 작품의 배경이다. 아득하고 멀고
오랜, 무궁한 시간의 귀양살이의 땅에 심겨 있는 하나의 나뭇가
지, 그 가지에는 꽃이 피어 있다. 맑은 기운 가운데 만신창이가

---

32) 임종국 전집에서는 "地平"이 "地下"로 바뀌어 표기됨.
33) 이상, 『조선중앙일보』(1934.8.1)에 실림. 사진으로 보는 자료, 242면.

된 만월이 코를 베이는 벌을 당해 흐릿해진다. 귀양살이의 땅을 흐르는 집에서 온 소식을 나는 간신히 모셔둔다. 내가 붙잡혀 있는 유배의 땅은 별들이 절름거리고 엎어지고 넘어지는 곳이며, 별들이 갈가리 찢어진 죽은 뒷골목을 긁어 파며 거대한 풍설이 도망하는 곳이다. 흙비가 내리고, 붉은 핏빛으로 염색된 소금바위가 분쇄되는 곳이다. 죽은 사람의 몸은 나의 뇌를 피뢰침 삼아 강매와 풍설을 피해 땅 속으로 가라앉는다. 그 망해(亡骸)는 바로 흘러 떨어진 달빛을 상징한다. 달빛은 나의 뇌를 피뢰침 삼아 침하하고 나는 탑에 유배된 독사와 같이 지평에 심어져 움직일 수 없다. 새벽이 오기 전에는 나는 황량하고 공포스런 공간에 붙박힌 채 벗어날 수 없다. 유배지의 시간적 배경은 밤이다. 반면에 새벽 시간은 유배지에서 벗어날 수 있는 자유를 상징한다. 화자인 내가 갇힌 곳은 월광만이 처참하게 찢겨져 있는 곳이다. 월광과 어둡고 흐릿하고 아득함이 이 공간을 채우고 있다. 나는 새벽의 여명을 절박한 심정으로 고대한다. 나는 유배지에 움직일 수 없도록 심어져 있는 존재이다. 운동을 할 수 있는 동물이면서도 식물처럼 땅에 고착된 존재로 나 자신의 처지를 여기는 것은 나의 무기력함을 인식하는 자의 비극이다. 이 작품에서 보이는 '식수(植樹)된 나'는 이상의 다른 시작품들에 나오는 것처럼 이상 자신의 생명창조에 대한 희망이 함축된 것으로 해석할 수 없다. 여기에서 '식수(植樹)된 나'는 자유가 없는 고착성의 이미지를 나타낸다. 나는 생명을 창조할 수 없는, 황량한 유배지에 뿌리 박혀서 자유로움과 활기를 완전히 박탈당한다.

이상은 개체화된 인간의 고립과 단절된 내면을 한자리에 고착된 채, 움직일 수 없는 꽃이나 외부와 차단된 유리상자 속의 자연물에 비유하고 있다.

> 벌판한복판에 꽃나무하나가잇소 近處에는 꽃나무가하나도업소 꽃나무는 제가생각하는꽃나무를 熱心으로생각하는것처럼 熱心으로꽃을피워가지고섯소 꽃나무는제가생각하는꽃나무에게갈수업소 나는막달아낫소 한꽃나무를爲하야 그러는것처럼 나는참그런이상스러운숭내를내엿소
> ─「꽃나무」 전문34)

벌판 한복판은 무한한 자유가 주어진 것처럼 보이지만, 그와 함께 무거운 책무가 동시에 부여된 공간이다. 이 작품은 홀로 서 있는 꽃나무로 상징된 시적 자아의 고절감과 그러한 현실에서 벗어나 자아의 정체성을 찾고자 하는 그의 열망을 표현한 것이다. 땅에 뿌리 박힌 꽃나무는 자유가 없는 화자의 현실을 표상한다. 벌판 한복판의 꽃나무 한 그루는 스스로 제가 생각하는 꽃나무가 되기 위해 열심히 꽃을 피워낸다. 그러나 꽃나무는 벌판에 고립되어 있는 상황에서 벗어날 수 없다.

"나는막달아낫소"에서 내가 달아나는 행위는 "제가생각하는꽃나무에게갈수업"는 꽃나무에 자유로움을 부여하려는 운

---

34) 이상, 『카톨릭청년』(1933.7)에 실림. **사진으로 보는 자료**, 247면.

동이다. 나의 이 같은 운동은 홀로 선 꽃나무로 상징된 자신의 상황이 고착 상태에 있다는 사실을 자각한 데서 오는 의식적 행동이다. 나의 달아나는 행위에는 벌판에 홀로 심겨진 꽃나무와 같은 현실에서 탈출하고 싶은 나의 강렬한 욕망이 투사된다. 나는 나의 달아나는 흉내를 "꽃나무를위하여그러는것처럼"이라고 설명하고 있지만, 실은 그 운동은 바로 화자 자신의 고절감을 벗어나려는 행동인 것이다.

그렇지만 화자는 자신의 달아나는 행동이 "이상스러운흉내"에 불과하다는 것을 분명하게 인지하고 있다. 꽃나무는 여전히 벌판 한복판에 서서 갈망의 대상인 "제가생각하는꽃나무"에 가까이 갈 수 없으며, 화자 자신도 현재의 상황을 바꿀 만한 실제적인 힘을 전혀 갖지 못하기 때문이다. 꽃나무가 자신이 동경하는 대상과 합일하지 못하는 것과 마찬가지로 화자인 나의 현실 이탈 욕구도 역시 좌절되고 만다. 다만 나는 속박된 현실에서 벗어나려는 "이상스러운흉내"에 지나지 않는 꿈을 가져볼 뿐이다.

벌판 한복판에서 움직일 수 없는 꽃나무처럼 바깥 세상과 격리된 유리상자 속의 자연물들도 이상의 시적 자아의 내면을 표출한다.

이슬을알지못하는다아리야하고바다를알지못하는금붕어가장식되어있다.
囚人이만든상자정원35)이다. 구름은어이하여실내로들어오지않는것일까.

이슬은窓琉璃에부딪혀벌써울고있을뿐.

  季節의順序도끝남이로다. 算盤의高低는旅費와一致하지아니한다. 罪를내어버리고싶다. 罪를내어던지고싶다.

—「囚人이만든상자정원」전문36)

이 시의 화자는 자신을 외부와 단절된 곳에 갇힌 수인(囚人)으로 인식한다. 갇힌 자가 만든 상자 속의 인공 자연은 화자 자신의 현실을 드러내는 역할을 한다. 나는 외부와 차단된 유리상자에 모형 정원을 만든다. 상자의 바깥과 내부는 창유리로 가로막혀 있다. 유리상자 속을 장식하고 있는 다알리아와 금붕어는 화자인 내가 수인인 것처럼 바깥 세계를 알지 못하는 자연의 모방물들이다. 본래의 자연 속에서 서로 조화를 이루었을 자연물들은 외부와 분리된 채 유리상자에 담겨져 있다. 유리상자라는 폐쇄 공간 속에 장식된 자연물들은 곧 감옥에 유배된 나의 자아를 상징한다.

시적 자아의 수인의식은 본래의 자연스러움이 붕괴된 상자정원의 꽃과 금붕어에 잘 투영되어 나타난다. 그 자연물들은 조화로운 자연 공간의 자연물을 전혀 '알지 못하는' 존재들이다. 다알리아는 이슬을 알지 못하고 금붕어는 바다를 알지 못한 채,

---

35) 초역에는 "小庭園"이라 되어 있는데, 일문시 원문이 "囚人の作つた箱庭"이므로 단순히 '小庭園'으로는 상자 속의 모형 정원이라는 의미가 정확하게 전달되지 않는다. 囚人과 그가 만든 상자 속의 모형 정원은 이 시에서 '갇혔다'는 측면에서 동일시되어 나타나며, 상자 속의 모형 정원은 화자의 '갇힘'을 명료하게 부각시키는 제재가 된다.

36) 이상의 遺稿 日文詩. 임종국의 번역으로 임종국의 『이상전집』에 실림.

수인이 만든 인공 정원에 장식되어 있다. 차단된 그곳으로 바깥의 어떤 것도 들어올 수 없다. 화자가 만든 상자 정원은 화자 자신이 수인이라는 사실을 화자로 하여금 명료하게 인식하게 만든다. 화자는 상자 정원을 통하여 자신이 완전히 유폐되어 있음을 분명하게 인지하지만, "季節의順序도끝남이로다. 算盤의 高低는旅費와一致하지아니" 하는 것처럼 그가 다시 외부와 조화로운 관계를 회복하는 일은 불가능하다. 「수인(囚人)이만든상자정원」에는 외부 혹은 타자와 소통할 수 없는 개체화된 근대인의 절망감이 감금된 자가 만든 상자정원의 고립성으로 암시되어 있다.

3. 가치전도의 공간과 주체의 일탈

이상의 시에는 매춘을 다룬 작품들이 있는데, 그는 유곽과 매춘을 병리적 사회의 징후[37]로 보거나 사회사적 시각으로 비

---

37) 경성을 중심으로 일제 강점기의 도시에 매춘이 성행하였음을 다음의 글에서 알 수 있다.
   "1916년에 공포한 '朝鮮貸座敷娼妓取締規則 총감부령 4호'는 각도의 경찰서장이 지정한 장소에서만 공창 영업을 할 수 있도록 규정하여, 유곽으로 상징되는 조직적 관리 매춘인 공창제가 본격적으로 도입되었다. 일제는 공창제를 실시하고 사창을 엄금하는 정책을 취했으나 사창은 늘어만 가고 매춘시장은 더욱 확대되어 갔다. 기생이나 작부와 같은 명시적인 매춘부 외에 여관 및 음

판하지 않는다. 이상은 매춘을 시의 제재로 다루면서, 매춘이라는 일탈된 인간관계의 황폐함에 대한 자의식적 성찰을 보여준다. 본고의 3장 1절에서 살펴본 「가외가전(街外街傳)」도 유곽의 음습함과 매춘부의 고통스러운 삶이 시적 자아의 병든 육체와 결합되어 표출된 작품이다. 여기에서 다루고자 하는 「백화(白晝)」·「매춘(買春)」·「광녀(狂女)의고백(告白)」·「흥행물천사(興行物天使)」·「애야(哀夜)」38)에서 이상은 화폐를 매개로 하여 이루어지는 욕망의 허상을, 유곽공간을 배경으로 드러낸다.

> 내두루매기깃에달린貞操빼지를내어보엿드니들어가도조타고그린다. 들어가도조타든女人이바로제게좀鮮明한貞操가잇스니어떠냐느. 나더러世上에서얼마짜리貨幣노릇을하는세음39)이냐는뜻이다. 나는일부러다홍헌겁을흔들엇드니窈窕하다든貞操가성을낸다. 그리고는七面鳥처럼쩔쩔맨다.
>
> ―「白晝」 전문40)

위의 시에서 화폐로 성을 흥정하는 장면이 묘사되는데, 그것을 둘러싸고 벌이는 매춘부와 고객인 남성 화자의 심리가

식점, 주점의 작부도 대부분 매음행위를 했다.”(유해정, 「일제 식민지하의 여성정책」, 『우리 여성의 역사』, 한국여성연구소 여성사연구실 편, 청년사, 1999, 293면)

38) 이상, 김수영 역, 「哀夜」, 『현대문학』, 1966.7.

39) ‘형편’이라는 뜻이다. 본고의 2장 3절에서 다룬 바 있는 「詩第十三號」의 “세음”에 관련된 각주를 참고할 것.

40) 이상, 『조선일보』(1936.10.6)에 실림. 「白晝」라는 시의 제목이 지식산업사에서 간행한 『이상』(1982)을 제외하고는, 원문과는 상관없이 전집마다 제각각 바뀌어 있다. 임종국 전집에서는 「白晝」, 이어령 전집에서는 「白晝」, 이승훈 전집도 「白晝」로 되어 있고, 김승희 전집에서도 본문은 제대로 「白晝」로 되어 있지만, 목차에서는 「白晝」로 표기되어 실려 있다. **사진으로 보는 자료, 226면.**

잘 드러난다. "女人이바로제게좀鮮明한貞操가잇으니어떠냔다"
는 매춘부가 자신의 육체를 더 높은 값으로 거래할 의중이
있는지 나의 마음을 떠보는 장면이다. 그러나 "나는일부러다
홍헌겁[41]을흔들엇드니"처럼 매춘부에게 정조의 값을 치르지
않고 그녀를 조롱하듯 거래를 중단하는 몸짓을 보이고, 매춘
부는 나의 그러한 행동에 화를 낸다. 나와 매춘부에게 정조의
의미는 곧 화폐의 유무(有無)를 나타내는 것에 불과하다. 유곽
에서 사회적 윤리가치인 정조의 의미[42]는 형성되지 않는다.
그것은 육체와 화폐의 환산관계를 의미할 뿐이다.

「백화(白畵)」에서 인간의 가치가 화폐에 의해 직접 환산되는

---

41) 참고로 일제시대의 화폐에 대해 살펴보자. 1911년 (구)한국은행이 일제에 의
   해 조선은행으로 바뀌었다. 일제시대에 발행되었던 화폐는 조선은행권이다. 조
   선은행권은 1914년부터 1950년까지 유통되었던 은행권이다. 1914년에 백원
   권, 1915년에 일원 권과 십원 권이 발행되었고, 1932년에 (改) 백원 권·(改) 십
   원 권·(改) 오원 권·(改) 일원 권이 발행되었다. 1935년에 다시 (甲) 십원 권이
   발행되었다(국립민속박물관 편, 『한국화폐의 변천』, 신유, 1993, 52면).
      그러나 「白畵」에 나오는 "다홍헌겁"과 비교할 만한 화폐는 없다. (改) 백원
   권의 안의 테두리에 붉은 채색의 문양이 들어 있고, (改) 일원 권에는 조선은
   행 일원이라고 씌어진 부분이 붉은 채색이 들어 있지만, 「白畵」에서 "다홍헌
   겁"이 이들 화폐를 직접 가리키는 것으로 보기 어렵다. 여기에서 화자가 "다홍
   헌겁"을 흔들었다는 것은 매춘부가 자신의 정조에 해당될 액수를 바라자 매춘
   부를 조롱하듯 거래하기를 갑자기 중지하는 화자의 몸짓을 나타내는 것이다.
42) 정조는 남성중심의 사회가 여성에게만 적용하는 억압적 관념에 지나지 않
   지만, 남성중심의 사회제도를 유지시키는 데 있어 여성의 정조는 절대적으로
   필요하다. 반면에 여성의 정조를 강요하는 제도일수록 매춘이라는 남성중심의
   성적 분출 형태인 매춘은 필요악으로 번성하게 된다.
      번 벌로와 보니 벌로는 매춘과 매춘을 가능하게 하는 사회제도의 상관성을
   상세하게 살핀다(번 벌로·보니 벌로, 서석연·박종만 역, 『매춘의 역사』, 까치,
   1992, 40-159면).

것은 매춘부의 육체에만 적용되지 않는다. 이 시에서 매춘부의 정조란 윤리가치에 대한 조롱에 불과한 것이고, 고객인 나의 정조는 곧 내가 화폐를 얼마큼 소유하고 있는지를 표시하는 기준이 된다. "내두루매기깃에달린貞操빼지를내어보엿드니들어가도조타고그린다"에서 나의 '정조빼지'는 내가 화폐를 지불할 수 있는 능력을 뜻한다. 내가 "나더러世上에서얼마짜리貨幣노릇을하는세음이냐는뜻이다"고 고백하고 있듯이, 나의 가치는 오로지 화폐를 얼마나 소유하고 있는가에 의해서 결정된다. 매춘부가 그녀의 고객인 화자를 평가하는 척도는 오로지 화폐의 유무(有無)이며, 화자와 매춘부 사이에 성립될 수 있는 인간관계의 유일한 매개체는 '화폐'일 뿐이다.

위 시의 제목인 "白畵"는 상징적인 의미를 내포한다. 화폐의 유무로 화자를 육체적으로 받아들이는가 아니면 거절하는가, 그 허락과 거절의 양극단을 쉽게 오가는 여인이 "窈窕한" 정조를 내세워 나와 거래하는 장면은 아이러니이다. 화폐로 육체를 매매하고, 인간 가치를 결정짓는 유곽 공간에서 윤리가치인 '정조'를 내세워 여자와 화자가 거래할 때, 동시에 윤리가치인 정조를 화자가 조롱할 때, 정조의 본래 의미는 "白畵(흰그림, 혹은 백지)"처럼 탈색된다.

정조는 순결함을 뜻하고, 순결을 색채로 표현하자면 흰색으로 나타낼 수 있다. 이처럼 정조에서 연상되는 흰색의 색채는 정조라는 윤리적 의미가 탈색된 상태와 또한 화폐에 의해 전도되는 인간관계의 무의미함이라는 관념과 결합한다. 의미 있는 것은 아무것도 발견할 수 없는 유곽 공간에서 매춘부와 화자의 주체도 역시 백지처럼 없어져 버린 상태이다. 화자는 이처럼 무가치하면서 위장된 '백화'의 공간을 "다홍헌겁"으로 조롱한다. 흰색은 붉은 색에 의해 조롱당하고, 조롱당한 흰색은 "七面鳥처럼 쩔쩔"매면서 혼란스런 색채를 드러내는 것이다.

> 記憶을마타보는器官이炎天아래생선처럼傷해들어가기始作이다.朝三暮四의싸이폰작용.43) 感情의 亡殺.
> 나를너머트릴疲勞는오는족족避해야겟지만이런때는大膽하게나서서혼자서도넉넉히雌雄보다別것이어야겟다.
> 脱身.신발을벗어버린발이虛天에서失足한다.
>
> ──「買春」전문44)

매춘부와 성행위를 하는 동안 나의 의식은 점점 파괴되기 시작한다. 나의 감정 상태도 망쇄에 빠진다. 화자는 이 같은 자신의 감정 상태를 가리켜 조삼모사(朝三暮四)의 싸이폰작용이라고 말한다. 다른 사람을 농락하여 술수에 빠뜨리거나 속이는 것이 조삼모사이지만, 여기에서 속이는 대상은 바로 자기 자신이다.

---

43) 사이폰 작용(siphonage) - 사이폰(siphon)이란 한 쪽 관이 다른 한 쪽보다 더 길며 거꾸로 선 U자관으로, U자관에 액체가 가득차 있을 때, 짧은 쪽 관 끝에 놓인 저장통에서 긴 관의 끝으로 액체가 이동한다. 관들의 길이가 같다면 흐름이 일어나지 않을 것이며, 저장통에 잠겨 있는 관이 운반관보다 더 짧을 경우에만 흐름이 일어날 것이다.

44) 이상, 『조선일보』(1936.10.8)에 실림. **사진으로 보는 자료, 225면.** 買春의 사전적인 의미는 "술을 사다"이지만, 이 시에서는 남성인 화자가 유곽의 여자에게서 화폐로 性을 산다는 의미로 쓰였다.

"싸이폰작용"도 역시 조삼모사(朝三暮四)처럼 육체적 욕망에 의해 '스스로 속아넘어가는 자신'에 대한 비유이다. 두 개의 저장통 속에 박혀 있는 U자(字)관은 반드시 액체가 담겨 있는 저장통에 짧은 관이, 빈 저장통에는 긴 관이 박혀야 한다. 그러한 조건이 완비되어어야만 액체는 빈곳으로 이동할 수 있다. "싸이폰작용"처럼 물리적인 작용과 나의 성적 분출은 다를 바 없다. 나의 매춘(買春)행위는 나의 욕망에 나 자신이 속아 넘어가는 것임을 나는 자각한다. 나의 육체는 기억과 감정이 정상적인 궤도로부터 이탈해 버릴 만큼 쾌감에 빠진다. 신발을 벗어버린 발이 허천(虛天)에서 실족한다는 것은 성행위에 나의 주체가 완전히 몰입되었음을 의미한다. 그러나 이 작품의 앞부분에서도 화자가 토로한 바 있듯이 이 같은 성적 쾌락은 다만 "朝三暮四의 싸이폰작용"에 불과한 감정이다. 그것을 알면서도 나는 육체적 욕망에 스스로를 함몰시켜 버린다. 나의 매춘(買春)행위는 나로 하여금 허천에서 실족하여 추락하는 허망한 쾌감만을 갖게 한다.

여자인 S子님[45] 한테는 참으로 未安하오. 그리고 B君 자네한테 感謝하지아니하면 아니될것이오. 우리들은 S子님의 앞길에 다시 光明이 있기를 빌어어야하오

---

45) 일문시 원문은 "ヲンナでああるS子樣には"이다. 임종국 전집에 실린 柳呈의 번역에는 "여자인 S玉孃에게는"이라 되어 있다. "樣"은 "さま"로 발음되는 접미사이다. 명사 등에 붙어서 존경과 공손을 나타내는 "~님"이라는 뜻을 갖는다. "여자인 S玉孃에게는"으로 번역할 경우, 'S玉의 이름을 갖는 여자'로 혼동할 우려가 있다. 따라서 이름이 영문자 이니셜 S와 ~子를 가진 여자를 높여 부른 "여자인 S子님에게는"으로 번역하는 것이 더 적절할 것이다.

蒼白한 여자

얼굴은여자의履歷書이다. 여자의입은작기때문에여자는溺死하지아니하면
아니되지만여자는물과같이 때때로미친듯이날뛰는수가있다. 온갖밝음의太陽
들아래여자는참으로맑은물과같이떠돌고있었는데참으로고요하고매끄러운表
面은조약돌을삼켰는지아니삼켰는지항상소용돌이를갖는退色한純白色이다.

등쳐먹으려고하길래내가면첨한대먹여놓았죠

원숭이와같이웃는여자의얼굴에는하룻밤사이에참아름답고빤드르르한赤褐
色쵸콜레이트가無數히열매맺혀버렸기때문에여자는마구대고쵸콜레이트를放
射하였다. 쵸콜레이트는黑檀의사아벨을질질끌면서照明사이사이에擊劍을하
기만하여도웃는다. 웃는다. 어느것이나모두웃는다. 웃음이마침내엿과같이끈
적끈적하게찐덕거려서쵸콜레이트를다삼켜버리고彈力剛氣에찬온갖標的은모
두무용지물이되고웃음은散散이부서지고도웃는다. 웃는다. 파랗게웃는다. 바
늘의鐵橋와같이웃는다. 여자는羅漢을임신한것인줄다들알고여자도안다. 羅
漢은肥大하고여자의子宮은雲母와같이부풀고여자는돌과같이딱딱한쵸콜레이
트가먹고싶었던것이다. 여자가올라가는層階는한층한층이더욱새로운焦熱氷
結地獄이었기때문에여자는즐거운쵸콜레이트가먹고싶지않다고생각하지아니
하는것은困難하기는하지만慈善家로서의여자는한번보아준心算이지만그러면
서도여자는못견딜이만큼답답함을느꼈는데이다지도新鮮하지아니한慈善事業
이또있을까요하고여자는밤새도록苦悶苦悶하였지만여자는全身에있는若干
個의濕氣를띤穿孔(例컨대눈其他)近處의먼지는떨어버릴수없는것이었다.

여자는勿論모든것을버렸다. 여자의이름도, 여자의皮膚에있는오랜歲月중
에간신히생긴때[垢]의薄膜도甚至於는여자의睡腺까지도, 여자의머리는소금
으로닦은것이나다름없는것이다. 그리하여溫度를갖지아니한은은한바람이참
康衢煙月과같이불고있다. 여자는혼자望遠鏡으로SOS를듣는다. 그리곤갑판
을달린다. 여자는푸른불꽃彈이벌거숭이인채달리고있는것을본다. 여자는오
오라를본다. 갑판의勾欄은北極星의甘味로움을본다. 巨大한물개잔등을無事
히달린다는것이여자로서果然可能할수있을까, 여자는發光하는파도를본다.
發光하는波濤는여자에게白紙의花瓣을준다. 여자의皮膚는벗기이고벗겨진皮

膚는날개옷46)과같이바람에나부끼고있는참서늘한風景이라는點을깨닫고다들
은고무와같은두손을들어입을拍手하게하는것이다.

　　이내몸은돌아온길손. 잘래야잘곳이없어요.

　　여자는마침내落胎한것이다. 트렁크속에는千갈래萬갈래로찢어POUDRVER
TUEUSE가複製된것과함께가득채워져있다. 死胎도있다. 여자는古風스러운
地圖위를毒毛를흩뿌리면서나방과같이날은다. 여자는이제는이미五百羅漢의
불쌍한홀아비들에게는없을래야없을수없는唯一한아내인것이다. 여자는콧노
래와같은ADIEU를地圖의에레베에슌에다告하고　No.1 - 500의어느寺刹인지
향하여걸음을재촉하는것이다.

　　　　　　　　　　　　　　　　　　　　　　　　—「狂女의告白」 전문47)

　　이상은 위의 시에서 창녀가 어떻게 내면의 파괴를 겪는가를
이야기한다. 광녀는 정상적인 삶을 영위할 수 없는 여성이다.
창녀는 광녀에 비유되는데, 그녀가 일탈되고, 비정상적인 삶을
살 수밖에 없는 원인은 유곽이라는 일탈된 공간의 황폐성에서
기인한다. 매춘행위를 하는 여성이 광녀로 전락하고, 비주체적
인 성행위에 의해 인간성이 파괴되는 과정을 위의 시는 잘 보여
주고 있다.

　　"갑판의勾欄"48)은 유곽을 가리킨다. "온갖밝음의태양들"이

---

46) 일문시 원문은 "皮膚は羽衣の樣に"이다. 초역은 "피부는仙女의옷자락과같
　　이"라고 했는데, "피부는날개옷과같이"로 해석해야 한다. 날개옷이 가지는 가
　　벼움의 의미에 '천상의 여인'이라는 의미가 덧붙여질 우려가 있기 때문이다.
47) 金海卿, 「狂女의告白」, 『朝鮮と建築』, 1931.8, 12면. 柳呈 역으로 임종국
　　전집에 재게재. **사진으로 보는 자료, 254~255면.**
48) 勾欄은 궁전이나 교량 등을 장식하는 것으로 굽어지게 만든 난간이다. 송원

뜻하는 조명 아래서 창녀를 보면서 남자들이 "고무와같은두손을들어입을拍手"한다. 여자의 이력서인 얼굴은 세파에 시달린 시간이 침전된 얼굴이다. 안주할 수 없는 떠돌이 창녀는 물 위에 떠 있는 배를 탄 사람에 비유된다. 유곽의 환한 조명 속에서 여자의 모습은 고요히 흘러가는 물과 같다. 그러나 맑은 물처럼 고요한 표면을 지닌 것 같지만 그녀의 내부는 소용돌이를 감추고 있다. "등쳐먹으려고하길래내가먼첨한대먹여놓았죠" 여자의 겉모습은 맑고 고요하지만, 그녀는 먹고 먹히는 인간관계를 체득한 노회한 인간의 이면을 감추고 있는 것이다. 그녀의 내면은 고요하게 보이는 물의 표면에 비유되는 그녀의 외양과 전혀 일치하지 않는다.

"여자는마구대고쵸콜레이트를放射하였다." 여자가 남자들에게 쵸코레이트를 뿌린다는 것은 그녀가 지닌 성(性)이미지를 남자들에게 파는 것을 가리킨다. 「광녀(狂女)의고백(告白)」의 여자는 자신의 육체를 상품화한다. 인간의 육체는 화폐로 환산될 수 없는 가치를 지닌다. 그러나 유곽에서는 여성의 육체가 화폐와 교환되는 하나의 상품이 되는 것이다.[49] 쵸콜레이트가 웃고, "어

이래 구란은 배우가 연예를 하는 장소를 가리켰다. 그러나 지금에 이르러서 구란은 오로지 창가(유곽)를 지칭하는 말이 되었다 - 曲折之欄干也.植互木爲遮欄也.宮殿廊廡橋梁多用之.亦作勾闌.句欄. …… 宋元以來俳優樂戶等演藝之所曰句欄. …… 今則專稱娼家曰句欄. (中文大辭典編纂委員會,『中文大辭典』제2편, 華岡出版部, 1973, 509면)

49) 이상의 시에 등장하는 대부분의 여성들은 매춘부이다. 매춘을 다룬 이상의 시작품이 많지만, 그는 매춘행위를 사회비판적 시각으로 보지 않는다. 반면에

느것이나모두웃는다". 웃음은 "산산이부서지고서도웃는다". 웃음은 모든 존재를 무화(無化)시켜 버린다. 여자의 웃음이 자기파괴적이기까지 한 것은 웃음조차도 그녀의 자연스러운 감정 표출이 아니기 때문이다. 그녀는 자신의 감정을 주체적으로 조절할 수가 없다. 결국 그녀는 자기파괴적 감정의 방사(放射)에 빠지게 된다. 웃음은 고통스럽다. 웃음은 파랗게 질리도록, 바늘로 만들어진 철교처럼 그녀를 위협한다. 그녀의 비주체적인 삶의 모습은 그녀가 자신의 매춘행위에 대해서 "이다지도신선하지않은자선사업이또있을까요"라고 반문하는 데서 잘 드러난다.

여자는 모든 것을 포기하였다. 인간으로서 모든 것을 포기한 여자의 피부는 푸른 불꽃 탄환, 발광하는 파도, 거대한 바닷개의 잔등으로 비유되는 남자들의 욕망에 의해 벗겨져 나간다. "여자의皮膚는벗기이고벗기인"다. 마침내 모두 벗겨진 피부가 옷자락같이 바람에 나부끼는 것을 보고 남자들은 고무 같은 손으로 자신들의 입을 두드리면서 열광한다. 여자의 인간적인 면은 파괴되고, 남자들이 욕망하는 사물화된 성(性)만이 그녀의 존재를 대신한다. 그것을 보고 남자들은 열광의 도가니로 몰입한다.

그는 매춘행위로 인한 매춘부의 성적 대상화와 그로부터 발생하는 주체의 상실을 이야기한다. 그는 매춘부뿐만 아니라, 매춘부와 거래하는 시적 자아를 포함하는 남성들 역시 매춘행위로 인해 성의 대상화에 함몰되는 과정을 보여준다. 이상의 매춘에 관한 시작품들에서 시인의 비판의식은 뚜렷하게 나타나지는 않지만, 성의 상품화가 만연된 사회현상에 대한 시인의 괴리감과 충격을 잘 보여준다.

바다에서 표류하는 여자의 "이내몸은돌아온길손. 잘래야잘곳이없어요" 라는 고백은 정체성을 완전히 상실한 창녀의 음울한 내면을 드러낸다. "여자는마침내落胎한것이다"처럼 여자는 생명을 창조할 수도 없다. 그녀는 "POUDRE VERTUEUSE", 즉 고결하고 정숙한 화장분이 복제되어 가득 채워져 있는 트렁크를 가지고 자신을 위장한다. 정숙한 분이 채워진 트렁크는 그녀가 남자들을 속이기 위한 소품에 불과하다. 불임(不姙)의 창녀는 "불쌍한홀아비들"이 기다리는 곳으로 자신과 남자들을 속이기 위해 또다시 길을 떠난다.

整形外科는여자의눈을찢어버리고형편없이늙어빠진曲藝象의눈으로만들고만것이다. 여자는실컷웃어도또한웃지아니하여도웃는것이다.

여자의눈은北極에서邂逅하였다. 北極은초겨울이다. 여자의눈에는白夜가나타났다. 여자의눈은물개잔등과같이얼음판우에미끄러져떨어지고만 것이다.

世界의寒流를낳는바람이여자의눈에불었다. 여자의눈은거칠어졌지만여자의눈은무서운氷山에싸여있어서波濤를일으키는것은不可能하다.

여자는大膽하게NU[50]가되었다. 汗孔은汗孔만큼의荊棘이되었다. 여자는 노래부른다는것이찢어지는소리로울었다. 北極은鐘소리에戰慄하였던것이다.

◇

거리의音樂師는따스한봄을마구뿌린乞人과같은天使. 天使는참새와같이야

---

50) 'nu(ny)'는 佛語로 명사일 때, '나체'라는 뜻을 갖는다.

윈天使를데리고걷는다.

天使의배암과같은회초리로天使를내려친다.
天使는웃는다, 天使는고무風船과같이부풀어진다.

天使의興行은사람들의눈을끈다.
사람들은天使의貞操의모습을지닌다고하는原色寫眞版그림엽서를산다.

天使는신발을떨어뜨리고逃亡한다.
天使는한꺼번에열個以上의덫을집어던진다.

◇

日曆은쵸콜레이트를늘린다.
여자는쵸콜레이트로化粧하는것이다.

여자는트렁크속에흙투성이가된즈로오스와함께엎드려운다. 여자는트렁크
를들어옮긴다.

여자의트렁크는蓄音機다.
蓄音機는喇叭과같이붉은도깨비푸른도깨비를불러들였다.

붉은도깨비푸른도깨비는펭귄이다. 속옷밖에입지않은펭귄은水腫이다.
여자는코끼리의눈과頭蓋骨크기만큼한水晶눈을縱橫으로굴리어秋波를濫
發하였다.

여자는滿月을잘게잘게썰어서饗宴을베푼다. 사람들은그것을먹고돼지같이
살찐쵸콜레이트냄새를放散하는것이다.
—「興行物天使」 전문51)

「흥행물천사(興行物天使)」는 도시의 소외 공간인 유곽을 배경으로 일탈된 인간관계를 그리고 있다는 점에서 「광녀(狂女)의고백(告白)」과 동일한 시적 심상을 보여준다. 거리의 음악사는 흥행물천사를 억압하고 착취한다. 흥행물천사와 남성 고객들은 욕망을 위장하고, 스스로 위장된 욕망 속으로 빠져든다. 그들을 이어주는 유일한 매개체는 화폐이다. 흥행이란 구경꾼을 불러모아 연극영화서커스 등을 구경하게 하고 돈을 받는 것인데, 위의 시에서 흥행은 유곽 거리에서 포주가 자신이 데리고 있는 창녀를 이용하여 돈을 벌어들이는 매춘행위를 가리킨다. 포주는 흥행사 혹은 거리의 음악사에 비유되고, 창녀는 그에게 착취당하는 흥행물천사, 혹은 여가수에 비유된다.

위의 시에서 시인은 걸인(乞人) 같은 흥행사를 '천사'라고 표현하고 있는데, 수척한 여자를 학대하는 걸인 같은 포주와 천사의 이미지는 극히 이질적이다. 또 창녀를 천사로 지칭하는 것도 부적절한 이미지들의 결합이라고 볼 수 있다. 돈을 벌기 위해 나체가 되는 여자와 그녀를 폭력적으로 억압하는 포주가 '천사'로 지칭될 때, 전혀 천사의 이미지와 어울리지 않는 사람들의 세속성이 명확하게 드러난다. 이 같은 부적절한 지칭은 천사의 이미지와 어울리지 않는 이들의 세속성을 부각시키는 동시에 그 이면에 화자의 이중적인 감정을 함축하고 있다.

---

51) 金海卿, 柳呈 역, 「興行物天使」, 『朝鮮と建築』, 1931.8, 13면. **사진으로 보는 자료**, 254면.

「흥행물천사(興行物天使)」의 화자는 여자의 육체를 보면서 더러움과 정결함을 동시적으로 연상한다. 동일한 대상에게서 혐오감과 정결함을 동시에 느끼는 나의 이중적인 감정은 여성에 대한 기존 사회의 이중적 규범을 암시한다. 이상의 시「파첩(破帖)」에서도 여체에 대해 가지는 화자의 복합 감정이 대립하는 것으로 나타난다.「파첩(破帖)」의 화자는 여자의 육체에서 더러움(不貞)과 정결함(순결)을 동시적으로 연상한다. 화자는 여체에 대해 혐오감을 느끼는 동시에 한편으로는 정결함을 느낀다. 화자는 동일한 대상에게서 혐오감과 정결함같이 양립하기 어려운 복합적인 감정을 갖는 것이다. 여성에 대해 가지는 시적 자아의 이같은 이중적인 감정에는 여성에게 적용되어 온 기존 사회의 이중적인 규범이 내재되어 있다.[52] 「흥행물천사(興行物天使)」에서 매춘부인 여성에게서 정결함을 기대하는 나의 욕구가 나로 하여금 흥행을 하는 여자를 천사로 지칭하도록 만든다. 물론 천사라는 호칭에는 매춘부의 이미지와 전혀 상반되는 낱말을 결합

---

52) "우리의 매춘에 관한 법률은 성욕을 느끼지 않는 '선량한' 여성과 섹시한 '타락한' 여성을 구별하고 있다. 더구나 매춘은 남자 손님이 없으면 성립될 수 없다고 하면서도 남성에게는 성을 요구할 권리가 있지만 여성의 권리를 인정하지 못하는 데에는 부득이한 사정이 있다고 주장한다. 매춘문제의 초점은 남성의 전통적인 여성 지배의 문제에 귀결될 것이다. 이 지배의 여러 가지 현상은 여성을 소유물로 간주하는 사고방식, 이중규범 그리고 남성의 성적 요구에 대해서는 진지하게 생각할 필요가 있지만 여성의 그것은 고려할 가치가 없다는 신념 등으로 나타난다. 남자들은 대개 사랑을 성스러운 사랑과 비속한 사랑으로 나누고 있다. 아내나 여자 친구나 어머니는 성스러운 사랑의 대상이며, 매춘부는 비속한 사랑의 대상이다."(번 벌로·보니 벌로, 서석연·박종만 역, 『매춘의 역사』, 까치, 431~433면)

시킴으로써 매춘부를 조롱하려는 화자의 의도가 전제되어 있다.

성형 수술을 받은 여자의 눈은 웃는 표정으로 고정되어 있다. 여자의 눈은 "형편없이 늙어빠진" 곡예부리는 코끼리의 눈과 흡사하다. 인위적으로 만들어진 여자의 눈은 웃는 표정 한 가지로 굳어져 곡예하는 코끼리 눈처럼 흉측하기까지 하다. 화자가 느끼는 흉측함은 여자의 웃는 얼굴이 감정 표출이 불가능하다는 것을 발견한 데서 비롯한다. 여자는 더이상 얼굴 표정으로 자신의 마음을 자유롭게 나타낼 수 없다. 여자에게는 자신의 신체로써 자신의 감정을 표현할 자유조차 없어진 것이다. 오직 한 가지 표정으로 굳어진 여자의 눈은, 박제가 되어 버린 눈이나 마찬가지이다. 그녀의 눈은 내면의 변화를 표현할 수 없는, 한 가지 표정으로 얼어붙은 눈이다. 이처럼 비정상적이고 타성적인 생활이 억압하는 여자의 현실 공간은 극한의 추위가 몰아치는 북극으로 함축되어 나타난다.

거리의 포주는 참새처럼 수척한 흥행물천사를 데리고 흥행한다. 포주는 회초리로 수척한 천사를 때리기도 한다. 때리면 천사는 웃는다. 천사의 웃음은 사람들의 눈을 끈다. 천사를 보고 모여든 사람들은 천사의 정조를 입증하는 원색 사진판 그림엽서를 산다. 그림엽서처럼 정조란 팔 수도 있고 살 수도 있다. 정조는 유곽에서 하나의 상품이 됨으로써 그 가치는 전도된다.

위의 시에서 시인은 일탈된 인간관계를 이야기한다. 인간관계는 물리적인 자극과 그에 따른 조건반사로서의 반응으로 그려진다. "天使의배암과같은회초리로天使를때린다. / 天使는웃는다, 天使는고무風船과같이부풀어진다"는 것은 포주가 창녀에게 가하는 가학적인 홍행 장면이다. 그러면 홍행물천사는 웃으며 고무 풍선처럼 팽창한다. '때리면 웃는다.' '때리면 부풀어오른다.' 이 같은 창녀의 감정 변화는 때리는 자극에 의한 물리적인 조건반사에 불과하다. 부풀어오른 그녀는 남자들에게 추파를 남발한다. 포주가 회초리로 창녀를 자극하듯 창녀도 남자들의 성욕을 물리적으로 자극한다. 그러면 "사람들은그것을먹고돼지같이肥滿하는쵸콜레이트냄새를放散하는것이다". 여기에서 창녀나 남자들은 인위적인 자극에 의해 즉물적인 반응과 변화를 보인다는 점에서 다르지 않다. 자신들이 자기 욕망의 주체가 될 수 없다는 점에서 유곽의 모든 사람들은 동일한 존재들이다.

"여자는大膽하게NU가되었다. 汗孔은汗孔만큼의荊棘이되었다." 여자는 홍행을 위해 대담하게 나체가 된 것이다. 그런데 벌거벗은 그녀의 육체에 나 있는 무수한 땀구멍들은 땀구멍의 수만큼 가시가 되어 여자에게 고통을 안겨 준다. 수많은 땀구멍들 하나하나가 여자를 찌르는 가시로 변하는 것이다. 그것은 벌거숭이가 된 여자가 갖는 모멸감이 주는 고통의 정도를 드러낸다. 나체가 된 창녀는 노래를 부른다. 그 노래는 찢어지는 울음소리에 가깝다. 포주로부터 억압을 받는 파리한 천사의 얼굴은 성형수술 때문에 웃는 표정만을 지을 수 있는데, 그 표정은 우는 것 같은 그녀의 노랫소리와 심각한 불일치를 빚어낸다. 홍행 천사는 마침내 자신을 억압하는 상황으로부터 도망하려 한다. 그러나 포주는 참새처럼 수척한 그녀에게 덫을 내던지고, 그녀는 다시 매춘행위를 하지 않을 수 없다. 위의 시에서 포주와 창녀는 일탈된 인간성과 또 그러한 인간관계를 보인다. 그러나 그들만이 아니라, 흥행물천사인 창녀가 불러모으는 남자들도 인간의 본래 모습에서 벗어나 있는 존재들이다. 남자들의 외양은 짧은 다리로 우스꽝스럽게 걷는 펭귄으로 묘사된다. 속옷만을 입고 펭귄처럼 걷는 사람들은 성욕을 자극하여 돈을 벌어들이는 흥행천사들의 위장된 욕망에 스스로 도취되어 돼지같이 쵸콜레이트 냄새를 뿜어낸다.

이밖에도 매춘을 다룬 작품으로 「애야(哀夜)」53)가 있다. 「애야(哀夜)」는 유곽을 찾은 화자의 심리적인 황폐함을 잘 표현한 작품이다. 나의 성이 주체적인 욕망이 될 수 없고, 타자화된다는 점에서 나는 유곽의 매춘부와 동질적인 존재이다. 매춘부는 매춘행위를 하기 전에 나에게 선금주문(先金注文)인 화대를 재촉한다. 나는 매춘부에게 성적 욕구를 해결하는 대가로 은화를 지불

---

53) "여자의 表面에서 浮沈하고 있었던 標的이 失踪했다. / 그러니까 나는 아직도 아직도 슬퍼해서는 안된다고 그러는데. 마음을 튼튼히 갖지 않으면 안된다. / 나는 호주머니 속의 銀貨를 세었다. 재빠르게―그리고 재촉했다. / 先金注文인 것이다. / 여자의 얼굴은 한결 더 흰하다. 脂粉은 高貴한 織物처럼 찬란한 光芒조차 發했다. 향기 풍부하게―/ 허나 이 銀貨로 交換될 것은 무엇인가. 나는 그것을 깜박 잊어버리고 있다. 이만저만한 바보가 아니다."
    이상은 「哀夜」의 부분으로 이상의 遺稿 日文詩이며, 『현대문학』(1966.7)에 김수영 번역으로 실림.

한다. 성과 화폐를 교환하는 나와 매춘부는 각기 다른 자신들의 욕망 때문에 자기 자신에게서 소외되는 것이다. 화장한 매춘부의 무표정하던 얼굴을 훤하고 빛까지 발하게 만드는 힘은 화폐의 위력에서 온다. 매춘부는 화폐를 벌기 위해서 자신의 육체와 감정을 위장하고, 나는 나의 생리적인 욕망 때문에 나 자신을 속이고 있다.

이상의 시는 육체와 공간의 융합을 보여주는데, 이는 신체와 그 신체가 조직하는 세계와는 상관관계가 긴밀함을 나타낸다. 시적 자아의 병든 육체는 외부세계의 병든 현상들을 날카롭게 감지하게 한다. 그의 병든 육체는 현상의 본질적인 측면들을 꿰뚫어볼 수 있는 시의식의 토대로 작용한다. 생명이 소진되어 가는 육체는 도시의 병든 공간을 첨예하게 인식하게 하는 기초가 된다. 「가외가전(街外街傳)」과 「가구(街衢)의추위」에서는 병든 육체와 도시의 병듦이 직접적으로 결합되어서 육체의 공간화와 공간의 육체화가 이루어지기도 하고, 「파첩(破帖)」에서처럼 화자가 붕락의 도시 공간을 체험함으로써 외부세계를 황폐함으로 인지하는 현상이 나타나기도 한다. 이상의 시에서 병든 육체는 병든 도시, 즉 도시의 부정적인 이면을 예각적으로 드러내면서 융합한다.

이상의 시는 인간적인 내밀함이 소멸된 도시 공간을 보여준다. 「가외가전(街外街傳)」은 외형적으로는 화려하지만 동시적으로 어둠을 내포하는 도시의 이중성을 병든 육체와 병치시켜 보여주는 작품이다. 추한 내부를 화려함과 정결함으로 위장한 유곽은 질병으로 곪은 육체에 비유된다. 「가구(街衢)의 추위」에서 거리의 추위는 화자의 병든 육체가 감지하는 오한을 표현한 것이다. 도시의 네온사인은 육체의 내부를 지나는 혈관이며, 수척하고 파리한 네온사인은 병든 도시와 병든 육체를 나타낸다.

「AU MAGASIN DE NOUVEAUTES」에서 백화점 내부에 있는 물건들과 마찬가지로 사람들도 하나의 사물에 불과한 것으로 드러난다. 또한 인간관계의 해체를 경험케 하는 백화점은 유배지 혹은 감옥으로 상징되는 개체화된 근대인의 현실 공간이기도 한다. 근대화된 도시 공간이 인간의 주체를 억압하고 지배하는 현상은 이상의 시에서 유배지와 벌판의 공간으로 내면화된다. 이는 근대인의 내면의 특질인 고절감과 소외를 보여주는 공간이다.

이상의 시에는 매춘을 다룬 작품들이 있는데, 그는 유곽과 매춘을 병리적 사회의 징후로 보거나 사회사적 시각으로 비판하지 않는다. 이상은 매춘을 시의 제재로 다루면서 매춘이라는 일탈된 인간관계의 황폐함을 자의식적 성찰을 통해서 보여준다. 「백화(白畵)」·「매춘(賣春)」·「광녀(狂女)의고백(告白)」·「흥행물천사(興行物天使)」·「애야(哀夜)」 등에서 화폐를 매개로 하여 이루어지는 욕망의 허상을 유곽 공간을 배경으로 드러낸다.

제4장
육체와 근대 시간

1. 두 개의 태양과 일상 시간의 무의미함

육체와 시간의 연관성은 2절의 「소진되어 가는 육체와 시간의 소모성」에서 잘 드러날 것이다. 1절은 이상이 일상 시간을 어떻게 인식하고 있는가에 대한 분석이다. '시간을 소모로 인식하는 이상의 의식 형성의 배경으로 일상 시간은 병든 육체와 더불어 작용한다. 이상의 시에서 자아를 억압하고 무력하게 만드는 일상이라는 것은 시계 시간[1]에 의해 획일화되는 생활로 나

---

1) 시계의 보급은 시간에 대한 관념을 크게 변형시켰다. 고대 시간은 천체의 순환적 운동에서 발견되는 리듬이었고, 따라서 순환적이고 반복적인 시간개념을 가지고 있었다. 기독교는 이러한 시간개념을 바꾸어 놓았는데, 최후의 심판이라는 종말론은 더이상 순환적일 수 없는 선형적인 시간으로 바뀌었다. 그러나

타난다.

우리가 경험하는 시간은 연속적이어서 분절되지 않는다. 이처럼 분할되지 않는 시간은 근대 과학의 발달에 의해 분할이 가능한 것이 되었고, 그 흐름은 동일한 양을 가지는 시간이 반복되면서 하나의 방향으로 늘어선 무수한 점들의 연속이 되었다. 여기에서 동일한 양으로 분할되는 시간을 측정하는 방법은 지극히 과학적인 산술을 따른다. 단선상의 시간은 똑같은 양이 반복되는 점들의 연속이다. 하나의 지점과 다른 또 하나의 지점 사이의 간격은 균질하다. 이 같은 동일한 양을 갖는 시간들의 무수한 점들이 모여 과거·현재·미래의 시간을 표시한다. 이때, 분절된 점들이 모여서 하나의 연속적인 직선으로 그려진다. 정밀한 과학적 도구를 사용하여 측정된 시간은 연속선상에 그려지는 직선으로, 과학에 의해 가능해질 수 있는 한도까지 분할된 점들이 모인 것이다.

근대 생활 공간을 지배하는 시계 시간은 주관적으로 경험되는 시간과는 전혀 일치하지 않음에도, 주관적 시간은 기계적 시간에 의해 재단된다. 시계 시간에 속박을 받는 근대인의 생활은 누구에게나 똑같이 적용되는 시계 시간에 의하여 합리적으로 관리된다. 근대 공간 속에서 생존하기 위해서 근대인은 숫자로

그것은 종교적인 시간이기에 시간의 각 부분은 결코 동질적이지 않았다. 시계는 이러한 직선적인 시간을 무한히 등분될 수 있는 것으로 만들었고, 그 결과 각각의 등분된 시간은 원판 사이의 숫자 간 거리로 표시되는 동질적 양이 되었다(이진경, 『근대적 시·공간의 탄생』, 푸른숲, 1997, 43-48면).

측정된 시간의 잣대에 자신의 의식과 신체를 적응시켜야만 한다. 시간의 합리적인 관리와 사용이 강조되는 근대 공간에서 삶을 영위하는 인간은 이 같은 객관적 시간의 질서 체계 속에서 적응하도록 강요받는다. 근대인은 자신의 몸과 의식을 주체적으로, 또 자유롭게 움직일 수 없게 된다. 시계 시간이 근대인의 생활을 지배하게 되었다는 점에서 근대인은 기계적 시간에 예속된 존재에 불과하다.

베르그송이 주장하는 '지속'[2]의 시간, 혹은 주체적 경험으로 지각되는 시간이 숫자로 환산된 시간에 예속될 때, 더이상 과거는 개인의 고유한 기억이 내재된 시간이 아니며 현재와 미래도 역동적으로 삼투하는 시간이 될 수 없다. 근대 시간은 과거·현재

---

[2] 베르그송(1859-1941)의 '지속'의 시간론은 위에서 살펴보았던 수로 환산되는 기계적 시간에 대한 반성적인 사유이다. 베르그송은 『시간과 자유의지』(베르그송, 정석해 역, 『시간과 자유의지』, 삼성출판사, 1990, 87-166면)에서 시간과 진정한 지속은 절대적으로 다르다고 말한다. 진정한 지속은 혼합이 전혀 없는 순수한 것이다. 여기에는 공간의 관념조차 끼여들지 못한다. 그것들의 총체는 어떤 살아 있는 존재, 즉 그 존재의 여러 부분은 분명히 구별되어 있음에도 불구하고 연대성의 결과에 의해서 상호 침투하는 존재이다. 베르그송은 우리에게 시간을 공간 속에 전개하는 습관이 너무나 깊이 뿌리박혀 있다고 말한다. 이는 우리의 의식이 수로 환원시키는 양적 시간, 객관적 시간, 과학적 시간에 함몰되어 있는 것에 대한 비판이다. 지속은 양에서 질의 상태로 되돌아간다. 흘러간 시간의 수학적 평가는 이제 더이상 하지 않는다. 공간에 그려지는 기호적인 선은 흘러가 버린 시간이지 흐르고 있는 시간은 아니다. 자유의지는 행위를 하는 순간에 발로되는 것이며, 숙고는 동적 진행 속에 있다. 그 진행 속에서 자아와 동기 그 자체로 연속적 생성을 거듭한다. 시간이란 다만 보여지기를 (공간화) 요구하는 것이 아니다. 체험하기를 요구한다. 체험된 지속 - 과학에서는 결코 포착할 수 있는 성질의 것이 아니다. 자유로운 행위는 흐르고 있는 시간 속에서 발생한다. 자유는 하나의 사실이며, 자유로이 행동한다는 것은 자기를 되찾는 것이고, 순수지속 가운데로 복귀하는 것이다.

미래가 단절되고 분절된 시간들의 연속에 불과한 것이다. 인간의 외부에 존재하는 절대 척도로서의 시간, 즉 객관적 시간이 개인에 따라서 다르게 체험되는 시간을 규제한다. 사물과 마찬가지로 사유의 주체인 인간마저도 과학적이고 수학적인 시간, 절대 시간이 적용된다. 사물과 동일한 시간이 적용된다는 점에서, 인간은 사물과 어떠한 질적 차이도 갖지 못한다.

시간의 단절을 경험하는 근대인의 대표적인 감정은 불안감이다. 시간은 축적되지 않고, 다만 단선상의 균질한 시간의 무수한 지점들을 거쳐간다. 근대적인 개념 속에서 '시간이 흐른다'는 것은 단선상에 분할되어 놓인 시간의 파편들을 거쳐서 죽음이라는 종점에 접근해 가는 '소멸하는 시간'을 의미한다. 여기에서 소멸은 죽음의 일회성으로 말미암아 폐쇄된 소멸인 것이다. 시간이 양으로 계산되는 근대의 단선적 시간구조 속에서 인간의 죽음은 파괴를 의미한다. 인간의 육체는 생물학적 죽게 될 때 파국을 맞는 것이다.

이상이 시간의 흐름을 철저하게 소모로 인식한 것에는 위에서 살펴본 근대 시간의 더불어 그의 병든 육체의식이 결정적인 영향을 끼친다. 각혈로 상징되는, 점차 파괴되어 가는 육체는 그로 하여금 시간을 소모로 인지케 한다. 이상의 시에서 육체는 축적되지 않는 시간의 흐름 속에서 죽음으로 떠밀려 가는 대상이다. 이처럼 불가항력적인 시간은 이상의 의식을 위협한다. 그에게 죽음은 순환하는 시간 속에서 재생이 예기되는 계기가 아

니며, 삶의 고통에서 구원받아 영원한 시간으로 들어가는 문이
아니다. 죽음은 철저히 생물학적인 종말을 의미한다. 이상은 이
처럼 죽음을 일회적 종말로 인식하기 때문에 그의 죽음의식은
폐쇄구조를 갖는다.[3]

시계 시간의 예속성이 강해짐에 따라 일상 시간에 대한 거부
감은 증가한다. 문학은 직선적인 시간으로부터 자유롭고자 하는
의식을 표출한다.[4] 그것은 문학의 형식면에서 시간의 순차적

---

3) 시간에 대한 인식의 구조를 살펴보면, 크게 순환구조와 단선구조로 나뉜다.
고대인들은 시간의 흐름을 순환하는 자연 현상에서 찾았다. 이는 순환과 나선
구조를 보이는 동양적 시간관과도 동일하다. 아침은 밤을 거쳐 다시 아침으로
되고, 봄은 여름과 가을, 겨울을 거쳐 다시 봄이 된다. 이처럼 반복하고 순환하
는 자연의 시간처럼 인간의 시간도 순환한다. 이에 반하여 기독교적 시간관은
단선구조를 갖는다. 천지창조의 시작과 종결은 시간의 시작과 끝을 보여준다.
인간의 삶도 탄생과 죽음으로 종결되며, 죽음 이후에는 신의 구원을 받아 영생
의 세계로 들어간다. 현세의 시간은 단선구조를 거쳐 소멸하고, 시간이 없는
영원의 세계로 들어간다. 그러나 이 같은 단선구조에서는 신의 구원이 예기된
다는 점에서, 또한 시간이 멈춘 영원한 세계가 기다린다는 점에서, 죽음이라는
완전한 소멸에 대한 두려움이 극복된다. 근대의 시간도 기독교의 단선적 시간
구조와 동일한 구조로 인식되나, 의식상 현격한 차이가 난다. 신이 중심을 이
루는 기독교의 단선적 시간구조는 신의 세계 속에서 구원을 향해 열린 구조를
갖는 반면, 신화적 세계를 벗어나 모든 영역에 수학적 환산이 적용되는 근대에
오면, 시간의 단선적 흐름 속에서 인간은 일정량 주어진 수명의 시간이 끝나
고, 생물학적인 죽음을 맞는 것이다. 이때 인간의 죽음은 완전한 종말을 뜻하
고, 따라서 시간구조 역시 닫힌 구조를 갖는다.
4) 이시가와 다가시(石川喬司)는 문학에서 다루어지는 시간의 변화를 다음과
같이 진술한다.
"20세기까지의 문학, 특히 소설이라는 것은 작가와 독자, 이야기 속의 주인
공 모두가 무척 행복한 관계에 있어서, 직선적이고 상식적이며 또 일상적인 시
간감각 가운데에서 살아 있고, 작가는 전지전능한 신의 입장에서 이야기를 외
길로 진전시켜 나가기만 하면 되었다. 그러나 20세기에 들어와서 급격히 지금
까지의 직선적인 시간과는 다른 시간을 테마로 하여 상당히 주관적인 시간을

흐름을 거부한다. 뱌체슬라프 이바노프는 "근본적으로 20세기 초 물리학에서의 시간에 대한 새로운 접근은 문학과 예술에 있어서도 시간문제에 대한 관심을 증가하는 결과를 초래한다. 시간에 대한 직접적인 인식이라는 최근의 특성을 작품 전체의 구성원칙으로 구별하려는 노력은 20세기의 중반에 가장 널리 알려진 거의 모든 소설들과 희곡 그리고 영화의 특성으로 나타난다"[5]고 말한다. 현대문학은 근본적으로 일상성에 대한 저항의식을 표현한다. 따라서 작품 속에 구현되는 문학적 시간이란 객

다루기 시작했다. 그 배경에는 문명의 급격한 진전이 있는 것으로 생각된다. 과연 시간에 쫓겨다닐 뿐인 생활을 계속해서 좋을 것인가 하는 반성이 일어나게 된 것이다. 제1차 세계대전의 불안, 그리고 경제불황 – 이러한 일로 말미암아 과학기술이 점점 진보되어 가면 미래는 또한 더욱 더 밝아지고 즐거워지리라는 종전의 꿈이 차츰차츰 시들어져서 그러한 상황 속에서 다시 한번 인간의 행복이란 무엇인가 하는 물음을 고쳐 해보았다. 이와 같이 하여 20세기에 들어와 여러 방면에서 시간관의 변혁이 활발히 일어난 것이다. 문학의 세계에서도 시간을 테마로 한 작품이 급격히 늘었다. '소설과 시간'의 관계를 형식적으로 분류하면 작자의 시간, 독자의 시간, 소설의 시간(시대배경 등의 외적 시간과 주인공의 내적인 시간의 흐름), 텍스트 자체가 지니는 시간(고전, 명작)으로 구분된다. 이 가운데 등장인물의 내적 시간이 가장 중요하다. 20세기에 접어들면서 주인공의 내면의식의 흐름을 묘사하는데 집중하는 현상을 보인다." 이시가와 다가시, 「문학과 시간」, 『시간과 인간』(무라카미 요이치로 외, 신선향 역), 평범서당, 1983, 126-154면.
　이시가와 다가시가 말하는 '소설과 시간'의 관계는 작자의 시간, 독자의 시간, 소설의 시간(작품 내용의 시대배경과 주인공의 내적 시간)이다. 이것을 시라는 장르에 적용해볼 때, 소설에서의 주인공의 내적인 시간은 시적 자아가 표출하는 시간의 주관적 경험을 가리킨다. 시에서의 시간문제에 대한 글로 신대철의 논문(「시에 있어서의 시간문제」, 연세대 석사논문, 1976, 32-33면)을 참고할 수 있다.
5) 뱌체슬라프 이바노프, 「20세기 문화와 예술에 나타난 시간의 범주」, 『시간과 공간의 기호학』(로뜨만 외, 러시아시학연구회 편), 열린책들, 1996, 142-152면.

관적이고 물리적인 시간에 지배되는 현실의 일상성을 탈피하는 형식을 취한다.

이상의 시는 이 같은 시계 시간에 억압된 자의 자의식을 보여준다. 고대와 중세의 시기에도 시간의 파괴력과 죽음에 대한 불안을 인간들이 느끼지 못한 것은 아니다. 그러나 그것의 위력은 근대에 들어와 훨씬 더 강력해졌다. 근대의 선형적 시간은 일회적인 종말의식을 가지게 하기 때문이다.

기계적 시간이 일상을 억압할수록 그러한 일상 시간에서 탈피하려는 욕망과 갈등은 더욱 증폭되며, 그 사이에서 발생하는 괴리감은 커지게 된다. 이상의 시작품은 이러한 예를 잘 보여준다. 이상의 시간의식이 시계 시간이 지배하는 일상에 대한 저항을 표출한다는 점은 이미 밝혀진 바 있다. 그러나 이상은 일상 시간에서 벗어난 의식적 자유로움을 보여줌으로써 시간에 대한 저항감을 표출하지 않고, 오히려 그에 철저히 속박되어 이탈할 수 없는 자아의 절망감을 드러내는 데 초점을 맞추고 있다. 그것은 그의 시적 자아의 소진되는 육체성과 밀접한 연관이 있다. 이에 대해서는 다음 절에서 다루기로 한다.

ELEVATER FOR AMERICA

○

세마리의닭은蛇紋石의層階이다. 룸펜과毛布.

○

빌딩이吐해내는新聞配達夫의무리. 都市計劃의暗示.

○

둘째번의正午사이렌.

○

비누거품에씻기어가지고있는닭. 개미집에모여서콩크리트를먹고 있다.

○

男子를轢挪하는石頭.
男子는石頭를白丁싫어하드키싫어한다.

○

얼룩고양이[6]와같은꼴을하고서太陽群의틈새를걷는詩人.
꼭끼요
瞬間 磁器와같은太陽이다시또한個솟아올랐다.

○

—「대낮 - 어느 ESQUISSE」[7] 전문

「파첩(破帖)」[8]이 도시의 밤거리에 대한 "카인"의 애가(哀歌)라
면, 「대낮」은 계획화된 도시 풍경과 도시 공간에서 소외된 인간
에 대한 '에스키스(esquisse)'(佛語 - 소묘, 스케치)이다. 전자에서 화자
자신을 자학적으로 지칭한, 저주받은 인간 카인은 거리를 완보
하면서 도시의 붕락을 관찰한다. 후자에서도 역시 얼룩고양이
꼴을 하고 대낮의 도시 거리를 쏘다니는 시인에 의해 관찰이 이
루어진다.

「대낮」에서 닭과 정오 사이렌의 의미는 중요하다. 세 마리
의 닭은 시간을 가리킨다. 시간의 흐름은 인지될 수 없을 만

---

6) 시 원문은 "三毛猫"이다. 삼색의 털을 가진 고양이.
7) 이상, 「眞畫」, 『朝鮮と建築』, 1932.7, 27면. 임종국 역으로 임종국 전집에 재
게재. 사진으로 보는 자료, 248면.
8) 사진으로 보는 자료, 220~223면.

큼 연속적이다. 사람들은 분절되지 않은 상태인 그것을 경험한다. 그러나 「대낮」에서 보여주는 도시의 시간은 '사이렌'[9]이 상징하듯이, 규칙적인 시간에 의해 획일화된다. 정오 사이렌은 누구에게나 균질한 시간을 기계적으로 알린다. 닭의 울음으로 표상되는 시간의 흐름은 인공음으로 대체되고 시간은 보다 합리적으로 관리된다. 이러한 도시 공간에서 존재하는 자연물들도 자연 시간을 벗어나 기계적 시간에 맞춰진다. 태양은 동쪽에서 떠올라 하루에 한 번 하늘의 한복판에 이르는 자연물이 아니다. 사이렌이 울리기만 하면 언제든지 또 한 번 떠오를 수 있는 사물이 된다.

이상은 룸펜과 모포를 병치시켜서 실업자의 무기력을 암시한다. 한낮에도 모포를 덮고 잠들어 있는 실업자는 도시의 잉여인간이다. 도시에 속한 모든 것들은 '도시계획'에 의해서 정렬된다.

---

9) 시간을 알리는 장치인 사이렌은 그 소리를 들을 수 있는 지역 내에 있는 사람들의 시간을 통일시켜 준다. 이는 합리적인 시간관리를 가능케 해주지만, 동시에 획일화된 시간질서에 모든 사람들의 시간이 편입되는 것을 의미한다.
다음의 글은 현상의 정밀한 분석을 가능하게 하는 근대의 과학적 지식을 찬미한 것으로, 닭 울음소리와 같은 자연의 시간정보는 과학의 영역으로 들어올 수 없음을 명시하고 있다. "가령 밤이 지나가면 낮이 오려하는 하루의 자연 현상에 대하여서도 닭이 울어서 낮이 올 것이라고 믿는 것은, 사실은 사실이나 이것을 과학적 지식이라 칭하기는 어렵고, 지구가 태양계에 속한 위치를 분명히 하며, 지구 자전의 속도를 측정하여, 그 결과 일정의 시간을 경과하면, 지구의 암흑면이 반드시 태양을 향하지 않을 수 없는 이유를 설명하여야, 즉 그 현상을 전체상으로 관찰하여 통합하며, 분류하고 원인 결과의 법칙을 명료히 설명한 후에야, 이것을 과학적 지식이라 할 수 있다." 장응진, 「상식과 과학」, 김진송 편, 『현대성의 형성−서울에 딴스홀을 許하라』, 현실문화연구, 1999, 94면에서 재인용.

시간과 공간과 인간이 계획하에 질서정연하게 배치되어 있다. 실업자는 이러한 질서에서 제외된 존재이다.

"삘딩이吐해내는新聞配達夫의무리"에서처럼 빌딩 건물에서 사람들이 쏟아져 나오는 모습은 빌딩이 사람들을 토하는 것으로 묘사된다. 이상은 사람들의 건물 출입을 '토한다'고 표현한다. 이는 사람들이 건물에 대하여 주체적인 힘을 갖지 못함을 보여준다. 위의 시구에서 사람과 빌딩의 관계는 각각 행위 대상과 행위 주체의 관계임이 확연하게 드러난다. 건물, 특히 집약적이고 합리적인 노동력의 활용이 가능한 도시 빌딩은 인간 생활의 편의를 도모하는 하나의 도구이다. 그런 만큼 빌딩은 사람이 일을 하기 위한 도구적 기능을 갖는 건물이다. 이때 사람은 빌딩이라는 사물에 대해 주체로서의 위상을 갖는다. 그러나 「대낮」의 빌딩은 어떠한가. 사람이 빌딩에서 밖으로 나오는 것이 아니라 건물에 의해 토해지는 것처럼, 건물에 대한 인간의 주체적 위상은 오히려 전복되어 있다. 빌딩을 이용하는 인간들은 빌딩이 삼키고 토하는 행위의 '대상'으로 추락한다. 합리성을 위해 건설된 도시 속에서 인간은 이제 그 합리성에 의해서 통제된다. 인간은 합리성에 예속되어 자유로울 수 없는 존재가 된 것이다.

정오 사이렌은 시계 시간을 알린다. 시간을 정확하게 알리는 사이렌 소리를 들을 수 있는 공간의 사람들에게 시간은 누구에게나 균질하게 적용된다. 주관적으로 인지되던 개인의 시간은 정오 12시를 알리는 사이렌에 의해 동질적인 시간이 된다. 닭이 자연 시간을 알려주던 자연물이었다면, 「대낮」의 닭은 기계적이고 균질화되기 이전의 자연 시간에 대한 이상의 향수(鄕愁)를 함축한다. 동시에 닭은 도시의 획일적 시간을 상징하는 사이렌에 대한 시인의 조롱이 투사된 동물이다. 이상은 "꼭끼요-"라는 닭의 울음소리로 사이렌의 기계음을 묘사함으로써 획일화된 일상 시간을 조롱하고 있다.

자연의 순환하는 시간은 기계음이 알려주는 시계 시간으로 대체되고 사람들은 그 시간에 맞춰 일을 한다. 일자리를 잃은 실업자는 정오에도 잠을 자고, 닭은 개미집에 모여 콘크리트를 먹는다. 합리적으로 계획된 도시 공간에서 벗어나 있는 잉여적 존재는 얼룩고양이꼴을 하고 거리를 쏘다니는 시인에게도 적용된다. 인공적으로 질서가 부여되어 있는 도시는 질서가 잘 잡혀 있는 듯하다. 그러나 도시 공간에 있는 모든 것들은 자연스러움에서 이탈해 있다. 자연물인 태양조차도 사이렌 소리에 맞춰 인공의 태양처럼 복제되어 솟아오른다. 자기그릇 같은 태양은 그 존재의 유일함과 고유성을 잃어버렸다. 도시의 일상을 사이렌 소리가 규칙적으로 도시 공간에 속한 모든 것들을 통제할 때, 태양은 얼마든지 "다시또한個" 솟아오른다. 태양이 계획된 도시 공간에서 고유한 가치를 잃어버렸듯이, 도시 속의 인간들도 주체성을 잃어버리고 만다.

一層위의二層위의三層위의屋上庭園에올라가南쪽을보아도아무것도없고

北쪽을보아도아무것도없어서屋上庭園밑의三層밑의二層밑의一層으로내려
간즉東쪽에서솟아오른太陽이西쪽에떨어지고東쪽에서솟아올라공중한복판에
와있어서時計를꺼내본즉서기는했으나時間은맞기는하지만時計는나보다도젊
지않으냐라고하기보다는나는時計보다는늙지아니하였다고아무리해도생각되
는것은필시그럴것임에틀림없는고로나는時計를내동댕이쳐버리고말았다.

　　　　　　　　　　　　　　　　　　　　　　　　　—「運動」 전문10)

　이 시는 시계 시간과 사물의 운동에 관한 것이다. 시간에 따
른 태양의 운동과 화자의 운동이 전개되고, 그에 따른 화자의
심리 변화가 나타난다. 화자인 나는 삼층 건물을 한층 한층 올
라가 옥상에 있는 정원에서 사방을 둘러보아도 아무것도 보이
지 않아서 다시 한층 한층 내려오니 태양은 뜨고 지기를 반복하
고 있다. 이때 태양은 자연의 순환 궤도 속의 자연물이 아니다.
태양이 동쪽에서 떠오르는 시간을 시계 시간으로 측정한다면,
태양이 서쪽으로 지는 시간과 같다. 내가 삼층의 옥상 정원으로
올라가는 데 걸리는 시간은 옥상 정원에서 지상으로 내려가는
시간과 동일하다. 시계 시간으로 계산하면, 자정 열두 시에서
정오—시 「운동(運動)」에서 공중한복판으로 표현한 시간—에
이르기까지 열두 시간이 소요된다. 이렇게 측정된 시간은 정오
에서 자정에 이르는 시간과 동일한 양으로 흐른다. 정오를 기준
으로 오전과 오후를 계산했을 때, 흐른 시간의 양에는 어떠한
변화도 있을 수 없다. 정오 이전과 이후의 열두 시간은 절대 시

---

10) 金海卿, 「運動」, 『朝鮮と建築』, 1931.8, 12면. 柳呈 역으로 임종국 전집에
　　재게재. 사진으로 보는 자료, 255면.

간량이다. 이 같은 시계 시간에는 어떠한 외적인 의미도 개입될 수 없다. 「운동」에서 태양이 뜨고 지는 운동과 시계 시간과 건물을 오르내리는 나의 운동은 모두 동일한 속도와 양으로 계측되는 물리적 시간의 범주에 속해 있다.

일층에서 이층과 삼층을 거쳐 옥상정원에까지 올라가는 나의 운동은 의미 있는 것을 찾기 위한 움직임이다. 그러나 건물 옥상에 올라간 화자는 사방에 "아무것도없"음을 본다. 여기에서 아무것도 없다는 것은 실제로 사물들의 부재를 가리키지 않는다. 사방에 아무것도 없다는 것은 나에게 '의미 있는' 사물들이 없음을 뜻한다. 그 이유는 나에게 일상 시간 속에 존재하는 모든 사물들이 고유성과 가치가 박탈된 상태로 인지되기 때문이다. 옥상정원에서 바라본 바깥의 풍경은 "아무것도없"는 것으로 인지될 만큼 무의미하다. 어떤 사물들에 의해 내가 서 있는 건물의 주위가 둘러싸여 있다고 할지라도 내가 확인하는 것은 나의 올라가는 운동의 가치를 완전히 무화시킬 만큼 의미 없는 것들로 인식된다. 나는 다시 내려간다. 그러나 다시 내려가는 나의 운동은 과연 의미를 갖는 운동일 수 있는가. 내가 내려가서 발견하는 것은 태양이 솟아올랐다가 떨어지기를 반복하는 현상에 부딪힌다.

나는 균질적 시간이 반복되는 세계에 완벽하게 속박되어 있음을 지상에 내려왔을 때, 확인한다. 건물을 올라가는 나의 운동에 의미가 없는 것처럼 지상으로 내려오는 나의 운동도 역시

의미가 전혀 발생하지 않는다. 의미가 정지된 운동, 또는 정지된 시간에서 벗어나려는 나의 갈망은 물리적인 시간의 힘이 나를 억압할수록 증폭된다. 일상 시간은 인간의 육체를 얽어매며, 인간의 의식을 압박한다. 일상 시간에 단단히 속박된 화자에게 자연물과 자신의 운동도 역시 역동성이 소멸된 기계적인 반복11)으로 인식될 수밖에 없다.

순환하는 태양의 운동은 계절 변화처럼 자연이 인간에게 드러내 보여주는 우주의 리듬이다. 그러나 균질하고 파편화된 시간이 반복되는 시간 속에서 태양은 자연물이 아닌 무의미하게 반복적인 운동을 하는 하나의 사물로 전락한다. 일몰을 하루에 여러 차례 반복하는 운동을 하는 태양이나 건물을 오르내리는 나의 운동은 대자연의 리듬과는 다르다. 나의 반복적인 운동이나 태양의 운동은 시계 시간과 마찬가지로 무의미하다. 기계적인 운동을 되풀이하는 사물들에 의미 있는 시간의 흐름은 없다. 서 있는 시계나 가는 시계나 나에게는 마찬가지로 인식된다. 시간이 흐르든 흐르지 않든 나에게는 아무런 의미를 갖지 못하기 때문이다. 그렇기 때문에 "서기는했으나時間은맞기는하지만時計는나보담도젊지않으냐라고하기보담은나는時計보다는늙지아니하였다"고 화자는 시계 시간

---

11) 이상 시에 나타나는 시간의 반복성은 똑같이 되풀이되는, 혹은 권태롭고 단조로운 반복을 의미하므로 기계적인 반복이다. 이상의 시에 나타나는 기계 시간의 무의미한 반복은 자연의 순환, 혹은 리듬과 같은 시간의 반복과는 전혀 다르다.

의 이름과 늦음의 차이를 부정한다. 서 있는 시계가 맞다는 것은 모순이며, 의미가 끼어들 수 없는 절대 시간과 화자 자신의 육체를 젊다 혹은 늙다라는 형용사로 비교하는 것 역시 모순된 비교이다. 화자의 이 같은 진술에는 시계 시간을 조롱하고 부정하는 의식이 내재한다. 화자인 내가 주관적으로 인지하는 시간 속에서 시계 시간은 '서 있는 시계', '멈춘 시계'나 다를 바 없는 것이다.

나의 내적인 시간은 시계로 상징되어 나타나는 일상 시간의 질서가 부여한 궤도에 맞춰 내가 운행되는 것을 거부한다. 이 시에서 가장 역동적인 의미를 갖는 운동은 태양이 하늘 한복판에 있는 정오 때에 정오에 멈춰선 시계를 보고 그것을 내동댕이치는 나의 몸짓이다. 이러한 나의 강한 운동은 무의미한 상태에서 벗어나려는 나의 욕구를 표출한 것이다. 시계를 내동댕이치는 나의 행동이야말로 이 작품에서 유일하게 의미를 획득하는 운동인 것이다.

2. 소진되어 가는 육체와 시간의 소모성

근대의 단선적인 시간구조 속에서 흐르는 시간은 축적되지 않고 다만 소멸하는 시간으로 인지된다. 이상은 이 같은 근대 시간에 대한 불안의식을 나타낸다. 그와 아울러 시적 자아의 병든 육체는 일상 시간의 소모성을 첨예하게 지각하게 만든다. 이상의 시간의식은 근대 시간과 그의 병든 육체가 결합하면서 발현된다.

이상 시에 나타나는 죽음의식이 근대적인 특질을 갖는다고 가정했을 때, 그 가정의 근거는 우선 죽음의 일회성에 대한 인식에서 찾을 수 있다. 이는 시간의식과 긴밀한 연관이 있다. 시간에 대한 인식은 시대에 따라 변화해 왔다. 또한 시간의식은 죽음의식의 변화와 긴밀하게 결합되어 있다. 고대인들은 시간의 흐름을 순환하는 자연 현상에서 찾았다. 이는 순환과 나선(螺旋) 구조를 보이는 동양적 시간관과도 동일하다.12) 아침은 밤을 거

_____

12) "크로마뇽인은 사람이 죽었을 때, 그 시체를 아무 데나 버려 썩도록 하지 않았다. 네안데르탈인도 죽음은 끝이 아니며, 시체는 방치되어서는 안 된다는 생각을 가지고 있었던 것 같다. 크로마뇽인들은 그들이 사는 동굴과 오두막 안이나 근처에 시신을 묻었다. 그들은 저승에서의 새로운 삶을 고대하고 있었음이 분명하다. 이집트인들은 많은 시간과 정력과 자원을 내세를 준비하는 데 바쳤다. 이집트인들은 이승에서의 삶은 찰나에 끝나는 꿈이라고 생각했으며, 반면 죽은 자들의 신인 오시리스의 왕국이 있는 서쪽에서의 삶은 영원하다고 생각했다. 따라서 내세를 잘 준비하는 것은 매우 중요했다. 영생을 마음껏 누리기 위해서는 육체가 부활해야 한다. 한나라 시대의 사람들은 점차 육체와 영혼을 분리하여 생각하게 되었고, 육체의 죽음 이후 영혼의 삶을 찾기 시작했다. 불교 신자들은 선한 행동, 생명 존중, 금욕, 이타적인 행동을 통해 환생과 영혼을 해방시킬 수 있다고 믿었다."(에이서 브리그스 편, 『원시에서 현대까지 인류생활사』, 동아출판사, 1994, 17~71면)
   또한 막스 칼텐마르크도 "장자는 삶과 죽음을 동일한 한 가지 현상의 앞과 뒤로 보고, 노자는 삶과 죽음을 세상에 나왔다가 다시금 돌아가는 과정으로, 온갖 만물에 공통된 법칙으로 파악하고 있다"(막스 칼텐마르크, 장원철 역, 『노자와 도교』, 까치, 1993, 125면)고 말한다.
   위의 인용문들에서 알 수 있는 것은 동서양을 막론하고 죽음은 생물학적인

쳐 다시 아침으로 되고, 봄은 여름가을겨울을 거쳐 다시 봄이 된다. 이처럼 반복하고 순환하는 자연을 보면서 고대인들은 자신들이 맞는 죽음 역시 순환하는 자연의 일부로 여겼다. 그들은 죽음을 새로운 생이 내재된 것으로 인식했다. 중세는 신의 섭리 안에서 만물이 조응하던 시대였다. 인간의 삶도 탄생과 죽음으로 종결되며, 죽음 이후에는 신의 구원을 받아 영생의 세계로 들어갈 수 있었다. 그렇기 때문에 현세의 죽음은 삶의 끝이 아니라, 다른 차원의 삶을 예기하는 계기가 될 수 있다. 이처럼 중세의 삶은 단선적 시간으로 존재한다. 그러나 신의 구원이 예기된다는 점에서, 시간이 멈춘 영원한 세계가 기다린다는 점에서, 죽음이 완전한 종말을 뜻하는 근대 시간의 단선구조와는 현격한 차이가 난다.

근대란 자연과 신의 위치를 인간의 이성이 대신하게 된 시기를 의미한다. 인간 이성의 산물인 과학이 발달하면서 이성으로 증명되지 않는 세계는 그것의 타당성을 잃게 되었다. 합리적인 것, 증명할 수 있는 것, 가시적인 것만이 당위성을 가졌다. 인간의 외경스런 대상들이었던 우주와 세계는 인간에 '의해서' 분석되었다. 또한 근대적인 시간관은 죽음에 대한 인식에 큰 영향을 미치게 된다. 일직선으로 균질하게 흐르는 시간을 인지할 수 있는 시계의 발달은 규칙적이고 일정한 시간의 흐름을 더욱 정밀

종말이 아니라 또 다른 삶을 마련하는 계기로 인식했음을 보여준다. 이때의 죽음은 '열려 있는 죽음'이라고 지칭할 수 있다.

하게 측정할 수 있게 했다. 시계 시간은 삶의 순환성과 영원성
에 대한 갈망의 비합리성을 깨닫게 만들었다. 인간은 태어나서
일정한 수명을 살다가 죽음을 맞는다. 생은 단선 위의 점들을
순차적으로 거쳐서 종국에는 죽음의 파국을 맞는다. 생은 누적
된 시간으로서의 과거와 현재, 희망이 내재하는 미래 대신에 파
괴와 소멸로 이어질 수밖에 없다. 죽음 뒤에 맞게 될 존재의 완
벽한 상실은 인간에게 삶에 대한 허무와 불안을 불러일으킨다.

이상이 표출하는 죽음의식의 독특함은 그가 철저한 파국으로
서 죽음을 인식한다는 점이다. 완전한 종말로서의 죽음은 '폐쇄
적인' 혹은 '닫힌' 죽음이라고 표현할 수 있다. 이상의 죽음의식
에는 언제나 이 같은 파멸이 내재한다. 죽음은 소외의 극단적인
형태이다. 생물학적인 종말인 죽음은 인간을 외부세계와 영원히
단절시키기 때문이다.

> 찌저진壁紙에죽어가는나비를본다.그것은幽界에絡繹13)되는秘密한通話口
> 다.어느날거울가운데의鬚髯에죽어가는나비를본다.날개축처어진나비는입김
> 에어리는가난한이슬을먹는다.通話口를손바닥으로꼭막으면서내가죽으면안젓
> 다이러서서듯키나비도날러가리라.이런말이決코밧그로새여나가지는안케한다.
> ─「詩第十號 나비」 전문14)

이상에게 자기 자신은 시화(詩化)의 대상이다. 자신의 감정과
육체는 거울이라는 사물을 거쳐 대상으로 변한다. 이 작품에서

---

13) '낙역'은 '絡繹不絶'의 준말로 왕래가 끊임이 없다는 뜻이다.
14) 이상, 『조선중앙일보』(1934.8.3)에 실림. **사진으로 보는 자료, 241면.**

도 화자는 거울에 비친 자신의 얼굴을 관찰하면서 의식을 전개시킨다. 위의 시에서 수염은 찢어진 벽지에 비유된다. 화자가 거울 속에 비친 자신의 얼굴에 나 있는 수염을 찢어진 것으로 인식하는 것은 육체적 파열 상태에 있는 화자의 자각을 상징적으로 드러낸다. 화자인 나의 수염에 붙어 죽어가는 나비는 이승에 속해 있는 나에게 죽음의 세계를 열어 보여주는 상상 속의 영적 매개체이다. 나비와 나의 친연성은 "날개축처어진나비는 입김에어리는가난한이슬을먹는다"에서 잘 나타나 있다. 이 같은 상상 속의 나비와 나의 친밀감은 찢어진 벽지에서 암시되는 나의 육체적 파열과 함께 죽음의 세계에 접해 있는 나의 육체적 상황을 암시한다. 다시 말하면 위의 시에서 화자가 상상 속의 나비와 자신을 동일시하는 것은 거울에 비친 '죽어가는' 자기의 현실에 대한 자각을 드러내는 것이다. 거울에 비친 나의 모습은 죽어가는 나비로 상징되고 있다. 나는 죽어가는 나의 육체를 통해 죽음의 세계를 엿본다. 거울 속의 나의 얼굴은 나에게 죽음의 세계를 비밀스럽게, 그러나 분명하게 보여준다.

"通話口를손바닥으로꼭막으면서내가죽으면안젓다이러서듯키나비도날러가리라"에서 유계로 통하는 통화구를 막는 나의 행동은 내가 생의 세계를 완전히 떠나 죽음의 세계로 들어가는 것을 암시한다. 내가 죽음의 세계에만 속하게 될 때, 더이상 나에게 생의 세계와 유계의 통화구는 성립되지 않는다. 그때 나로 하여금 죽음을 엿보게 하는 매개체, 즉 나 자신의 소진되는 육체를 상징하는 "죽어가는나비"의 의미는 소멸한다. 즉 죽은 나에게는 유계만이 있을 뿐 생과 사의 통화구는 없다. 죽어가는 시간이 지나가고 내가 종말을 맞게 되었을 때, 더이상 나에게 유계로 통하는 통화구는 의미가 없기 때문이다. 나의 상상 속에서 나비가 영원히 유계로 날아가 버리듯, 유계에 든 나는 삶과는 영원한 단절 상태에 놓이게 되는 것이다.

여기에서 화자는 자신의 죽음을 앉았다 일어서듯 날아가는 나비에 비유하는데, 자신에게 닥칠 죽음을 이렇게 가볍게 묘사하는 것에는 피할 수 없는 죽음에 대한 체념이 내재되어 있다. 화자는 죽어가는 자신의 육체를 관찰하면서 죽음을 상상하는데, 화자가 인식하는 죽음이란 앉았다 일어서듯 간단히 닥치는 사건인 것이다. 또 "이런말이決코밧그로새여나가지는안케한다"에서 나타나듯이 나의 죽음은 오로지 나의 개인적인 사건이다. 이 시에서 이상은 개인의 죽음이란 결코 외부세계, 혹은 타자와 공유할 수 없는, 철저히 개인사에 한정된 사건이라는 사실을 보여주고자 한다. 나의 죽음은 밖―외부세계―과 어떠한 연계성도 갖지 못한다. 인간의 죽음은 오로지 그 자신의 개인적인 사건에 속한 일이다.[15] 죽음은 소외의 극단 형태이다. 특히 집단 생활

15) "죽음은 숨겨야 할 어떤 비밀도 가지지 않을 뿐더러 그를 향한 문도 열어보이지 않는다. 다만 열어야 할 문이 없다. 그것은 한 인간의 종말이다. 20세기 이전 혹은 19세기 이전에만 해도 대다수의 사람들은 다른 사람들이 곁에 있는 가운데 죽음을 맞이했다. 역사상 그 어느 때보다도 정상적으로 오래 살 수 있는 상황에 있다는 사실 …… 이 모든 것들로 인해 그 어느 때보다 강력하게,

에서 개인 생활체제로 바뀐 근대에 이르러서, 더이상 타자에게
서 위로 받지 못하게 되었으므로, 개인의 죽음은 죽어가는 개인
자신의 사건에 불과하다. 죽어가는 자는 고립된 채, 삶에서 완
전히 차단되는 것임을 이상은 위의 시에서 잘 보여준다.

― 自家用福音 ―
― 惑은 엘리엘리라마싸박다니 ―

하얀天使 이鬚髥난天使는큐핏드의祖父님이다.
       鬚髥이全然나지않은天使하고흔히結婚하기도한다.
나의肋骨은2다스(ㄴ). 그하나하나에노크하여본다. 그속에서는海綿에젖은
더운물이끓고 있다. 하얀天使의펜네임은聖피―터―라고
고무의電線 똑똑똑똑 열쇠구멍으로盜聽.
        버글버글
(發信) 유대인의임금남주무시나요?
(反信) 찌―따찌―따따찌―찌―(1) 찌―따찌―따따찌―찌―(2) 찌―따찌―따따찌―찌―(3)

흰빼끼로칠한十字架에서내가漸漸키가커진다. 聖피―터―君이나에게세
번씩이나알지못한다고부정하는찰나. 瞬間닭이활개를친다……
   앗 더운물을 엎질러서야 큰일―

―「內科」전문16)

이 시에서 십자가의 '예수'는 내과 병원 침대에 누워 있는 환
자인 '화자'에 상응하고 예수를 배반한 '피터'는 환자의 생명을
구할 수 없는 '내과 의사'에 상응한다. 예수가 십자가형에 처하

죽어가는 것과 죽음을 산 자의 시선 밖으로 그리고 발전된 사회의 정상적인
삶의 배후로 밀어 넣는 사태가 발생한다. 오늘날의 사람들처럼 조용하게, 위생
적으로, 고독감을 조장하는 사회적 조건 속에서 죽게 되는 건 역사상 유래 없
는 일이다."(노베르트 엘리아스, 김수정 역, 『죽어가는 자의 고독』, 문학동네,
1998, 86-107면)
16) 이상의 遺稿 日文詩. 임종국의 번역으로 임종국의 『이상전집』에 실림.

게 되었을 때, 예수는 하느님에게 가능하다면 자신에게 닥쳐 있는 죽음의 잔을 거두어 달라고 간청함으로써 죽음을 피하고 싶은, 지극히 인간적인 면모를 드러낸다. 한편 예수의 충직한 사도(使徒)였던 피터(베드로)는 자신의 목숨 때문에 그토록 사랑하고 따랐던 예수를 모른다고 자신을 잡으러 온 병사들에게 말한다. 성서(聖書)에서 전하는 이 같은 이야기는 신념과 현실 사이의 현격한 간극을 보여준다. 예수는 정작 죽음을 맞는 순간에 하느님에게 자신의 구원을 청했고, 베드로 역시 죽음 앞에서 그 동안의 모든 신의를 저버리는 인간적 한계를 드러낸다. 여기에서 인간이 부딪치게 되는 죽음의 불가해한 위력이 잘 드러난다.

이상이 「내과(內科)」에서 성서의 이야기를 원용하여 드러내고자 했던 것도 죽음의 위력 앞에서 지극히 무력한 인간의 위상이다. "유다인의임금님"인 예수는 병원의 진찰대에 누워 있는 화자 자신을 지칭한다. 의사가 청진기를 자신의 몸에 대고 진찰하는 것을 두고 화자는 자신의 몸에 '발신'을 보낸다고 말한다. 그렇지만 화자의 몸은 화자가 전혀 알 수 없는 반신(反信)을 보낼 뿐이다. 김승희가 "'찌 - 따찌……' 하는 내부기관의 대답은 인간의 상징적 언술 체계로는 전혀 알 수 없는 전(前)언어적인 시니피앙이다. …… 주체는 육체와 단절되어 있고 육체성의 기호를 해독하지 못한다"[17]고 해석한 대로 생명의 회복을 희망하는 화

---

17) 김승희, 「이상 시 연구」, 서강대 박사논문, 1991, 193면.

자의 바람과 화자의 육체는 단절되어 있다. 죽음에서 벗어나고 싶은 화자의 희망은 육체가 처한 현실과 대립한다. 죽음의 현실 앞에서 화자의 육체가 한 발자국도 벗어날 수 없는 만큼, 화자의 희망과 현실 사이의 통신은 차단되어 있다.

하느님의 천사로 표현된 "하얀천사"인 의사는 피터에 비유된다. 그러나 피터가 위기에 처하자 예수를 모른 척했던 것처럼 의사는 화자의 바람과는 무관하다. "순간닭이활개를" 치며 울 때에야 화자는 그 누구도 자신에게서 죽음을 거두어줄 수 없다는 분명한 사실을 깨닫게 되는 것이다.

"흰빵끼로칠한十字架에서내가漸漸키가켜진다"라는 시구는 시간이 흐를수록 화자의 키가 점점 자란다는 것인데, 키가 자란다는 것은 시간이 흐를수록 죽음에 대한 불안 때문에 화자의 자의식이 팽창되는 것을 의미한다. 병원의 침대에 누워 회생의 방도를 전혀 찾지 못하고 점점 다가오는 죽음의 시간을 기다리는 화자의 불안감은 점점 극대화된다. 의사가 자신의 생명을 구해주리라는 기대감은 시간이 흐를수록 소멸되고 대신에 죽음에 대한 확연한 인지로 바뀌게 된다. 의사를 향한 화자의 심리적인 기대와 의지가 산산이 부서져 버리는 순간이야말로 화자가 죽음 앞에서 지극히 무력한 존재일 수밖에 없음을 확인하는 시간이다.

"순간닭이활개를" 치는 시간은 닭의 활개짓으로 활기를 띤 시간일 것이지만, 화자로 하여금 강하게 죽음을 인지하도록

하는 시간이다. 이 순간에 생동감과 도약의 표상인 '날개짓'의 의미는 모두 제거되고, 칠흑 같은 절망감 속으로 화자는 침몰한다. 화자가 누운 하얀 침대는 "흰뻥끼로칠한십자가"로 표현된다. 예수에게 '십자가'는 처형대의 의미를 벗어나 희생과 구원을 상징하지만, 「내과(內科)」의 '십자가'는 오로지 죽음의 의미만이 부각된다.

이상은 「내과」에서 죽음을 유희적인 태도로 다룬다. 그러한 자세는 위기에 처한 자신의 육체를 객관화시킨다. 나아가 비극적 상황을 희극적으로 전환시킨다. 죽음의 문전에 서 있는 자신의 무력감과 그 누구도 상황을 바꿀 수 없음을 인식하는 데서 발생하는 시적 자아의 자괴감이 '유희'의 자세로 표출된다.[18]

이상의 경우, 폐결핵은 그가 '소모되어 가는 것'으로 시간을 인식하는 것과 밀접한 연관이 있다. 이상의 시에서 각혈은 살아 있는 육체가 극적으로 죽음을 체험하는 것을 의미한다. 육체에서 진행되는, 생명을 위협하는 질병 ─ 폐결핵에 따른 각혈(喀血) ─ 은 시에서 화자에 의해 거리가 두어진 채 관찰된다. 이상이 생존했던 1930년대 폐결핵은 죽음과 등가를 이루는 질병이었다.[19] 각혈은 폐결핵의 말기 증상이다.

---

18) 김윤식은 이상의 소설인 「봉별기」를 논하면서 "죽음을 조소함으로써 죽음을 직시하고자 하는 아이러니의 정신"으로 이상의 죽음에 대한 자세를 파악한다 (김윤식, 「결핵의 속성과 결핵문학」, 『이상 연구』, 문학사상사, 1987, 110면).
19) 결핵은 근대의 질병이다. 근대 이전에도 결핵은 있었지만, 결핵이 보편적인 질병으로 확산된 시기는 근대 산업화 이후이다.

각혈 증세는 결핵을 앓는 환자로 하여금 죽음의 징후를 매순간 확인하도록 만든다. 자신의 죽음을 살아 있는 자신의 육체에서 확인한다는 것은 전율할 만한 공포를 초래한다. 전신의 권태감과 나른함, 발열과 체중감소, 수면중의 홍건한 식은땀 등의 증세는 환자가 죽음의 문턱에 점점 다가가는, '몸이 닳아 가는' 느낌을 체험하도록 한다. 이상의 시에는 각혈 이미지가 빈번하게 나타나는데, 폐결핵의 가장 뚜렷한 증세인 각혈은 어떠한 증세보다도 환자로 하여금 죽음을 강렬하게 체험하도록 한다.

> 캄캄한空氣를마시면肺에害롭다. 肺壁에끄름이앉는다. 밤새도록나는움살을알른다. 밤은참많기도하드라. 실어내가기도하고실어들여오기도하고하다가이저버리고새벽이된다. 肺에도아츰이켜진다. 밤사이에무엇이없어졌나살펴본다. 習慣이도로와있다. 다만내侈奢한책이여러장찢겼다. 惟[20]悴한結論우에아츰햇살이仔細히적힌다. 永遠이그코없는밤은오지않을듯이.
>
> —「아츰」 전문[21]

"1767년부터 영국에서는 산업혁명이 시작되었으며, 이에 급격한 산업도시화가 진행되면서 결핵이 급속도로 만연했다. 산업혁명과 관련하여 영국을 비롯한 유럽 여러 나라의 결핵 사망률이 현저하게 상승하였다. 우리나라에서도 일제시대에 교통이 발달하고, 학교와 공장 등에서의 집단 생활이 늘면서 결핵이 점차 만연하여 30년대 후반기에는 결핵환자 40만에 매년 4만 명이 사망하였으며, 일제 말기에는 극심한 궁핍과 영양실조로 결핵 환자가 60만 명 이상으로 증가한 것으로 추정된다."(대한결핵협회 편, 『한국결핵사』, 상문상사, 1998, 119-133면)

20) 시 원문에는 '惟悴한'으로 되어 있는데, 그간의 이상전집들(김승희 판 전집을 제외한 임종국·이어령·이승훈 판 전집)은 모두 '焦悴한'으로 바뀌었다.

21) 이상, 『카톨릭청년』(1936.2)에 실림. **사진으로 보는 자료, 233면.**

밤은 질병을 앓는 육체가 소모되어 가는 시간이다. 밤을 지내는 동안 화자의 육체는 점점 쇠진한다. 그래서 "밤은참많기도하드라"의 많은 밤은 죽음으로 가까이 갈 수밖에 없는 화자의 처참한 심정을 드러내는 부분이다. 육체를 파괴시키고 소모시키는 시간[22]인 밤이 지나가고 드디어 화자는 밝은 햇살이 비추는 아침을 맞는다. 화자는 아침의 밝음 속에서 "밤사이에무엇이없어졌나살펴본다". 자신의 육체에서 생명이 점차 소진되어 가는 것을 밤사이에 체험했던 것과는 무관하게 "관습" ― 일상 ― 은 변함 없이 내 앞에 놓여 있다. 밤사이에 피폐해진 나의 육체 위에 비치는 명랑한 아침 햇살은 무심할 정도이다. 어제와 다르지 않은 아침이 파괴의 밤을 대신하여 내 앞에 "관습"적으로 놓여 있을 뿐이다. 그러나 나는 그 변화 없는 일상이 위장된 것임을 너무도 분명하게 알고 있다.

아침은 밝은 빛으로 지난 밤의 잔혹함을 위장하지만, 각혈의 흔적을 숨길 수는 없다. 내가 겪은 밤사이의 육체적 고통의 흔적, 그 흔적을 여러 장이 찢겨 나간 "내(侈奢)한책"이 증명하기 때문이다. 책이 여러 장 찢겨졌음은 내가 각혈을 할 때, 찢어서 사용한 횟수를 뜻한다. 내 육체의 훼손을 위장하는 아침 햇살은 오히려 나의 육체 위에 내려진 "유쾌한 결론"을 자세히 노출시

---

22) 결핵이라는 질병과 시간의 연관성에 대해 김윤식은 다음과 같이 진술하고 있다. "결핵은 보통 시간에 관련된 병으로도 알려져 있다. 결핵은 또 빈곤과 몰락에도 관련을 짓고 있다. 영양부족, 빈곤한 환경, 가난 등이 그것이다."(김윤식, 「결핵의 속성과 결핵문학」, 『이상 연구』, 문학사상사, 1987, 122면)

키는 빛이다. 아침 햇살은 화자에게서 죽음의 검은 그림자를 거두어 갈 것처럼 밝다. "영원히그코없는밤은오지않을듯이." 그러나 화자는 호흡할 수 있는 생명의 코가 없는 밤, 죽음과도 같은 밤이 오지 않았으면 하는 자신의 희망이 헛된 것임을 아침의 적나라한 햇빛 아래에서 확연하게 깨닫는다. 길고 지루한 밤 동안에 생명의 소모를 직접 겪은 나의 육체 위에 햇살은 환하게 비추지만, 그 빛은 어둠과 죽음의 그림자를 쫓는 밝음이 아니라, 나의 육체적인 죽음을 나의 육안으로 확인케 만드는 것이다.

이 시에서 밝음의 심상은 점점 소진되며 죽어가는 육체를 역설적으로 드러낸다. 이상은 자신의 육체에서 진행되는 죽음을 유희적 자세로 다루기도 하지만, 이 같은 유희의 태도는 죽음에 대한 두려움을 감추는 '포오즈'이다. 이상의 시 「아츰」은 죽음에 근접한 화자의 불안을 절실하게 드러낸다. 이 작품은 죽음을 비켜갈 수 없는 나약한 인간의 공포로 가득차 있다. 죽음의식을 보여주는 이상의 다른 작품들보다, 죽음과 직접적 대면하게 된 자아의 심각한 심리적 위축을 생생하게 표현한다. 이상은 보편적으로 '생명성'과 '활기'를 의미하는 아침의 '밝음'을 밤의 '어둠'과 '죽음'의 이미지와 상치시켜 배치한다. 그러나 「아츰」에서 아침의 본래적 의미가 완전히 전복됨으로써, 밤과 아침이라는 대조적인 이미지의 결합은 밤의 '어둠'을 더욱더 극명하게 드러내는 결과를 낳는다.

門을암만잡아단여도않열리는것은안에生活이모자라는까닭이다. 밤이사나
운꾸즈람으로나를졸른다. 나는우리집내門牌앞에서여간성가신게아니다. 나는
밤속에들어서서제웅처럼작구만減해간다. 食口야封한窓戶어데라도한구석터
노아다고내가收入되여들어가야하지않나. 집웅에서리가나리고뾰족한데는鍼
처럼月光이무덨다. 우리집이알나보다그러고누가힘에겨운도장을찍나보다.
壽命을헐어서典當잡히나보다. 나는그냥門고리에쇠사슬늘어지듯매여달렷다.
門을열려고않열리는門을열려고

—「家庭」 전문23)

「가정(家庭)」에서도 밤은 화자의 육체를 닳게 만드는 시간으
로 나타난다. 화자의 몸은 밤에 제웅처럼 자꾸만 작아진다. 여
기에서 제웅이란 무당이 앓는 사람을 위하여, 짚으로 사람의
형상을 만들어 환자의 옷을 입힌 다음에 산 영장(永葬, 安葬)을
지내는 데 쓰는 인형이다. 화자가 자신을 제웅과 같다고 여기
는 것에서 누군가 앓는 이를 위하여 대신 길가에 내버려진 존
재로 자신을 인식하고 있음을 볼 수 있다. 위의 시에서 앓는 이
는 내 문패가 달린 우리 집으로 나타난다. 나는 "생활이모자라
는", 즉 생계가 곤란한 나의 가정을 위하여 길가에 버려진 액막
이용 짚인형과 같은 존재인 것이다. 빈곤한 나의 가정을 대신
하여 버려진 나의 육체는 열리지 않는 문 밖에서 시간이 흐를
수록 "작구만減해간다".

이상의 시에서 밤은, 시간의 흐름을 소모로 인식하는 이상의
시간의식을 함축적으로 드러내는 시간적 배경이다. 이 같은 밤

---

23) 이상, 『카톨릭청년』(1936.2)에 실림. 사진으로 보는 자료, 233면.

의 시간 속에서, 또 서리가 내리는 추위 속에서, 나는 나의 육체가 모두 닳아 버리기 전에 집 안으로 들어가려고 "쇠사슬늘어지듯" 매달리는 필사적인 몸짓을 한다. 그러나 문은 열리지 않는다. 나는 식구들을 위하여 길 밖에 버려져서 나 자신의 육체가 닳아 가는 시간을 낱낱이 체험할 수밖에 없는 제웅이다. 나는 이 같은 내 몸의 소진을 막지 못한 채, 소모의 시간이 내 육체 위에서 흘러감을 절망적으로 감지할 뿐이다.

그러나 위의 시에서 불가항력적으로 생명이 소진되어 가는 존재는 나뿐만이 아니다. 나를 액막이용 제웅으로 삼고 있는 나의 앓는 집도 역시 수명을 헐어서 전당잡히는 존재로 나타난다. 나의 집도 생명이 점점 소진되어 간다. 여기에서 빈곤한 나의 집은 앓는 육체를 가진, 수명이 소모되는 육체로 형상화된다. 이처럼 공간, 혹은 사물을 신체 이미지로 표현하는 것은 이상 시에서 두드러지게 나타나는 특징이다. 문을 열 수 없는 나는 나와 마찬가지로 앓는 나의 집이 생명을 상실해 가는 참담한 과정을 무력하게 바라본다. 나와 나의 집은 단절된 채, 시간이 흐를수록 생명력이 점점 감소되어 간다. 나는 나의 육체와 나의 집이 완전히 소멸로 향하는 밤의 시간 속에서 절망한다.

房거죽에極寒이와다앗다. 極寒이房속을넘본다. 房안은견딘다. 나는讀書 의뜻과함께힘이든다. 火爐를꽉쥐고집의集中을잡아땡기면유리窓이움폭해지 면서極寒이혹처럼房을눌은다. 참다못하야火爐는식고차겁기때문에나는適當 스러운房안에서쩔쩔맨다. 어느바다에潮水가미나보다. 잘다저진房바닥에서 어머니가生기고어머니는내압혼데에서火爐를떼여가지고부엌으로나가신다. 나는겨우暴動을記憶하는데내게서는억지로가지가돗는다. 두팔을버리고유리 창을가로막으면빨내방맹이가내등의더러운衣裳을뚜들긴다. 極寒을걸커미는 어머니 - 奇蹟이다. 기침藥처럼딱근딱근한火爐를한아름담아가지고내體溫우 에올나스면讀書는겁이나서근드박질을친다.

—「火爐」전문[24]

병든 육체를 가진 시적 자아의 고통은 「화로(火爐)」에서 극한 (極寒)의 추위에 비유된다. 극한의 추위는 "暴動"처럼 막을 수 없 는 힘으로, "빨내방맹이가내등의더러운衣裳을뚜들긴다"에서처 럼 나의 육체에 물리적인 아픔을 가한다. 나는 내 육체에 닥친 극한(極寒)을 막고자 필사적으로 노력하지만, 현실적으로 병든 육체에서 내가 벗어날 수 없는 한, 나는 극한(極限)의 육체적 고 통에서 이탈할 수 없다. 나는 다만 환상을 통해 육체적 통증에 서 벗어날 뿐이다. 방바닥에서 생겨난 어머니는 구원의 신처럼 추위에 노출되어 있는 나의 몸을 덥혀 줄 화로를 가져온다. 이 처럼 상상 속의 어머니가 극한의 추위에서 기적처럼 나를 구해 준다는 환상만이 나에게 가능한 유일한 탈출구이다. 내가 환상 속에서 어머니를 불러낼 만큼 나의 육체적 고통의 강도는 막대 한 것이다.

기침이난다. 空氣속에空氣를힘들여배앗하놋는다. 답답하게걸어가는길이 내스토오리요기침해서쩍는句讀[25]을심심한空氣가주물러서삭여버린다. 나는

---

24) 이상, 『카톨릭청년』(1936.2)에 실림. 사진으로 보는 자료, 234면.

한章이나걸어서鐵路를건너질를적에그때누가내經路를듸듸는이가있다. 압흔 것이ㄴ首에버어지면서鐵路와열十字로어얼린다. 나는문어지느라고기침을떨 어트린다. 우슴소리가요란하게나드니自嘲하는表情우에毒한잉크가끼언친다. 기침은思念우에그냥주저앉어서떠든다. 기가탁막힌다.

—「行路」전문26)

임명섭은 이상문학의 특질로 이상이 자신의 삶을 '독서행위' 에 비유하고 있음을 들었다.27) 여기에서 행로는 삶의 여정을 말 해주는데, 답답하게 걸어가는 길이 화자 자신의 "스토오리", 즉 책에 비유된 삶의 내용으로 나타난다. 그리고 그 삶을 이어 가 는 일은 구두법을 찍으면서 책을 읽는 것과 같다.

아픈 기침으로 구두법을 찍듯 답답한 행로를 가는 것이 화자 의 삶의 길이다. 나의 행로에 힘들게 찍는 "句讀"은 "공기가주 믈러서삭여버린다"로 알 수 있듯이 힘든 나의 발걸음은 삶에서 의미 있는 행동이나 사건으로 기억되지 못한다. 내가 걸어온 걸 음들은 저장되지 못하고, 모두 소멸되어 버린다. 의미가 누적되 지 않는 삶이지만, 화자가 한 걸음씩 내디딜 때마다 그것은 아 픈 기침을 해야할 만큼 고통스럽다. 고통스러움이 답답할 만큼 천천히 전개되는 나의 길에 누군가 출현한다. 갑작스런 존재의 출현으로 나는 균형을 잃어버린다. 그때 터져 나오는 기침은 비

25) 句讀法의 준말. 글의 끊어짐과 이어짐을 알기 쉽게 하기 위해 점이나 부호 로 표하는 법칙.
26) 이상, 『카톨릭청년』(1936.2)에 실림. **사진으로 보는 자료**, 232면.
27) 임명섭, 「이상의 문자 경험 연구」, 고려대 박사논문, 1997년.

수에 베어지는 아픔을 동반하고 나는 무너지면서 기침을 떨어 뜨린다. 나의 격렬한 기침 소리는 "웃음소리"에 비유된다. 나는 요란하게 터지는 기침 소리를 '웃음소리'라고 진술한다. 이 같은 반어적 진술은 고통스러운 나 자신의 육체를 대상화했을 때, 가능한 것이다. 육체의 고통과 그것을 의식하는 행위와의 분리는 "독한잉크가끼언"치는 각혈의 순간, 극한의 비참에 빠진 나 자신과 거리를 두려는 절망적 인식에서 비롯된다. 이 같은 육체적 고통과 그것에 대한 자아의 의식적인 분리는 기침이 점점 격해지다가 마침내 "기침을떨어뜨리"고 "毒한잉크가끼언"치는 각혈 과정을 힘들게 책을 읽는 과정과 병치시킨 것에서도 나타난다.[28]

내가 내 경로를 디디는 이를 인지하는 순간은 바로 내가 내 육체의 파국을 강하게 자각하는 순간을 상징한다. 비수로 베어지는 듯한 육체의 고통과 함께 나는 무너진다. 이는 이상의 시 「내과(內科)」에서 살펴본 "순간닭이활개를치"는 시간과 마찬가지로, 격렬한 기침 끝에 각혈하는 순간을 가리킨다. 각혈이 '생명'

---

28) 「內部」(이상, 『조선일보』, 1936.10.9. 사진으로 보는 자료, 225면)에서도 이상은 육체적인 통증을 글쓰기와 결합시키고 있다. 혈관의 피는 "墨痕"으로, 피부는 백지로, 몸의 내부에 가득차 있으나 다물린 입 때문에 분출되지 못하는 피는 문자화되지 못한 채 생각에 머문 "序言"과 병치된다. 이상은 육체의 구체적인 아픔을 힘들게 책을 읽는 것으로, 혹은 생각을 자유롭게 표현할 수 없는 글쓰기의 어려움으로 표현한다. 그렇게 함으로써 시적 자아의 직접적인 육체의 고통은 그의 의식과 거리감이 형성된다. 그러나 육체적 고통에 대한 의식적인 거리감은 시적 자아가 부딪힌 현실적인 고통의 강도를 더욱 명료하게 드러낸다.

을 뱉어내는 것과 같은 것처럼,[29] 내가 삶의 행로를 걸어온 시
간은 내 삶이 점점 소모되어 온 과정이었으며, 내가 죽음에 점
점 더 가깝게 다가가는 시간이다.

여기는어느나라의떼드마스크다. 떼드마스크는盜賊마젓다는소문도잇다. 풀
이極北에서破瓜하지않든이수염은絶望을알아차리고生殖하지안는다. 千古로
蒼天이허방빠저잇는陷穽에遺言이石碑처럼은근히沈沒되어잇다. 그러면이겨
틀生疎한손젓발짓의信號가지나가면서無事히스스로워한다. 점잔튼內容이이
래저래구기기시작이다.

―「自像」 전문[30]

---

29) 폐결핵 환자가 민간요법으로 "생피나 태반과 생식기를 복용함은, 피는 생명
력의 원천이고, 태반이나 생식기는 새로운 생명을 만들어 내는 것으로"(대한결
핵협회, 『한국결핵사』, 상문상사, 1998, 212면) 사람들은 믿었기 때문이었다.
따라서 환자가 생명의 원천과 동일시되는 피를 뱉는 것은 살아 있는 자신의
육체에서 생명의 소진이 진행되는 것을 직접 눈으로 확인하는 것과 같다.
30) 이상, 「自像」, 『조선일보』(1936.10.9). 사진으로 보는 자료, 225면.
이상이 생존했을 때, 발표된 「自像」과 유사한 내용의 「自畵像」이 유고 작
품으로 두 번 발표되었다. 『조광』(1939.2)에 실린 것과 『평화신문』(1956.3.20)
에 실린 「自畵像」은 거의 차이가 없다. 다만 문제가 되는 것은 「自像」과 「自
畵像」 중에 어떤 것이 완결된 작품인가 하는 점이다. 이에 대해 김윤식은 "어
느 쪽인지를 단정하기는 어려우나, 이 글(『조광』의 「실락원」 제목 아래 실린
일련의 글 : 「少女」, 「肉親의 章」, 「失樂園」, 「面鏡」, 「自畵像(習作)」, 「月像」
-필자 주)이 시 작품들(「自像」을 비롯한 「문벌」, 「육친」, 「육친의 장」 등의 시
들-필자 주)의 밑그림일 가능성이 많다고 하겠는데, 그 근거 중의 하나는 「自
畵像」 밑에 '습작'이라는 단서가 붙어 있"기 때문이라고 지적한 바 있다(김윤식
편, 『이상문학전집 3 - 수필』, 문학사상사, 1993, 196-197면). 필자는 이상이 동
경으로 떠나기(1936년 10월경) 직전, 『조선일보』(1936.10.9)에 발표한 「自像」
을 「自畵像(習作)」의 완결 작품으로 보고 「自像」을 텍스트로 삼았다.

다음은 『조광』(1939.2)의 「自畵像(習作)」이다. 사진으로 보는 자료, 217면.
여기는 도모지 어느나라인지 分間을 할수없다. 거기는 太古와 傳承하는
版圖가 있을뿐이다. 여기는 廢墟다. 「피라미드」와같은 코가있다. 그구녕으

위의 시에서 화자는 살아 있는 자신의 얼굴을 "떼드마스크"라고 지칭한다. 화자의 의식 속에 살아 있음은 죽은 상태와 다르지 않다. 살아있음이 곧 죽음과 구별되지 않는 것은 무의미함 바로 그 자체이다. 살아있는 내가 죽지 않은 존재임을 입증할 근거를 화자인 나는 나의 얼굴 어디에서도 찾을 수 없는 것이다.

변하지 않는 자연과는 대조적으로 삶으로부터 죽음으로

로는「悠久한것」이 드나들고 있다. 空氣는 褪色되지않는다. 그것은 先祖가 或은 내前身이 呼吸하던바로 그것이다. 瞳孔에는 蒼空이 凝固하야 있으니 太古의 影像의 畧圖다. 여기는 아모 記憶도遺言되여 있지는않다. 文字가 달아 없어진 石碑처럼 文明의「雜踏한것」이 귀를그냥지나갈뿐이다. 누구는 이것이「떼드마스크」(死面)라고 그랬다. 또누구는「떼드마스크」는 盜賊맞었다고도 그랬다.

죽엄은 서리와같이 나려있다. 풀이 말너버리듯이 수염은 자라지않는채 거츠러갈뿐이다. 그리고 天氣모양에 따라서 입은 커다란소리로 외우친다 - 水流처럼.

다음은『평화신문』(1956.3.20)에 실린 작품이다. **사진으로 보는 자료, 216면.**
여기는도무지어느나라인지 분간할수없다.
여기는 廢墟다.「피라밑트」와같은코가있다. 그 구멍으로는 悠久한것이 드나들고 있다.
空氣는 退色되지않는다. 그것은先祖가或은 내自身이 呼吸하던 바로 그것이다.
동空에는 蒼空이 減固하여있으니太古의 影像의 略圖다.
여기는 아무 記憶도遺言되어있지는 않다. 文字가 달아없어진 石碑처럼 文明의「雜踏한것」이귀를 그냥 지나갈뿐이다.
누구는 이것이「떼드마스크」(死面)라고 그랬다. 또 누구는「떼드마스크」는 盜賊맞았다고도 그랬다.
주검은 서리와같이내려있다. 풀이 말라버리듯이 수염은 자라지않는채 거칠어갈뿐이다.
그리고 天氣모양에 따라서 입은커다란소리 외우친다 - 水流처럼.

변하는 유기체들은 유한한 시간을 갖는다. 나의 이 같은 유한함과 뚜렷한 대조를 이루듯이 천고(千古)부터 이어지는 하늘은 죽어서 구멍이 난 나의 두 눈에 허방빠져 있다. 그러나 그러한 불변하는 자연물조차 죽음의 상태에 놓인 나에게는 어떠한 의미도 갖지 못한다. 유언이 침몰되어 있는, 사멸의 세계에 속한 나의 눈에는 살아 있는 세계에서 의미가 부여되어 사용되는 기호는 무의미하다. 아무런 의미도 갖지 못하는 헛된 기호에 지나지 않는다. "生疎한손짓발짓의信號가지나가면서無事히스스로워한다." 죽은 나와 무의미한 기호들은 서로에게 생소한 것이며, 익숙하지 못한 것에 불과하다.

이 시에서 유한한 것과 유구한 것의 대조, 혹은 인간과 자연물의 대조가 설정되어 있다. 화자는 살아있는 자신의 얼굴에서 죽음을 발견하면서 자신을 죽어 있는 존재와 다름없다고 여긴다. 그러나 그는 유한한 것에 대응되는 유구한 것의 영원함을 찬미하지 않는다. 그는 다만 대조의 방식을 통해 유한한 존재인 자신의 '죽음'을 강조하고 있을 뿐이다.

"풀이北極에서破瓜하지않던이수염은絶望을알아차리고生殖하지않는다." 파과(破瓜)는 파과지년(破瓜之年)의 준말로 여자나이 열여섯살을 의미하며 남자나이 64살을 가리킨다. 과자(瓜字)를 종횡으로 깨뜨리면 팔자(八字)가 두 개 곧, 이팔(二八)이면 십육이고, 팔팔(八八)이면 육십사이다. 이 작품에서 의미하는 파과(破瓜)는 열여섯 살, 첫 월경을 할 나이(破瓜期)를 맞은 여자의 나이를 뜻한다. 곧 생식력을 가질 수 있게 된 상징적인 나이이다. 따라서 파과하지 않는다는 것은 생식력의 상실을 나타낸다. 수염은 죽은 내 얼굴의 절망을 알아차리고 생식하지 않는다. 죽은 얼굴에서 수염은 자랄 수 없다. 자라지 않는 수염은 내 얼굴에 나타나는 죽음 이미지를 더욱 견고하게 만든다. 이처럼 죽음을 극한의 절망으로 인식하는 것은 나의 존재가 죽음에 속박되었을 뜻한다.

나는 죽어서도 자연에 회귀할 수 없다. 하늘이 데드마스크의 두 눈에 침전되어 있는 모습은 표면적으로 죽음 이후의 영원한 시간이 흐르는 나의 얼굴로, 혹은 자연과 일치된 모습의 얼굴로 비쳐지게 한다. 그러나 자연의 품으로 회귀하여 재생의 가능성을 기대하는 육신이 아니라는 점에 이상의 시선이 멈춰 있음을 볼 수 있다. 죽은 나의 얼굴, 혹은 나의 육신은 또 다른 생명을 함축한― 생식이 가능한― 재생이 예기된 부패 작용이 아니다. 시간이 흐를수록 생명의 새로운 창조와는 거리가 멀어진다. 점점 더 황폐해질 뿐, 나의 죽은 얼굴은 자연과 합일을 이룰 가능성에서 완전히 배제되어 있다.

3. 불모지에서의 식목(植木)

문학은 현실 세계의 불완전성에서 벗어나 이상적인 세계를 상상의 공간 속에서 실현시키고자 하는 인간의 욕망을 표출한다. 그렇기 때문에 문학 작품이 삶을 긍정하기도 하고 부정하기도 하는 표면적인 차이가 있을지라도, 그것에 내재된 정신은 삶을 지향한다. 이상의 시에서도 생명의식이 나타난다. 이상의 불안의식은 죽음과도 같은 심리적인 고통이 수반되는 극도의 절망감에서 비롯된다. 그러나 이상은 이 같은 상황 속에서 전개되는, 최후의 절망감이 지배하는 삶을 인고한다. 그 인고의 자세는 그의 시에서 생명성을 지향하는 부단한 의지로 표출된다.

3장의 1절에서 살펴본 바 있는 「가구(街衢)의추위」를 보면 화자의 생에 대한 욕망은 절망적인 삶의 조건에 대하여 극도의 긴장력을 갖고 있음을 알 수 있다. 병든 육체라는 화자의 현실과 화자 자신의 생명에 대한 욕망 사이에는 팽팽한 긴장상태가 형성된다.[31]

---

31) 마르쿠제는, 인간은 삶의 본능인 에로스와 죽음의 본능인 타나토스라는 기본적인 본능을 가진다고 말한다. 에로스는 모든 삶을 보존하는 위대한 통합력으로 규정된다. 열반의 원칙이 작용하는 죽음 본능은 아무런 긴장도 느끼지 않는 항구적인 만족의 상태—결핍 없는 상태로 향한다. 만일 본능의 목적이 삶의 종결이 아니라 고통의 종결—긴장의 해소라면, 역설적으로 볼 때 삶과 죽음의 갈등이 감소되면 될수록 삶은 만족의 상태에 더 가깝게 간다. 그러나 억압된 문명에서는 죽음 자체가 억압의 도구가 된다. 죽음이 끊임없는 공포로서 두렵게 여겨지든, 최고의 희생으로 찬양되든, 운명으로 수락되든, 죽음을 승인

사과는 깨끗하고 또 춥고 해서 사과를 먹으면 시려워진다
어째서 그렇게 냉랭한지 冊床 위에서 하루 終日 색깔을 變치 아니한다
차차로 - 둘이 다 시들어 간다.

먼 사람이 그대로 커다랗다 아니 가까운 사람이 그대로 자그마하다 아니
그 어느 쪽도 아니다 나는 그 어느 누구와도 알지 못하니 말이다 아니 그들
의 어느 하나도 나를 알지 못하니 말이다 아니 그 어느쪽도 아니다(레일을
타면 電車는 어디라도 갈 수 있다)

담배 연기의 한 무더기 그 室內에서 나는 긋지 아니한 성냥을 몇개비고
부러뜨렸다. 그 室內의 煙氣의 한무더기 點火되어 나만 남기고 잘도 타나
보다 잉크는 축축하다 鉛筆로 아뭏게나 시커먼 面을 그리면 鉛粉은 종이
위에 흩어진다

리코오드 고랑을 사람이 달린다 거꾸로 달리는 不幸한 사람은 나같기도
하다 멀어지는 音樂소리를 바쁘게 듣고 있나보다
발을 덮는 女子구두가 가래를 밟는다 땅에서 貧困이 묻어온다 받아써서
通念해야 할 暗號 쓸쓸한 초롱불과 郵遞筒 사람들이 壽命을 거느리고 멀어
져 가는 것이 보인다 그리고 나의 뱃속엔 通信이 잠겨있다
새장 속에서 지저귀는 새 나는 콧 속 털을 잡아뽑는다
밤 소란한 靜寂 속에서 未來에 실린 記憶이 종이처럼 뒤엎어진다
하마 나로선 내 몸을 볼 수 없다 푸른 하늘이 새장 속에 있는 것같이
멀리서 가위가 손가락을 연신 연방 잘라 간다
검고 가느다란 무게가 내 눈구멍에 넘쳐 왔는데 나는 그림자와 서로 껴안
는 나의 몸뚱이를 똑똑히 볼 수 있었다
알맹이까지 빨간 사과가 먹고프다는둥

하라고 가르치는 교육은 처음부터 삶 속으로 항복 - 포기와 굴종을 끌어들인다.
그러므로 죽음은 부자유와 패배의 징표가 된다(마르쿠제, 김인환 역, 『에로스
와 문명』, 나남출판, 1989 참조).

피가 물들기 때문에 여윈다는 말을 듣곤 먹지않았던 일이며

나를 놀라게 한 것은 그 種子는 이젠 심거도 나지 않는다고 단정케 하는 사과 겉껍질의 빨간 색 그것이다.

空氣마저 얼어서 나를 못通하게 한다 뜰은 鑄型처럼 한장 한장 떠낼 수 있을 것 같다

나의 呼吸에 彈丸을 쏘아넣는 놈이 있다

病席에 나는 조심조심 조용히 누워 있노라니까 뜰에 바람이 불어서 무엇인가 떼굴떼굴 굴려지고 있는 그런 낌새가 보였다

(…중략…)

봄이 와서 따스한 건 地球의 아궁이에 불을 지폈기 때문이다

모두가 끓어오른다 아지랑이처럼

나만이 사금파리 모양 남는다

나무들조차 끓어서 푸른 거품을 수두룩 뿜어내고 있는데도

—「喀血의 아침」 부분32)

관찰자로부터 먼 사람이 작게 보이고, 가까운 사람이 크게 보이는 것은 보는 사람과 대상 사이의 거리에 따라서 달라지는 시각차에서 발생한다. 보이는 대상을 평면에 재현할 때, 가까운 곳보다 멀리에 있는 물체를 작게 표현하는 것이 원근법이다. 그러나 위의 시에서 화자의 시각은 원근법에서 벗어나 있다. 화자

---

32) 이상, 『문학사상』(1976.7)에 실림. 작품 끝에 1933년 1월 20일이라고 부기되어 있다. 시가 『문학사상』에 실렸을 때는 「喀血의 아침」이었는데, 김승희의 전집에서는 「喀血의 아침」으로 바뀌었다. 동일한 의미의 漢字라 해도 발표 당시의 원문에서 쓰인 글자를 보존해야 한다. 임종국 전집이 발간된 이후에 발견된 작품이므로, 임종국 전집에는 게재되지 않았고, 이어령 전집에는 「喀血의 아침」으로 게재되었다. 이승훈 전집에는 이 작품이 실리지 않았다.

에게서 멀리 있는 사람이 오히려 크게 보이고, 가까운 사람이 작게 보인다. 여기에서 원근법을 벗어나 있는 화자의 진술은 화자의 내면을 생생하게 드러내 보인다. 관찰 대상인 두 사람의 실제 크기는 거리의 원근에 상관없이 먼 곳의 사람은 '그대로' 크고 가까이 있는 사람은 '그대로' 작다. 다시 말하여 육안으로 어떻게 관찰되는가가 아니라, 화자 자신의 내면에 의해 저 대상들의 크기가 인지되고 있다.[33] 화자인 나는 사물의 본래 모습 '그대로'를 보고자 한다. 화자는 관찰 시점에 의해 사물이 달라 보이는 것조차 거부한다. 이처럼 실제 모습을 그대로 보려는 것은 사물의 본질을 드러내는 데 전혀 거짓이 섞이지 않기를 바라는 마음을 드러낸다. 그러나 곧 "아니 어느 쪽도 아니다"에서 화자는 바로 직전에 내렸던 '크고, 작다'라는 자신의 판단까지도 거부한다. 내가 그 사람들을 알지 못하기 때문에 '크고, 작다'라는 결론은 나의 주관적인 판단에 불과하다는 것이다. 나도 그들을 알지 못하고, 그들도 나를 알지 못하기 때문에 본질을 "그대로" 표상하는 데 아무런 영향을 미치지 못한다. 그러므로 내가 일방적으로 행하는 주관적인 판단은 의미가 없는 것이나 마찬

---

33) 여기에서 심리적으로 인지되는 원근법에 대해 다음의 글을 참고할 수 있다. "세잔느는 최근의 심리학자들이 공식화하게 된 것을 발견하였다. 즉 우리들이 실제로 지각하는 원근법인 생생한 원근법(lived perspective)은 기하학적인 것도, 사진기의 원근법도 아니라는 사실이다. (…중략…) 이러한 현상은 영화에 나오는 기차가 동일한 사정에서 실제의 기차보다 훨씬 빨리 다가오고 더 크게 보이는 경우에서도 알 수 있는 일이다."(메를로 퐁티, 오병남 역, 『현상학과 예술』, 서광사, 1983, 193면)

가지이다. 진실한 앎에 이르지 못하는 피상적인 앎은 서로에 대해 전혀 모르고 있는 것과 다름없다. 화자의 내면에는 거짓이나 피상적인 것이 끼어들 여지가 없다. 이 같은 삶의 자세는 진지함이라고 말할 수 있는 것으로, 죽음을 주제로 삼은 이상의 시 작품들에서 지속적으로 나타난다. 때때로 죽음이 유희적 자세로 표출되기도 하지만, 이것도 작품 역시 삶에 대한 이상의 진지한 태도를 우회적으로 표현한 것이다.

제2연의 "(레일을 타면 電車는 어디라도 갈 수 있다)"는 것은 병석에 있는 화자 자신의 부자유스러움을 드러낸 진술이다. 이는 어디든 자유롭게 이동이 가능한 전차(電車)와는 대조적인 자신의 상황에 대한 비극적인 자각이다. 내가 어디든지 자유롭게 이동할 수 있는 레일 위의 기차라면, 육체가 병들기 전의 과거로 되돌아갈 수 있다. 여기에서 온전한 육체를 소유하던 과거로 회귀하려는 화자의 심정이 레일 위의 기차에 투사되고 있다. 3연의 "나만 남기고 잘도 타나보다"에서도 '생명이 부재하는 나'에 대한 자각을 보여준다. 나는 공기를 연소할 만한 생명의 몸이 없다. 그렇기 때문에 나는 타지 못한다. 탄다는 것은 태울 몸이 있을 때라야 가능한 일이다. 4연에서 화자는 "멀어지는 음악소리를 바쁘게 듣고" 있는, 거꾸로 달리는 사람이 화자 자신 같다고 진술한다. 나를 닮은 사람은 점차 사라져 가는 음악 소리를 잡으려 한다. 이 같은 행위는 안타깝게 멀어져 가는 음악을 "바쁘게" 듣는 것으로 나타난다.

"밤 소란한 靜寂 속에서 未來에 실린 記憶이 종이처럼 뒤엎어진다"처럼, 과거와 현재와 미래는 서로 섞여서 엉클어진다. 이는 삶에서 곧 격리될 화자의 내면상태를 보여준다. 화자는 현재의 시간에 곧 과거로 변해 버릴 미래의 엎질러짐을 느낀다. "멀리서 가위가 손가락을 연신 연방 잘라 간다", "멀어지는 音樂소리를 바쁘게 듣고 있나보다", "사람들이 壽命을 거느리고 멀어져 가는 것이 보인다" 등의 시구는 파괴되어 가는 육체를 가진 화자가 자신이 점점 생명의 삶에서 멀어져 죽음에 다다를 것이라는 비극적 인식을 드러낸다. 나에게 시간의 흐름은 나의 존재를 소멸로 이끈다.

「각혈(喀血)의 아침」은 뜨거움과 차거움의 감각이 대립되어 있다. 차거움은 병든 화자가 가지는 육체의 추위이다. 먹으면 시려워지는 사과, 얼어붙은 공기, 주형(鑄型)처럼 떠낼 수 있을 것 같은 딱딱하게 굳은 뜰은 모두 내 육체의 추위뿐만 아니라 생명으로부터 소외된 나의 내면을 드러내는 감각적인 표현이다. 생명에 대한 나의 열망은 추위로 상징되는 현실과 대립한다. 「각혈(喀血)의 아침」에서 "나에 대해 달력의 숫자는 차츰차츰 줄어든다"와 "봄이 와서 따스한 건 지구의 아궁이에 불을 지폈기 때문이다. 모두가 끓어오른다 아지랑이처럼 나만이 사금파리 모양 남는다. 나무들조차 끓어서 푸른 거품을 자꾸 뿜어내고 있는데도"에서 화자가 토로하는 시간은 흐를수록 죽음에 가까이 다가가는, 죽음만이 예기되는 시간임을 보여준다. 자연 만물은 생명의 봄을 맞아 강렬하게 생을 분출하지만, 화자의 병든 육체만은 그러한 생명의 움직임에서 철저히 소외되어 있다.

> 꽃이보이지안는다. 꽃이香기롭다. 香氣가滿開한다. 나는거기墓穴을판다. 墓穴도보이지안는다. 보이지안는墓穴속에나는들어안는다. 나는눕는다. 또꽃이香기롭다. 꽃은보이지안는다. 香氣가滿開한다. 나는이저버리고再처거기墓穴을판다. 墓穴은보이지안는다. 보이지안는墓穴로나는꽃을깜빡이저버리고들어간다. 나는정말눕는다. 아아. 꽃이또香기롭다. 보이지도안는꽃이 - 보이지도안는꽃이.
> ―「絶壁」전문34)

이 시에서 꽃은 향기로만 화자에게 감지될 뿐, 형상이 보이지 않기 때문에 자칫 그것의 존재를 망각하기 쉬운 대상이다. 꽃과 죽음을 의미하는 묘혈은 상당히 긴밀하게 공존한다. 화자의 의식 속에서 꽃과 죽음은 동시적으로 연상된다. 보이지 않는 꽃의 향기가 만개하는 "거기에" 나는 묘혈을 판다. 여기에서 내가 파는 묘혈도 꽃의 경우처럼 가시화되지 않는다. 다만 감각으로만 알 수 있는 꽃과 묘혈인 것이다. 그러면 감각만으로 인지되면서 나의 의식을 끊임없이 일깨우는 꽃과 묘혈의 의미는 무엇인가.

보이지 않는 꽃의 향기가 만개하는 곳에 나는 나의 무덤을 판다. 꽃은 가시적인 존재가 아닌 만큼 구체적이지 않으며, 또한 내가 소유할 수 있는 대상이 아니다. 꽃의 향기가 다시 만개한다. 내가 묘혈을 팠던 것을 잊고서 나로 하여금 재차 묘혈을 파도록 만들 정도로 그 향기는 강렬하다. 꽃은 내가 묘혈을 파

---

34) 이상, 『조선일보』(1936.10.6)에 실림. 사진으로 보는 자료, 226면.

게 하는 원동력으로 작용한다. 현상적으로 식물의 꽃은 생명의 정점을 상징한다. 이와 반대로 묘혈은 생을 마감하는 죽음의 장소이다. 내가 꽃의 향기를 감지하는 것과 묘혈을 파고 눕는 행위는 극히 이질적이고 상치되는 감각이며 행위이다. 그러나 나는 이렇게 대립의 관계에 있는 두 가지를 모두 갈망한다. 그 갈망은 나의 판단을 유보시키는 것으로 본능에 가까운 욕구이다. 꽃의 향기가 나의 의식을 끊임없이 일깨우는 것처럼 묘혈에 눕고 싶어하는 나의 욕망도 강렬하다. 이것들은 나에게 부단히 각자 자신의 존재를 인식케 하고 나의 의식을 강력하게 끌어당긴다. 나는 이질적인 두 가지 욕망 사이를 오가며 '절벽'과도 같은 극도로 긴장된 의식상태를 경험한다. '절벽'에 선 것 같은 나의 의식 속에서 생의 욕구와 죽음 본능 같은 이질적인 것이 어떻게 동시성을 띠면서 발생할 수 있는가. 이것의 해명을 위하여 다시 한번 '묘혈'이 뜻하는 것이 무엇인가를 살펴보아야 한다.

이상의 시에서 묻거나 심는 행위는 독특한 의미를 함축한다. 나무를 심는 것은 나무가 땅에 뿌리를 내림으로써 생명을 확대시키고 지속하도록 만드는 것이다. 다음에 필자가 분석하려는 「작품(作品) 제3번(第三番)」과 「차8씨의출발(且8氏의出發)」에서 잘 나타나는 것처럼, 이상은 시에서 모발(「作品 第三番」)[35]

35) 이상의 시에서 "모발은 원초적인 생명의 본능적 에너지, 무성한 본능의 촉수 강한 생명의 어둡고도 활기찬 시원적 힘을 상징하면서, 동시에 잘라도 아프지 않고 그 자체내부에 감각이 없는 것이라는 점에서 죽음의 이미지를 갖고 있기도 하다."(김승희, 「접촉과 부재의 시학 – 이상 시에 나타난 '거울'의 구조와 상

이나 곤붕(「且8氏의出發」)을 땅에 묻음으로써 현실적으로는 불가능한 생명의 지속을 꿈꾼다. 위의 시, 「절벽(絶壁)」에서도 묘혈을 파고 화자가 자신의 몸을 눕히려는 욕망은 단순히 생의 본능과 대결하는 죽음의 본능으로만 해석되지 않는다. 나는 생명의 꽃이 핀 곳으로 추정되는 "거기에" 나를 심을 묘혈을 판다. 그러나 나를 식목할 장소도 보이지 않을 정도로 나에게 생의 욕구를 실현시키는 일은 절망적이다. 그래도 꽃의 향기는 생에 대한 희망을 포기하지 않도록 나의 의식을 일깨워준다. 나의 의식 속에서 생의 정점―꽃―과 죽음―묘혈―은 하나로 일치한다. 이것들은 모두 강렬한 나의 생본능이 투사된 대상들이라는 점에서 동질성을 띤다. 일차적인 의미로는 생과 죽음은 대립하지만, 이 작품에서는 이질적인 두 대상이 서로를 끌어당기면서 나에게 생명의 의미를 더욱 강하게 인지케 한다. 내가 "꽃을깜빡이저버리고" 묘혈을 죽음의 의미로서만 여길 때, 생명의 향기는 죽음으로 침잠하려는 나의 의식을 일깨우는 것이다.

이상이 이처럼 강렬하게 욕구하는 생의 실체는 이 작품에서는 가시화되지 않는다. 나는 내가 희망하는 대상의 실체를 전혀 알 수 없다. 삶을 견딜 수 있도록 만들어주는 생의 추동력이면서, 죽음까지도 생명성으로 전환케 하는 동경의 대상들은 나에

징」, 서강대 석사논문, 1980, 96면)

게 보이지 않는다. 그러나 꽃을 꿈꾸고 묘혈조차도 생명의 지속으로 환치시키는 나의 욕망은 본능에 가깝다. 생의 지속, 그것의 실현은 불명확하다. 감각으로는 인지되지만, 그것의 명확한 실체를 드러내 보이지 않는 생이라는 대상에 대해 나는 "絶壁"에 처해 있는 존재인 것이다.

口腔의 色彩를 알지 못한다―새빨간 사과의 빛깔을―
未來의 끝남은 面刀칼을 쥔 채 잘려 떨어진 나의 팔에 있다 이것은 시작됨인「未來의 끝남」이다 過去의 시작됨은 잘라 버려진 나의 손톱의 發芽에 있다 이것은 끝남인「過去의 시작됨」이다.

1
나 같은 不毛地를 地球로 삼은 나의 毛髮을 나는 측은해한다
나의 살갗에 발라진 香氣 높은 香水 나의 太陽浴
榕樹처럼 나는 끈기 있게 地球에 뿌리를 박고 싶다 사나토리움의 한 그루 팔손이나무보다도 나는 가난하다.
나의 살갗이 나의 毛髮에 이러 함과 같이 地球는 나에게 不毛地라곤 나는 생각지 않는다
잘려진 毛髮을 나는 언제나 땅 속에 埋葬한다 - 아니다 植木한다

(…중략…)

흙속에는 봄의 植字가 있다
地上에 봄이 滿載될 때 내가 묻은 것은 鑛脈이 되는 것이다
이미 바람이 아니불게 될 때 나는 나의 幸福만을 파내게 된다
봄이 아주 와버렸을 때에는 나는 나의 鑛窟의 문을 굳게 닫을까 한다

男子의 수염이 刺繡처럼 아름답다

얼굴이 수염 투성이가 되었을 때 毛根은 뼈에까지 다달아 있었다.
—「作品 第三番」 부분36)

　화자의 의식 속에서 선형적 시간은 존재하지 않는다. 과거에
서 미래로 이어지는 시간, 시작과 종결이 있는 시간은 없다. 미
래의 종결은 미래 종결의 시작이며, 과거의 시작은 과거 시작의
종결이다. 의미가 있는 시간은 흐르지 않으며 오직 시간의 뒤섞
임만이 있다. 그러나 이 시에서 이렇게 뒤섞인 시간은 단선적으
로 흐르는 일상 시간에서 벗어남으로써 얻어지는 자유로움을
의미하지 않는다. 그것은 혼돈의 시간일 뿐이며, 불모지의 육체
를 소유하고 있는 나에게 흐르는 시간인 것이다. 그러나 그 혼
돈의 시간마저도 생명성을 상실한 "잘려 떨어진 나의 팔"과 "잘
라버려진 나의 손톱의 發芽"와 결합되어 있다.

　나의 모발이 불모지인 나의 머리에서 자라지 못하듯이 나는
지구에 나무처럼 깊이 뿌리를 박고 성장하지 못한다. 불모지인
나의 머리를 성장의 조건으로 삼은 나의 모발을 내가 가엽게 여
기는 것은, 지구라는 삶의 조건에 적응할 수 없는 나 자신의 불
행한 삶에 대한 측은함이다. 나는 사나토리엄37)에 심어진 팔손
이나무보다도 가난하다. 지구에 뿌리를 박기에 나는 너무도 가
난한 존재인 것이다. 가난한 나는 자른 모발을 땅 속에 매장한
다. 식목(植木)은 나무가 땅에 뿌리를 내려 생명을 지속하도록

---

36) 이상, 『문학사상』(1976.7)에 실림.
37) 'sanatorium'은 결핵 환자 요양소를 가리킨다.

만든다. 나는 지상에 뿌리를 내려 성장하지 못하는 나를 대신하여 자라기를 희망하면서 나의 모발을 식목한다. 나는 나의 모발을 묻는 행위를 "植木"이라고 진술한다. 그렇지만 잘라진 머리카락이 땅 속에서 자라는 일은 불가능하다. 그러한 사실을 잘 알고 있는 나의 식목행위는 하나의 의식적인 행위로, 나 자신의 불모성을 벗어나려는 강렬한 욕망을 드러낸 것이다. 내가 지구에 단단히 뿌리를 박고 자라는 것, 무엇인가를 창조하는 것의 가능성은 잘린 모발이 땅에서 발아하고 성장하는 일만큼이나 희박하다. 그럼에도 나는 그러한 나의 희망을 버리지 않는다. "지구는 나에게 불모지라곤 나는 생각지 않는다"는 나의 고백은 생에 대한 절실한 나의 욕망을 나타낸다. 지상에 생명의 봄이 오면 땅에 심겨진 나는 대지 안에서 타오르는 꽃―광맥(鑛脈)―이 될 것이다.

봄이 왔을 때 광맥―대지 안에서 피어난 꽃―이 될 나의 모발, 그때 화자는 "나의 행복만을" 파내고 광굴의 문을 굳게 닫을 것이다라고 말하는데, 이는 불행이 뒤따르지 않도록 하겠다는 화자의 의지이다. 불모지인 나의 얼굴에도 무성하게 자라난 수염은 아름답다. 모근이 뼈에까지 다다를 만큼 강한 생명력을 보이는 나의 수염은 대지에 심어져 광맥이 될 나의 생명의지를 증명하는 것이기 때문에 나는 그것을 아름답다고 여기는 것이다.

목발의길이도歲月과더불어漸漸길어져갔다.

신어보지도못한채山積해가는외짝구두의數爻를보면슬프게걸어온거리가짐
작되었다.

終始제自身은地上의樹木의다음가는것이라고생각하였다.

—「隻脚」전문38)

땅에 뿌리를 박고 있는 수목은 시간이 흐름에 따라 점점 자
라난다. 수목이 자라는 현상은 그 수목이 생명이 있는 물체임을
나타내준다. 위 시에 나오는 목발은 잘라진 나무이므로 생명이
없는 나무이다. 그런데도 화자는 잘라진 나무인 목발이 세월이
지나면서 길어진다고 여긴다. 시간이 흐른다고 길어질 리 없는
목발에서 화자가 현실적으로 불가능한 현상을 보는 것은 척각
(외다리)인 화자의 내면을 반영한다. 「작품(作品) 제3번(第三番)」에
서 화자의 식목행위가 화자 자신의 불모성을 벗어나려는 강렬
한 욕망의 표출이었던 것처럼, 「척각(隻脚)」의 화자가 불모지의
이미지를 갖는 목발을 수목처럼 자라는 것으로 상상하는 것에
는 생명성에 대한 그의 갈망을 드러낸다. 길어지는 목발은 땅에
뿌리를 박고 성장하는 수목과 흡사해지고 싶은 화자의 생명 욕
구를 표출한다. 이 같은 생 욕구는 위의 시 마지막 행에서 잘
나타난다.

목발은 외다리인 화자의 육체적 결핍을 대신 채워주는 사물
인데, 화자는 목발이 "終始제自身은地上의樹木의다음가는것이

38) 임종국 편, 『이상전집』(개정판), 문성사, 1966.

라고생각"한다고 진술한다. 화자는 목발의 현실적 불모성에도
불구하고 그것에 생명력을 부여하여 성장하는 자연물로 표현하
고, 또 목발을 의인화함으로써, 육체적인 완전함에 대한 자신의
열망과 생명의지를 구체화시키고 있는 것이다.

龜裂이生긴莊稼泥濘의地에한대의棍棒을꽂음.
한대는한대대로커짐.
樹木이盛함.
　以上꽂는것과盛하는것과의 圓滿한 融合을가리킴.
沙漠에盛한한대의珊瑚나무곁에서돝39)과같은사람이生埋葬을當하는일을
當하는일은없고심심하게生埋葬하는것에依하여自殺한다.
滿月은飛行機보다新鮮하게空氣속을推進하는것의新鮮이란珊瑚나무의陰
鬱한性質을더以上으로增大하는것의以前의것이다.

　輪不輾地 展開된地球儀를앞에두고서의設問一題.

　棍棒은사람에게땅을떠나는아크로바티40)를가르치는데41)사람은解得하는
것은불가능인가.

_____

39) 일문시 원문은 "豕"이다. 이를 번역하면 돼지를 가리키는 "돝"으로 표기할
　수 있다. 이 부분에 대해서는 이미 김성수에 의해 밝혀진 바 있다(김성수, 『이
　상소설의 해석』, 태학사, 1999, 288면). 그러나 임종국의 『이상전집』에서 「且
　8氏의出發」을 임종국이 "돛"으로 번역하였는데, 이후에 발간된 전집들 모두
　돛대에 다는 헝겊을 뜻하는 "돛"으로 표기하였다. 이 작품에서 "돝"을 "돛"으
　로 바꾸는 것은 너무나도 큰 해석상의 오류를 빚는다. 일문시 원문의 해당 구
　절을 인용하면 다음과 같다. "沙漠に生えた一本の珊瑚の木の傍で豕の樣なヒ
　トが生埋されるこそをされるこそはなく"
40) '애크러배트(acrobatics)'는 곡예기술을 가리킨다.
41) 초역에 "가리키는데"로 해석했는데, 시 원문이 "アワロバテイを敎へるが"이
　므로 "아크로바티를가르치는데"라고 해석하는 것이 적절하다.

地球를掘鑿하라.

同時에

生理作用이가져오는常識을抛棄하라.

熱心으로疾走하고 또 熱心으로疾走하고 또 熱心으로疾走하고 또 熱心으로疾走하는 사람은 熱心으로 疾走하는 일들을停止한다.

沙漠보다도靜謐한絶望은사람을불러세우는無表情한表情의無智한한대의珊瑚나무의사람의脖頸의背方인前方에相對하는自發的인恐懼로부터이지만 사람의絶望은靜謐한것을維持하는性格이다.

地球를掘鑿하라

同時에

사람의 宿命的發狂은 棍棒을내어미는것이어라.*

*事實且8氏는自發的으로發狂하였다. 그리하여어느덧且8氏의溫室에서는隱花植物이꽃을피워가지고있었다. 눈물에젖은感光紙가太陽에마주쳐서는희스무레하게光을내었다.

—「且8氏의出發」 전문[42]

나는 거북이 등딱지 모양으로 갈라진 진창의 땅에 곤봉을 꽂는다. 곡식이 자라야 할 장가(莊稼)의 땅은 균열이 가고 진창의 상태에 있어 식물이 자라기에는 부적합한 땅이라는 것을 나는

---

42) 이상, 『朝鮮と建築』, 1932.7, 26면에 실림. 임종국 역으로 임종국 전집에 재게재. 사진으로 보는 자료, 248~249면.

알고 있다. 그렇지만 나는 그곳에 곤봉을 꽂는다. 여기에서 곤봉을 꽂는 나의 몸짓은 '식목'의 의미를 갖는다. 그러나 내가 꽂은 것은 식목에 어울리지 않는 '잘린 나무인' 곤봉이다. 불모지에 생명이 없는 잘린 나무를 심는 것은 실제로 생명을 창조하는 것과는 거리가 멀다. 그런데도 불모지에 꽂힌 곤봉이 나무처럼 성하게 자라난다는 것은 무엇을 의미하는가. 화자인 나는 "樹木이盛함. / 以上꽂는것과盛하는것과의 圓滿한 融合을가리킴"이라고 말한다. 사실 곤봉을 꽂는 것과 그것이 자라 성하는 것은 불일치의 관계에 있다. 그런데도 불모지에 꽂은 불임의 나무는 자라나서 번성하는 것과 원만한 융합을 갖는다. 곤봉이 생명을 가진 존재가 된 것으로 여기는 나의 의식 속에서 곤봉을 꽂는 행위는 곧 생명의 번성을 의미한다. 꽂는 것은 정상적인 나무의 식목과 다름이 없고, 그 결과도 나무의 성장과 동일한 것으로 나는 생각하는 것이다.

산호(珊瑚)나무는 나뭇가지 모양을 한 해양 곤충들의 군집체다. 그런데 산호나무에게 '바다'라는 생존의 조건은 풍요롭다. 이에 반하여 현재 산호나무가 서 있는 공간인 사막은 불모지인 것이다. 산호나무는 사막에서 생존이 불가능한 데도 불모지 같은 현실인 사막에서 벗어날 수가 없다. 이 같은 생의 조건을 가진 산호나무처럼 사람에게 사막은 "龜裂이生긴莊稼泥濘의地"처럼 생존이 불가능한 땅을 상징한다.

"地球를掘鑿하라" 화자는 지구를 굴착하라고 외친다. 지면을 뚫고 생명을 심는 것이야말로 인간이 해야만 하는 사명인 것이다. 질주하고 질주하고 또 질주하는 것은 뿌리를 박고 자랄 수 있도록 땅을 뚫고 곤봉을 심으려는 인간의 부단한 굴착행위를 가리킨다. 그러나 굴착하는 일에 "열심으로 질주하는" 사람의 행동을 정지케 하는 것은 산호나무에서 발견하게 되는 무표정이다. 그것은 불모지에 곤봉을 꽂는 행위의 허망함을 예견하게 한다.

지구를 굴착하는 일은 바로 삶의 조건이 가지는 불모성을 극복하고 생명성이 회복되기를 꿈꾸는 인간의 절박한 몸짓이다. 그러나 인간은 곧 절망할 수밖에 없는데, 그것은 불모지에 꽂은 곤봉처럼 사막이라는 불모지에서 성장할 수 없음을 자각하는 데서 비롯되는 절망이다. 꽃을 피울 수 없는 인간의 비극적 삶의 조건은 인간을 사막과 같은 정밀한一틈새 없이 빽빽한 정밀함은 벗어나는 일이 불가능성함을 암시한다一절망에 빠지게 한다.

그러나 화자는 이 같은 절망에도 불구하고 "地球를掘鑿하라"고 또 한번 크게 외친다. 불가능함을 자각하면서도 부단히 곤봉을 꽂기 위해 '내어 미는' 것이 "且8氏"로 상징된 인간의 숙명임을 나는 외치는 것이다. "且8氏"는 균열된 땅, 사막의 땅에 곤봉을 내밀어 심는다. 그가 발광하는 것은 땅에 뿌리를 내리고 자라서 꽃을 피우기 위한 것이다. 그의 지구 굴착행위는 불모인 삶의 조건에서도 멈출 수 없는 인간의 생에 대한 끝없는 욕망에

서 비롯된다. 꽃이 피지 않는 은화(隱花)식물의 꽃일지라도 꽃의
내부는 생명을 향한 갈망으로 타오른다. 불모지를 굴착하고 곤
봉을 내밀어 꽂는 인간의 몸짓이 허망한 결과를 낳을지라도 포
기하지 않는 갈망으로 하여 그 행위는 의미를 얻게 된다. 비록
동경과 현실의 불일치 속에 처하게 될지라도 인간은 생의 본능
을 향한 발광을 멈추지 않는다.

> 나는24歲. 어머니는바로이낫새에나를낳은것이다. 聖쎄바스티앙과같이아름
> 다운동생·로자룩셈부르크의木像을닮은누이동생·어머니는우리들三人에게孕
> 胎分娩의苦樂을말해주었다. 나는三人을代表하여
> ─ 드디어 ─
> 어머니우린좀더형제가있었음싶었답니다
> ─ 드디어어머니는동생다음에孕胎하고六個月로流産한順末을고백했다.
> 그녀석은사내였는데 올해로19 (어머니의한숨)
> 三人은서로들알지못하는兄弟의幻影을그려보았다. 이만큼이나컸지하고形
> 容하는어머니의팔과주먹은수척하였다. 두번씩이나略血을한내가冷淸의극에
> 달한家族을爲하야빨리안해를맞아야겠다고焦燥한마음이었다. 나는24歲 나
> 도어머니가나를낳으신것처럼무엇인가낳아야겠다고나는생각하는것이었다.
> ─「肉親의 章」 전문43)

「육친(肉親)의 장(章)」에서도 병든 육체를 소유한 화자의 현실
과 화자 자신의 생명에 대한 욕구 사이에는 팽팽한 긴장 상태가
형성된다. 두 번씩이나 각혈을 경험한 화자는 아내를 맞아서 생
명을 창조해야 한다는 마음으로 초조하다. 그러나 무엇인가를
낳아야 한다는 책임감으로 긴장하고 있는 화자의 희망은 가능

---

43) 이상의 遺稿 日文詩. 임종국의 번역으로 임종국의 『이상전집』에 실림.

한 것인가. 어머니가 유산한 화자의 남동생은 실재하지 않는 유령 같은 존재이다. 유산된 동생의 모습을 형용하는 어머니의 수척한 팔목과 주먹은 동생이 허구적인 존재에 지나지 않음을 드러낸다. 모습을 전혀 짐작할 수 없는 "올해는19"살이 되었을 동생의 환영을 떠올려보는 삼남매의 상상은 현실성을 획득할 수 없는 추상적인 행위에 불과하다. 어머니가 수척한 팔로 동생을 형용하는 것이나, 삼남매가 그것을 보고 알지 못하는 형제를 그려보는 것은 모두 실체성을 상실한 의식행위에 지나지 않는다.

어머니를 보면서 자신도 무엇인가를 낳아야겠다고 고백하는 화자의 내면은 현실과 욕구의 현격한 괴리로 인한 절망감으로 가득하다. 불가능한 일에 대한 나의 희망과 의지가 강하면 강할수록 나의 욕망과 현실의 간격은 더욱 명료하게 드러난다. 나의 희망이 실현되기 어렵다는 사실은 "두번씩이나略血을한" 나의 육체를 통해 분명하게 가시화되기 때문이다.

화자는 육친들에 대하여 이야기하는데, 그것은 자신의 이력에 대한 간접적인 토로이기도 하다. 나의 나이는 24세이다. 어머니가 화자를 낳았던 나이를 맞은 화자는 유산된 남동생의 이야기를 어머니에게서 들으며 자신도 무엇인가를 창조해야겠다는 각오로 초조해 한다. 그 까닭은 어머니처럼 창조행위에 참여해야 한다는 책임감에서 기인한다. 그러나 '각혈'은 나의 희망을 완전히 무화시켜 버린다. 나는 죽음에 직면해 있는 불모지의 육체를 가진 자에 지나지 않는다. 불모지의 육체를 가진 내가 "무엇인가를낳아야겠다고생각하는" 것은 각혈을 한 육체라는 냉혹한 현실 앞에서는 헛된 각오에 불과한 것이다. 여기에서 생명을 창조하고자 하는 화자의 욕구는 그의 육체가 직면해 있는 죽음의 그늘과 강렬한 대비를 이루면서 시적 긴장감을 형성한다.

이상의 시에서 자아를 억압하고 무력하게 만드는 일상이라는 것은 시계 시간에 의해 획일화되는 생활로 나타난다. 근대인은 시간의 합리적인 관리와 운용이 강조되는 근대 공간에 적응하도록 강요받는다. 시계 시간이 근대인의 생활을 지배하게 되었다는 점에서 근대인은 기계적 시간에 예속된 존재이다.

이상이 시간의 흐름을 철저히 소모로 인식하는 데에는 살펴본 근대 시간의 파편성과 폐쇄적 종말 개념과 더불어 그의 병든 육체의식이 결정적인 영향을 끼친다. 각혈로 상징되는, 점차 파괴되어 가는 육체는 그가 시간을 소모로 인지케 한다. 이상은 죽음을 일회적 종말로 인식하기 때문에 그의 죽음의식은 폐쇄 구조를 갖는다. 기계적 시간이 일상을 억압할수록 그러한 일상 시간에서 탈피하려는 욕망과 갈등은 더욱 증폭되며, 그 사이에서 발생하는 괴리감은 커지게 된다. 이상의 시작품은 이러한 예를 잘 보여준다. 이상의 시간의식이 시계 시간이 지배하는 일상에 대한 저항을 표출한다는 점은 이미 밝혀진 바 있다. 그러나 이상은 일상 시간으로부터 벗어난 의식적 자유로움을 보여줌으로써 저항감을 표출하지 않고, 오히려 그에 철저히 속박되어 이탈할 수 없는 절망감을 날카롭게 드러낸다.

제 5 장
결론

　이상 시를 연구하는 데 가장 긴요한 문제는 텍스트의 확정에 관한 것이다. 본고는 이 같은 문제의식에서 출발하여 원전 비평 작업을 토대로 하여 시의 의미 해석으로 접근해 갔다. 본격적으로 이상문학에 대한 연구가 전개되기 시작한 시기는 50년대에 임종국에 의해서 이 간행된 이후이다.1) 40여 년에 걸친 이상 연구에서 이상 시의 원전에 관하여 발생한 오류는 90년대 후반에 서야 지적되었다.2) 그 동안의 연구가 활발하게 전개되어 왔을지라도, 기존에 출판된 이상전집들3)을 무비판적으로 수용하여

---

1) 임종국 편, 『이상전집』 1권(창작집)·2권(시집)·3권(수필집), 태성사, 1956; 임종국 편, 『이상전집』(개정판), 문성사, 1966.
2) 김주현, 「텍스트부터 잘못되어 있다 - 이상문학 연구의 문제점」, 『문학사상』, 1996.11, 60-80면; 권영민, 「이상문학, 근대적인 것으로부터의 탈출」, 『문학사상』, 1997.12, 261-272면.

불명확한 텍스트를 연구 대상으로 삼고 있는 한 그 노력의 가치는 감해질 수밖에 없다. 최초에 간행된 이상전집에서 발생한 오류를 바로잡는 일은 이후의 연구자들에 의해서 이루어져야 하는데, 원전의 확인 없이 이상 시 전집의 발간과 연구가 행해져 오히려 이상 시의 원전을 혼란스럽게 만들었다. 본고에서는 원전 확정을 위해서 의미 해석에 들어가기 전에 원전 비평을 시도하였다. 여기에 본문에 인용된 작품들 외의 시에서 드러난 원전의 오기도 살펴보았다. 이를 통해 밝혀진 것을 요약하면 다음과 같다.

「시제8호(詩第八號) 해부(解剖)」에서 "野外의 眞實"의 "眞實"이 임종국의 전집과 이어령의 전집, 이승훈의 전집에서 모두 "眞空"으로 바꾸어 표기되었다.[4]

「시제9호(詩第九號) 총구(銃口)」에서 이어령의 『이상시전작집(詩全作集)』에서는 시 원문상에 나타나 있는 "列風"을 "烈風"의 오기(誤記)라 하여 의도적으로 "烈風"으로 고쳤다. 임종국의 『이상전집』에서도 "烈風"으로 되어 있으며, 이승훈의 『이상문학전집 - 시(詩)』에도 "烈風"으로 되어 있다.[5]

「시제13호(詩第十三號)」에서 시 원전에는 "燭臺세음"으로 되어

3) 문학사상연구자료실 편·이어령 校註, 『이상詩全作集』, 갑인출판사, 1978; 이 승훈 편, 『이상문학전집』 1권(詩), 문학사상사, 1989; 김승희, 『이상』(개정판), 문학세계사, 1996. 정다비 편, 『이상』(한국 현대시문학대계 9권), 지식산업사, 1982.
4) 사진으로 보는 자료, 241면.
5) 사진으로 보는 자료, 241면.

있고, 임종국 전집에도 "세음"으로 표기하였는데, 이어령 전집(문학사상연구자료실 편이어령 校註, 『이상시全作集』, 갑인출판사, 1978, 29면)과 이승훈 전집(이승훈 편, 『이상문학전집 1권』, 문학사상사, 1989, 46면)에서는 "燭臺세움"으로 바꾸어 표기하였다. "燭臺세음"의 '세음(細音)'은 '셈'의 취음(取音)으로 '~하는 셈이다(형편, 셈판)'의 의미이다.6)

「AU MAGASIN DE NOUVEAUTES」에서 임종국 전집 초판본7)의 초역에는 "貧血縮𧵊"라고 제대로 표기되었고, 개정판8)에도 시 원문과 동일하게 표기되었으나 이후에 발간된 전집류에는 모두 "貧血細胞"로 오기된 채 게재되었다. 일문시 원문은 "貧血縮𧵊"이다. 또 이 작품의 "文字盤에XII에내리워진二個의浸水된黃昏" 부분도 임종국의 이상전집 초판본에는 "二個"로 바르게 표기되었지만, 증보판에서 "一個"로 오기되었다. 그 외의 이상전집류 사정도 마찬가지이다.9)

「BOITEUX·BOITEUSE」에서 초역은 "메쓰에갖지아니하였다하여醫師일수없는것일까"로 되어 있는데, 일문시 원문은 "ぬすヲ"이므로 "메쓰를"이라 해석해야 한다.10)

「LE URINE」에서 초역은 "LIT위에놓고다시白色呂宋煙을"인

---

6) 사진으로 보는 자료, 239면.
7) 임종국 편, 『이상전집』 제2권, 태성사, 1956.
8) 임종국 편, 『이상전집』(개정판), 문성사, 1966.
9) 사진으로 보는 자료, 250면.
10) 사진으로 보는 자료, 259면.

데, 일문시 원문은 '백색(白色)'이 아니라, "赤白色呂宋煙"이다.[11]

「시제7호(詩第七號)」의 "地平"이 임종국 전집에서는 "地下"로 바뀌어 표기되었다.[12]

「백화(白畵)」라는 시 제목이 임종국 전집에서는 「백서(白書)」, 이어령 전집에서는 「백주(白晝)」, 이승훈 전집도 「백주(白晝)」로 되어 있고, 김승희 전집에서도 본문은 제대로 「백화(白畵)」로 되어 있지만, 목차에서는 「백주(白晝)」로 표기되어 실려 있다.[13]

「광녀(狂女)의고백(告白)」의 부제에 붙은 구절에서, 초역은 "여자인S玉孃에게는" 되어 있는데, 자칫하면 'S玉이라는 이름'의 여자로 오해할 수 있으므로, 일문시 원문을 살려서 "여자인S子님에게는"으로 번역하는 것이 더 적절할 것이다.[14]

「아츰」의 "惟悴한"이 그간의 이상전집들(김승희 판을 제외한 임종국·이어령·이승훈 판 전집)은 모두 '초췌(焦悴)한'으로 바뀌었다.[15]

「차8씨(且八氏)의출발(出發)」에서 "砂漠에盛한한대의珊瑚나무곁에서돝과같은사람이生理葬을當하는"에서 "돝"의 일문시 원문은 "豕"이다. 이것의 뜻을 번역하면 돼지인데(이 점은 김성수에 의해 지적된 바 있음을 본문에서 밝혔다), 임종국 전집에서 「차8씨(且八氏)의출발(出發)」을 임종국이 "돛"으로 오역한 이래 이후에 발간된

---

11) 사진으로 보는 자료, 256~257면.
12) 사진으로 보는 자료, 242면.
13) 사진으로 보는 자료, 226면.
14) 사진으로 보는 자료, 254~255면.
15) 사진으로 보는 자료, 233면.

전집들에는 모두 돛대에 다는 헝겊을 뜻하는 "돛"으로 되어 있다.16)

「선(線)에 관(關)한 각서(覺書) 1」에서 초역에는 "地球는빈집일境遇封建時代는눈물이날이만큼그리워진다"로 되어 있는데, 일문시 원문이 "地球は空巢であゐ時"이므로 '빈둥지'가 적절할 것이다.17)

「선(線)에 관(關)한 각서(覺書) 5」의 "祖上의祖上의祖上의"가 초역에는 "조상의조상의"로 되어 있다. 시 원문은 "祖先の祖先の祖先の"이므로 "조상의조상의조상의"라고 해석해야 한다.18)

「선(線)에 관(關)한 각서(覺書) 7」에서 초역에는 "蒼空, 秋天, 蒼空, 靑天, 長天, 一天, 蒼穹"으로 되어 있는데, 세 번째의 '창공(蒼空)'은 '창천(蒼天)'의 오기이다.19)

「출판법(出版法)」에서 초역의 마지막 부분에 "나의眼晴은冷却된液體를"이라 되어 있는데, 일문시 원문은 '晴(갤 청)'이 아니라 '睛(눈동자 정)'이다. 다시 정정하면 "나의눈동자는냉각된액체를"이다.20)

「가외가전(街外街傳)」 원문의 제1연이 끝나는 부분은 "어느菌이어느아랫배를앓게하는것이다.질다"이고, 제2연이 시작되는 부

---

16) 사진으로 보는 자료, 248~249면.
17) 사진으로 보는 자료, 253면.
18) 사진으로 보는 자료, 252면.
19) 사진으로 보는 자료, 251면.
20) 사진으로 보는 자료, 249면.

분은 "反芻한다.老婆니까"이다. 또 제3연의 마지막 부분은 "渴 -
이 渴때문에견디지못하겠다"이고 4연의 시작은 "太古의湖水바
탕이던"이다. 임종국 전집에서는 1연과 2연이 제대로 구분되어
있고, 3연과 4연이 구분되어 있다. 그러나 이어령 전집에서는 3
연과 4연의 연 구분은 되어 있지만, 1연과 2연은 연 구분이 안
되어 하나의 연(제1연)으로 되어 있다. 이승훈 전집은 1연과 2연,
3연과 4연 연 구분이 모두 안 되어 있다.[21]

이밖에도 이상 시 원전에서 논란이 되는 것은 「신경질(神經質)
로비만한삼각형(三角形)」의 부제인 "▽는俺のAMOUREUSEであ
る"에 관한 것이다. 김승희 전집을 제외한 기간의 이상전집에는
'▽'이 '△'으로 바뀌어 있고, 게다가 '△'로 바뀐 상태에서 의미
해석이 현란하게 되기도 하였다.[22] 이상 시해석에서 가장 유의
할 부분은 시의 원전을 오기한 텍스트를 대상으로 의미 해석을
하는 연구태도이다.

본고는 기간된 이상 '전집'류에서 발견된 이상 시 텍스트 게
재의 오류에 대한 비판적 자세에서 출발하였다. 또한 기존의 이
상 연구에서 밝혀진 바 있는 이상의 '근대적 자의식', 혹은 '불안
과 절망'에 대한 해명이 추상적이라는 데 문제의식을 가지고 이
상의 시정신의 해명에 구체성을 부여하고자 하였다. 근거가 충
분히 제시되지 않은 상태에서 이상의 시정신에 대해 언급하는

---

21) 사진으로 보는 자료, 228~231면.
22) 사진으로 보는 자료, 257면.

것은 추상적 공전의 반복이라는 반성에서 출발하여 필자는 이상의 내면의식이 형성된 원인을 규명하고자 하였다. 이상 시정신의 형성 원인에 대한 구체적인 규명 작업은 근대적 시간과 공간과 육체에 대한 고찰을 병행하지 않고는 불가능하다. 따라서 필자는 근대 시간·공간·육체의 보편적인 특질을 살펴보는 한편, 그러한 보편성이 이상이라는 시인의 개인 영역에서 어떻게 이상의 고유성으로 생성되는가를 밝히는 데 주력하였다. 필자는 이상의 시에서 가장 중요한 심상인 육체의 의미를 중심으로 고찰했으며, 또 이상의 육체의식은 시간화되어 표출되고 공간화되어 나타나기 때문에 육체의식과 시간·공간의식을 병행하여 이상의 시세계를 고찰하였다.

제2장에서 이상의 시세계를 형성하는 토대가 바로 육체라는 설정하에 이상의 시의식을 다루었다. 이상의 시에 나타나는 육체는 정신에 속한 육체가 아니라, 외부세계와 능동적인 관계를 맺는 물체적 근거로서의 육체이다. 그의 육체는 정신 혹은 영혼의 본질을 추구하는 데 있어서의 장애물이 아니라, 자기 발견의 대상이다. 이상은 과학적 시선 속에서 해부되는 육체에 대한 사유를 보여준다. 과학적 시선 속에서 육체는 더이상 관념적 대상이 아닌, 확고한 하나의 물체로서 인식된다. 이상은 해부학적으로, 또 기하학적 시선으로 신체를 탐구 대상으로 삼아서 세밀하게 관찰한다. 그는 평면경에 영상된 객관적인 대상물이 된 육체를 가지고 자기 발견을 시도한다.

이상의 '거울' 계열의 시는 대칭으로 영상된 자기의 육체를 대상화시켜 자아를 탐구하고 절망하는 과정을 보여준다. 또 그는 육체가 이성의 통제를 받는다는 이분법적 관념이 역설적으로 붕괴되는 현상을 보여줌으로써 육체의 자율성을 드러낸다. 이상은 자기를 탐구할 수 있는 대상물로 자신의 육체를 사용하는데, 그 육체를 재현해주는 사물이 바로 거울이다. 이상은 거울을 통해 자기를 완전히 대상화할 수 있었다. 그는 거울을 통해 육체를 새롭게 발견하고 화해와 일치를 지향하지만, 그로부터 차단되는 의식 현상을 보여준다. 거울 밖의 세계는 거울 속의 세계에 '그대로 재현'되지 못하고, 대칭의 세계를 형성하기 때문이다. 이상은 이처럼 반대로 재현된 육체에 대한 불안의식을 표출한다.

이상은 의식으로 통제되지 않는 자생적 힘을 육체에서 발견함으로써 관념의 허상을 역설적으로 드러내면서 동시에 절단되고 파괴되는 육체를 통하여 시적 자아의 소외를 보여준다. 이상 시에서 시적 자아의 의지로 제어할 수 없는 육체의 파괴성은 소진되어 가는 것으로 인식하는 그의 육체의식과 긴밀하게 연관된다.

제3장에서는 이상 시에 나타나는 육체와 도시 공간의 융합 현상에 대해서 고찰하였다. 이상은 병든 육체와 도시 공간의 부정적인 이면에 대한 사유를 결합하고 있다. 그의 시에서 시적 자아의 병든 육체, 다시 말하여 생명이 소진되어 가는 육체는

도시의 병든 공간을 첨예하게 인식하는 토대로 나타난다. 도시의 환부인 유곽은 폐환에 걸린 육체 이미지와 결합하며, 도시 거리의 황량함은 병든 육체의 추위로써 표현된다.

이상의 시작품들은 근대 도시라는 사회적 공간을 토대로 형성된 시의식을 표출하고 있다. 이상의 공간의식은 근대 이후의 변화된 물리적 공간과의 연관성을 긴밀하게 보여준다. 백화점이나 도로는 인간적인 내밀함이 소멸된 반면, 파괴되고 황폐해진 공간이다. 이상은 백화점과 도로라는 균질화된 도시 공간을 배경으로 근대인의 개체화 현상과 그로 인한 인간관계의 단절을 다룬다. 백화점의 통로나 물품들에 대하여 수동적인 위치에 있는 인간은 감살문호(嵌殺門戶)의 조롱에 갇힌 자이며, 주체성을 잃은 존재로 암시된다는 점에서 백화점은 유배지 혹은 감옥으로 상징되는 개체화된 근대인의 현실 공간이다. 또 도시의 도로는 개별체로 존재해야 하는 근대인의 불안과 적대적 타자의식이 보편화된 공간을 의미한다. 고절감과 소외를 보여주는 근대인의 내면은 이상의 시에서 유배지와 벌판이라는 상징적 공간으로 표출된다.

이상은 매춘을 시의 제재로 다루면서 매춘이라는 일탈된 인간관계의 황폐를 자의식적 성찰을 통해서 보여준다. 비주체적인 성에 의해 인간성이 파괴되는 과정과 타자화되고 대상화된 성을 경험하는 시적 자아의 심리적 황폐함을 유곽을 배경으로 드러낸다.

제4장에서는 이상 시에 나타나는 육체와 시간의 상응관계에 대해 고찰하였다. 일상의 반복적인 시간에 의해 발생하는 외부 세계의 무의미함이 이상의 시에서 두 개의 태양으로 상징된다. 시계 시간의 예속성이 강해짐에 따라 일상 시간에 대한 거부감은 증가한다. 이상의 시는 이 같은 시계 시간에 억압된 자의 자의식을 보여준다. 이상의 시에서 일상 시간은 화자의 의식을 억압하는 대상으로 나타난다. 도시 공간에 있는 모든 것들은 자연스러움에서 이탈되어 있다. 사이렌 소리가 규칙적으로 도시 공간에 속한 모든 것들을 통제할 때, 자연물인 태양조차도 사이렌 소리에 맞춰 복제되어 솟아오르는 것처럼, 도시 속의 인간들도 주체성을 잃어버리고 만다.

일상 시간의 반복성과 소모성은 파괴되어 가는 시적 자아의 병든 육체와 결합하여 이상의 독특한 육체의 시간화 현상을 창조해낸다. 근대의 단선적인 시간구조 속에서 시간은 축적되지 않고 다만 소멸하는 시간으로 인지된다. 이상의 시간의식은 그의 병든 육체와 결합되어서 나타나고, 이는 그로 하여금 철저한 파국으로 죽음을 인식하게 만드는 요인이 된다.

이상은 현실적으로 불가능한 생명을 향한 절실한 갈망을 시로 형상화한다. 그러나 식목(植木)으로 상징되는 시적 자아의 재생 욕구는 불모지로 인식되는 그 자신의 육체적 조건 속에서 좌절된다. 시적 자아의 식목행위는 자신의 불모성을 벗어나려는 강렬한 욕망이 투사된 것으로, 그의 생명에 대한 욕망과 병든 육체라는 현실 사이에는 팽팽한 긴장상태가 형성된다.

이상은 생명이 소진되어 가는 육체와 소모되는 시간과 자아를 억압하는 공간을 부정하고 그로부터 발생되는 절망감을 시로 표현하지만, 그로부터 벗어나는 상태를 시로 형상화하지 않는다. 그것은 바로 이상 자신이 근대적 삶의 조건에서 이탈할 수 없다는 자각에서 기인한다. 그의 시는 근대적 시·공간과 그러한 조건 속에서 삶을 영위할 수밖에 없는 병든 육체가 파멸해 가는 궤적을 드러낸다.

참고문헌

1. 기초 자료

조선건축회 편, 『朝鮮と建築』, 1931.7(여기에는 큰 제목이 없음).

  金海卿, 「異常ナ可逆反應」.

  _____, 「破片ノ景色」.

  _____, 「▽ノ遊戲」.

  _____, 「ひげ」.

  _____, 「BOITEUX·BOITEUSE」.

  _____, 「空腹」.

  이상 6편은 1931년 6월 5일 창작.

조선건축회 편, 『朝鮮と建築』, 1931.8(「鳥瞰圖」라는 큰 제목 붙음).

  金海卿, 「神經質に肥滿した三角形 - ▽は俺のAMOUREUSEである」,
      1931.6.1.

  _____, 「LE URINE」, 1931.6.18.

  _____, 「二人…1…」, 1931.8.11.

  _____, 「二人…2…」, 1931.8.11.

  _____, 「顏」, 1931.8.15.

  _____, 「運動」, 1931.8.11.

  _____, 「狂女の告白」, 1931.8.17.

  _____, 「興行物天使 - 惑る後日譚そして」, 1931.8.18.

조선건축회 편, 『朝鮮と建築』, 1931.10(「三次角設計圖」라는 큰 제목).

  金海卿, 「線に關する覺書1」, 1931.5.31, 1931.9.11.

  _____, 「線に關する覺書2」, 1931.9.11.

  _____, 「線に關する覺書3」, 1931.9.11.

_____, 「線に關する覺書4」, 1931.5.31, 9.12.

_____, 「線に關する覺書5」, 1931.9.12.

_____, 「線に關する覺書6」, 1931.9.12.

_____, 「線に關する覺書7」, 1931.9.12.

조선건축회 편, 『朝鮮と建築』, 1932.7(「建築無限六面角體」라는 큰 제목).

이 상, 「AU MAGASIN DE NOUVEAUTES」.

_____, 「熱河略圖 No.2」(未定稿).

_____, 「診斷 0 : 1」.

_____, 「二十二年」.

_____, 「出版法」.

_____, 「且8氏の出發」.

_____, 「眞畫」.

『카톨릭청년』, 1933.7.

이 상, 「꽃나무」.

_____, 「이런 詩」.

_____, 「一九三三. 六. 一」.

『카톨릭청년』, 1933.10.

이 상, 「거울」.

『月刊每申』, 1934.6.

이 상, 「普通紀念」.

『朝鮮中央日報』, 1934.7.24~1934.8.8(「鳥瞰圖」라는 큰 제목 붙음).

이 상, 「詩第一號」, 1934.7.24.

_____, 「詩第二號」, 1934.7.25.

_____, 「詩第三號」, 1934.7.25.

_____, 「詩第四號」, 1934.7.28 - 「診斷 0 : 1」과 유사한 詩.

_____, 「詩第五號」, 1934.7.28 - 「二十二年」과 유사한 詩.

_____, 「詩第六號」, 1934.7.31.

_____, 「詩第七號」, 1934.8.1.

_____, 「詩第八號 - 解剖」, 1934.8.2.

_____, 「詩第九號 - 銃口」, 1934.8.3.

_____, 「詩第十號 - 나비」, 1934.8.3.

_____, 「詩第十一號」, 1934.8.4.

_____, 「詩第十二號」, 1934.8.4.

_____, 「詩第十三號」, 1934.8.7.

_____, 「詩第十四號」, 1934.8.7.

_____, 「詩第十五號」, 1934.8.8.

『중앙』, 1934.9.

이 상, 「素榮爲題」.

『카톨릭청년』, 1935.4(이상의 시는 『靑色紙』, 1938.6에 재수록됨).

이 상, 「正式 I」.

_____, 「正式 II」.

_____, 「正式 III」.

_____, 「正式 IV」.

_____, 「正式 V」.

_____, 「正式 VI」.

『조선중앙일보』, 1935.9.15.

　이　상,「紙碑」.

『카톨릭청년』, 1936.2(「易斷」이라는 큰 제목).

　이　상,「火爐」.
　_____,「아츰」.
　_____,「家庭」.
　_____,「易斷」.
　_____,「行路」.

『詩와 小說』, 1936.3.

　이　상,「街外街傳」.

『女性』, 1936.5.

　이　상,「明鏡」.

『조선일보』, 1936.10.4~10.9(「危篤」이라는 큰 제목).

　이　상,「禁制」, 1936.10.4.
　_____,「追求」, 1936.10.4.
　_____,「沈歿」, 1936.10.4.
　_____,「絶壁」, 1936.10.6.
　_____,「白晝」, 1936.10.6.
　_____,「門閥」, 1936.10.6.
　_____,「位置」, 1936.10.8.
　_____,「買春」, 1936.10.8.
　_____,「生涯」, 1936.10.8.
　_____,「內部」, 1936.10.9.

_____, 「肉親」, 1936.10.9.

_____, 「自像」, 1936.10.9.

『三四文學』 5집, 1936.10.

이 상, 「I WED A TOY BRIDE」, 『문학사상』(1977.4)에 재게재.

『子午線』 1호, 1937.11.

이 상, 「破帖」.

『貘』 3호, 1938.10.

이 상, 「제목 없음("내 마음에 크기는 ……"으로 시작됨)」

『貘』 4호, 1938.12.

이 상, 「無題(其二)」.

『朝光』, 1939.2.

이 상, 「自畵像(習作)」.

김소운 편, 『朝鮮詩集』 제2권, 이상의 국문시를 日譯하여 게재(흥문관,
       1943.10).

이 상, 「鳥瞰圖 詩第一號」(김소운은 "鳥瞰圖"를 "鳥瞰圖"라 표기).

_____, 「破帖」(김소운 日譯).

_____, 「蜻蛉」.

_____, 「一つの夜」.

2. 이상의 遺稿詩들

임종국 편,『李箱全集』(개정판), 문성사, 1966 - 1956년 태성사에서 간행된
　　임종국 편『李箱全集』과 동일한 작품들임. 괄호 안의 제목은 한글로
　　번역된 것임.
　「隻脚」,「距離」,「囚人の作つた箱庭」(「囚人이만들은小庭園」),「肉親の
　　章」(「육친의장」),「內科」,「骨片ニ關スル無題」(「골편에관한무
　　제」),「街衢ノ寒サ」(「가구의추위」),「朝」(「아침」),「最後」.

『평화신문』, 1956.3.20.
　이　상,「自畵像」.

김수영 역,『현대문학』, 1960.11 - 未發表 遺稿(조연현 소장), 日文詩.
　「제목 없음("손가락같은여인이……"로 시작됨)」.
　「一九三一年(作品第一番)」.

김수영 역,『현대문학』, 1961.2 - 未發表 遺稿(조연현 소장), 日文詩.
　「習作쇼윈도우數點」, 1932.11.14.夜.

김수영 역,『현대문학』, 1966.7 - 未發表 遺稿(조연현 소장), 日文詩.
　김윤성 역,「제목 없음, "故王의 땀……"으로 시작됨」.
　김수영 역,「哀夜」.
　「悔恨ノ章」(번역 없이 일문으로 揭載).

柳呈 역,『문학사상』, 1976.6 - 未發表 遺稿詩(조연현 소장)
　「悔恨의 章」(한글 번역) -『현대문학』(1966.7)에 일문으로 게재된 바 있

음.

「斷章」.

「習作 쇼오윈도우 數點」(한글 번역) -『현대문학』(1961.2)에 김수영 역으
로 게재된 바 있음.

「無題」(제목 없이 "故王의 딸……"으로 시작되는 글을「無題」로 재게재).

柳呈 역,『문학사상』, 1976.7 - 未發表 遺稿詩(조연현 소장)

「咯血의 아침」, 1933.1.20 - 詩「內科」와 유사한 부분이 포함된 詩.

「獚의 記 作品第二番」, 3.20.

「作品第三番」.

「與田準一」.

「月原橙一郎」(3월 32일)

임종국 편,『이상전집』(1966년 개정판), 문성사에 실린 日文詩의 번역자.

임종국 역,「조감도」의 8편,「이상한가역반응」의 6편,「삼차각설계도」
의 7편,「건축무한육면각체」의 7편.

「척각」·「거리」·「수인이만들은소정원」·「육친의장」·「내과」·「골편에관한
무제」·「가구의추위」·「아침」·「최후」등 9편.

「한개의밤」·「회한의장」.

김수영 역, 유고집 중「유고1」이하 전부(단「유고4」와「회한의장」은
제외).

김윤성 역,「유고4」("고왕의 딸……"으로 시작).

3. 국내 학위 논문 및 평론

강내희,「'욕망'이란 문제설정?」,『문화과학』3호, 1993년 봄호.

강용운,「'날개'를 통해 본 주체와 욕망의 문제」, 고려대 석사논문,
1994.

고석규, 「시인의 역설」 제3회·4회·6회, 『문학예술』, 1957.4·5·7.

권영민, 「이상문학, 근대적인 것으로부터의 탈출」, 『문학사상』, 1997.12.

김경린, 「이상문학의 표층과 심층」, 『문학사상』, 1986.10.

김교선, 「불안문학의 계보와 이상」, 『현대문학』, 1962.2.

김기림, 「현대시의 발전」 7회, 『조선일보』, 1934.7.19.

_____, 「모더니즘의 역사적 위치」, 『인문평론』, 1939.10.

김문집, 「'날개'의 시학적 재비판」, 『이상』(김용직 편), 문학과지성사, 1977.

김사림, 「자학과 가학 그리고 여성편력의 양상」, 『문학사상』, 1986.1.

김상선, 「이상의 시에 나타난 성문제」, 『아카데미논총』 3호, 1975.12.

김상태, 「김광균과 이상의 시」, 『전북대 논문집』 14집, 1972.10.

_____, 「부정의 미학」, 『문학사상』, 1974.4.

김승희, 「접촉과 부재의 시학」, 서강대 석사논문, 1980.

_____, 「이상 시 연구」, 서강대 박사논문, 1991.

_____, 「반영과 차단의 문법」, 『문학사상』, 1985.12.

김옥순, 「이상 시 연구사 개관」, 『문학사상』, 1985.12.

김용운, 「이상문학에 있어서의 수학」, 『신동아』, 1973.2.

_____, 「이상의 난해성」, 『문학사상』, 1973.11.

_____, 「자학이냐 위장이냐」, 『문학사상』, 1985.12.

김용직, 「새로운 시어의 혁신성과 그 한계」, 『문학사상』, 1975.1.

_____, 「시대에 희생당한 도형수」, 『문학사상』, 1985.12.

_____, 「극렬 시학의 세계」, 『한국현대시사』 제1권, 한국문연, 1996.

김윤식, 「이상의 현실에 대한 태도」, 『현대문학』, 1971.2.

_____, 「假裝 行爲와 그 방법」, 『수필문학』, 1973.5.

_____, 「모더니즘의 한계」, 『한국근대작가론고』, 일지사, 1974.

_____, 「어둠에의 인식」, 『문학사상』, 1974.4.

_____, 「이상론의 행방」, 『심상』, 1975.3.

_____, 「近代와 反近代」, 『한국 근대문학사상 비판』, 일지사, 1978.

_____, 「이상 연구 각서」, 『문학사상』, 1986.10.

_____, 「텍스트의 세 범주와 규칙 세 가지」, 『시문학』, 1986.12.

_____, 「'쥬피타 추방'에 대한 6개의 주석」, 『근대시와 인식』, 시와시학사, 1992.

_____, 「'봉별기' 속의 '날개'」, 『문학사상』, 1997.5.

김은자, 「한국 현대시의 공간의식에 관한 연구」, 서울대 박사논문, 1986.

김인환, 「이상 시 연구」, 『양영학술연구논문집』 제4회, 1996.

_____, 「이상 시의 계보」, 『현대비평과 이론』, 1997년 가을·겨울호.

김자혜, 「여성과 일탈」, 『여성과 한국사회』(여성한국사회연구회 편), 사회문제연구소 출판부, 1994.

김정은, 「'오감도'의 시적 구조」, 서강대 석사논문, 1981.

_____, 「해체와 조합의 시학」, 『문학사상』, 1985.12.

김종길, 「무의미의 의미」, 『문학사상』, 1974.4.

김종엽, 「현대성과 죽음」, 『문학동네』, 1995년 가을호.

김종욱, 「1930년대 장편소설의 시간 - 공간구조 연구」, 서울대 박사논문, 1998.

_____, 「규율화된 주체, 자율적인 주체」, 『문학사상』, 1998.3.

김종은, 「이상의 理想과 異常」, 『문학사상』, 1973.7.

_____, 「이상의 정신세계」, 『심상』, 1975.3.

김주연, 「이상의 '꽃나무'」, 『한국현대시작품론』, 문장사, 1981.

김주현, 「텍스트부터 잘못되어 있다」, 『문학사상』, 1996.11.

_____, 「이상 소설의 글쓰기 양상 연구」, 서울대 박사논문, 1998.

_____, 「이상문학 연구의 방향」, 『동서문학』, 1997년 겨울호.

김준오, 「자아와 시간의식에 관한 試稿」, 『어문학』 33집, 한국어문학회, 1975.10.

_____, 「이상의 '거울'」, 『한국현대시작품론』, 문장사, 1981.

김중하, 「이상의 소설과 공간성」, 『한국현대소설사 연구』(전광용 외), 민음사, 1984.

김진경, 「이상 시에 나타난 거울 이미지 연구」, 서울대 석사논문, 1983.

김 현, 「현대소설의 시간성 및 공간성 연구」, 서강대 석사논문, 1987.

김홍우, 「신체의 현상학과 정치학에 대한 그 함의」, 『사회비평』 제17호, 1997.

김 훈, 「한국 모더니즘의 시사적 의의」, 『강원대 인문학 연구논문집』 제17집, 1982.

노지승, 「이상 소설의 시간성 연구」, 서울대 석사논문, 1997.

문재구, 「한국 근대문학에 나타난 성문제 연구」, 중앙대 박사논문, 1987.

문흥술, 「이상문학에 나타난 주체 분열과 반담론에 관한 연구」, 서울대 석사논문, 1991.

_____, 「1930년대 한국 모더니즘 소설에 나타난 언술 주체의 분열 양태 연구」, 서울대 박사논문, 1998.

민병기, 「30년대 모더니즘 시의 심상체계 연구」, 고려대 박사논문, 1987.

민병욱, 「식민지 시대 지식인의 삶의 한 양상」, 『신동아』, 1983.2.

박동찬, 「에로스 사드 바타이유」, 『사회비평』 제13호, 1995.

박완숙, 「이상 소설에 나타난 여성의 상징적 의미 고찰」, 이화여대 석사논문, 1975.

박인기, 「한국 현대시의 모더니즘 수용 연구」, 서울대 박사논문, 1987.

박진임, 「이상 시의 페미니즘적 연구」, 서울대 석사논문, 1991.

박현수, 「토포스(topos)의 힘과 창조성 고찰」, 『한국학보』 제94집, 1999년 봄호

박혜경, 「이상소설론」, 『동악어문논집』 22집, 1987.10.

변재란, 「여성, 신체, 여성성」, 『여성과사회』 8호, 1997.

임종국, 「이상론」, 『고대문화』, 1955.12.

손종호, 「이상문학 연구」, 성균관대 석사논문, 1981.

송현호, 「모더니즘의 문학사적 위치에 대한 고찰」, 『국어국문학』 제90호, 1984.

신규호, 「자아탐색의 諸樣相」, 『심상』, 1982.8.

신대철, 「시에 있어서의 시간문제」, 연세대 석사논문, 1976.

신오현, 「소외 이론의 구조와 유형」, 『현상과인식』, 1982년 가을호.

심재휘, 「1930년대 후반기 시 연구」, 고려대 박사논문, 1997.

엄국현, 「이상 시에 나타난 공간의 문제」, 부산대 석사논문, 1981.

염　철, 「이상 시에 나타난 시간의식 연구」, 중앙대 석사논문, 1995.

예종숙, 「시에 있어서 언어와 형태의 분석」, 경북대 석사논문, 1966.

오광수, 「화가로서의 이상」, 『문학사상』, 1976.6.

오규원, 「색채의 미학」, 『시문학』, 1971.12.

_____, 「이상 시와 그의 생애와의 관계」, 『이상시전집』, 문장, 1981.

오동규, 「이상 시의 공간의식」, 중앙대 석사논문, 1994.

오생근, 「자아의 진실과 허위」, 『문학사상』, 1974.4.

_____, 「데카르트, 들뢰즈, 푸코의 육체」, 『사회비평』 제17호, 1997.

_____, 「육체의 시대와 육체의 시학」, 『동서문학』, 1997년 여름호.

오세영, 「문학에 있어서 시간의 문제」, 『한국문학』, 1976.1.

_____, 「현대문학의 본질과 공간화지향」 상하, 『문학사상』, 1986.4.5.

오탁번, 「현대시 방법의 발견과 전개」, 『문학사상』, 1975.1.

우정권, 「이상의 글쓰기 양상」, 서울대 석사논문, 1996.

원명수, 「이상 시의 시문학사적 위치」, 중앙대 석사논문, 1976.

유원춘, 「이상 시의 은유 연구」, 서울대 석사논문, 1991.

유재천, 「이상 시 연구」, 연세대 석사논문, 1982.

유초하, 「동서의 철학적 전통에서 본 육체」, 『문화과학』 4호, 1993.

윤재근, 「이상의 詩史的 위치」, 『심상』, 1975.3.

이강수, 「이상 텍스트 생산과정 연구」, 서울대 석사논문, 1996.

이경교, 「한국 현대 시정신의 형성과정 연구」, 동국대 박사논문, 1994.

이경미, 「여성의 육체적 쾌락은 복원될 것인가」, 『여성과사회』 제8호,
　　　　1997.

이광자, 「한국 여성의 과거와 현재」, 『여성과 한국사회』(여성한국사회
　　　　연구회 편), 사회문화연구소 출판부, 1994.

이규동, 「이상의 정신세계와 작품」, 『월간조선』, 1981.6.

이기서, 「1930년대 한국시의 의식구조 연구」, 고려대 박사논문, 1983.

이보영, 「질서에의 의욕」, 『창작과 비평』, 1968.12.

이복숙, 「이상 시의 모더니티 연구」, 경희대 박사논문, 1987.

이승훈, 「소설에 있어서의 시간」, 『현대문학』, 1980.10.

_____, 「이상 시 연구」, 연세대 박사논문, 1983.

이어령, 「나르시스의 학살」, 『신세계』, 1956.10.

_____, 「續'나르시스'의 학살」, 『신동아』, 1957.1.

_____, 「날개를 잃은 증인」, 『이상』(김용직 편), 1972.

이영자, 「이상화된 몸, 아름다운 몸을 위한 사투」, 『사회비평』 17호, 1997.

이재선, 「이상문학의 시간의식」, 『한국현대소설사』, 홍성사, 1979.

_____, 「도착과 가역의 논리」, 『문학사상』, 1981.6.

이중재, 「'구인회' 연구」, 동국대 박사논문, 1995.

이창배, 「모더니스트로서의 이상」, 『심상』, 1975.3.

이 활, 「영원한 실험」, 『심상』, 1975.3.

임명섭, 「이상의 문자 경험 연구」, 고려대 박사논문, 1997.

임성구, 「이상문학의 시간표상과 삶의 양식」, 전북대 석사논문, 1981.

장백일, 「시에 대한 의심」, 『현대문학』, 1967.2.

장창영, 「이상 시의 공간연구」, 전북대 석사논문, 1995.

장회익, 「동양사상에서의 시공개념」, 『과학과 철학』 제3집, 1992.10.

전경수, 「성애의 문화론과 생물학」, 『사회비평』 제13호, 1995.

정귀영, 「이상문학의 초의식 심리학」, 『현대문학』, 1973.7·8·9.

정기용, 「도시공간의 정치학」, 『문화과학』, 1993년 봄호.

정덕준, 「한국 근대소설의 시간구조에 관한 연구」, 고려대 박사논문, 1984.

정명환, 「부정과 생성」, 『한국작가와 지성』, 문학과지성사, 1978.

정은희, 「사랑과 성규범」, 『여성과 한국사회』(여성한국사회연구회 편),
        사회문화연구소 출판부, 1994.

정화열, 「생태철학과 보살핌의 윤리」, 『녹색평론』, 1996.7·8.

조두영, 「이상의 인간사와 정신분석」, 『문학사상』, 1986.11.

조신권, 「문학에 있어서의 시간문제」, 『문학사상』, 1976.1.

조연현, 『근대정신의 해체』, 문예, 1949.11.

조영복, 「1930년대 문학에 나타난 근대성의 담론 연구」, 서울대 박사 논문, 1995.

＿＿＿, 「방법으로서의 '이상'과 '날개'의 연구방법」, 『동서문학』, 1997년 겨울호.

＿＿＿, 「근대성의 폭풍과 도시의 산책자」, 『문학사상』, 1998.3.

조용만, 「이상 시대, 젊은 예술가들의 초상」, 『문학사상』, 1987.4·5.

최동호, 「'날개'론의 방향」, 『한국문학』, 1983.11.

최영희, 「이상소설에 나타난 소외과정 연구」, 이화여대 석사논문, 1978.

최재서, 「리얼리즘의 擴大와 深化」, 『조선일보』, 1936.11.31~12.7.

최학출, 「1930년대 한국 모더니즘 시의 근대성과 주체의 욕망체계에 대한 연구」, 서강대 박사논문, 1994.

최혜실, 「1930년대 한국 모더니즘 소설 연구」, 서울대 박사논문, 1990

추은희, 「이상론」, 숙명여대 석사논문, 1962.

＿＿＿, 「Surrealism에 비춰본 箱의 작품세계」, 『현대문학』, 1973.7.

＿＿＿, 「이상문학의 단절의식과 파괴적 요소」, 『숙명여대 논문집』 16집, 1976.12.

한상규, 「1930년대 모더니즘 문학에 나타난 美的 自意識에 관한 연구」, 『서울대 현대문학연구』 제101집, 1989.

한혜선, 「시간구조와 공간구조에 나타난 사상성 연구」, 이화여대 석사논문, 1974.

함재봉, 「성해방과 정치해방」, 『사회비평』 제13호, 1995.

황도경, 「이상의 소설 공간연구」, 이화여대 박사논문, 1993.

황정미, 「자본주의와 몸」, 『한국문학』, 1997년 겨울호.

4. 단행본

강내희, 『공간·육체·권력』, 문화과학사, 1997.

고 은, 『이상 평전』, 민음사, 1974.

국립민속박물관 편, 『한국화폐의 변천』, 신유, 1993.

김성기 편, 『모더니티란 무엇인가』, 민음사, 1994.

김성수, 『이상소설의 해석』, 태학사, 1999.

김승희, 『이상』(개정판), 문학세계사, 1996.

김용직 편, 『이상』, 문학과지성사, 1977.

김윤식, 『한국현대시론비판』, 일지사, 1975.

_____, 『한국 근대문예비평사 연구』, 일지사, 1976.

_____, 『이상 연구』, 문학사상사, 1987.

_____, 『이상소설연구』, 문학과비평사, 1988.

_____ 편, 『이상문학전집』 2권(소설)·3권(수필), 문학사상사, 1989.

_____, 『이상문학 텍스트연구』, 서울대 출판부, 1998.

김인환, 『한국문학이론의 연구』, 을유문화사, 1986.

_____, 『상상력과 원근법』, 문학과지성사, 1993.

김정현, 『니체의 몸철학』, 지성의샘, 1995.

김종호, 『소외시대의 철학』, 문음사, 1981.

김진송 편, 『현대성의 형성』, 현실문화연구, 1999.

대한결핵협회 편, 『한국결핵사』, 상문상사 1998.

대한병리학회, 『병리학』, 고문사, 1990.

문학사상연구자료실 편·이어령 校註, 『이상詩全作集』, 갑인출판사, 1978.

민족문학사연구소 편, 『민족문학과 근대성』, 문학과지성사, 1995.

서준섭, 『한국 모더니즘문학 연구』, 일지사, 1988.

손정목, 『한국 현대도시의 발자취』, 일지사, 1988.

_____, 『일제 강점기 도시계획 연구』, 일지사, 1990.

송민호·윤태영 공저, 『절망은 기교를 낳고』, 교학사, 1968.

신오현, 『자아의 철학』, 문학과지성사, 1987.

오규원, 『날자, 한번만 더 날자꾸나』, 문장사, 1980.

오세영, 『20세기 한국시 연구』, 새문사, 1989.

윤사순, 『한국 유학사상사론』, 예문서원, 1997.

이선영 편, 『1930년대 민족문학의 인식』, 한길사, 1990.

이승훈, 『문학과 시간』, 이우출판사, 1983.

＿＿＿ 편, 『이상문학전집』 1권(시), 문학사상사, 1989.

이종우 편, 『기하학의 역사적 배경』, 경문사, 1997.

이진경, 『근대적 시·공간의 탄생』, 푸른숲, 1997.

임덕순, 『문화지리학』, 법문사, 1990.

＿＿＿, 『600년 수도 서울』, 지식산업사, 1994.

임종국 편, 『이상전집』 1권(창작집)·2권(시집)·3권(수필집), 태성사, 1956.

＿＿＿ 편, 『이상전집』(개정판), 문성사, 1966.

정다비 편, 『이상』(한국 현대시문학대계 9권), 지식산업사, 1982.

정문길, 『소외론 연구』, 문학과지성사, 1978.

전병직, 『백화점 건축계획』, 세진사, 1996.

최동호, 『현대시의 정신사』, 열음사, 1985.

한갑수, 『인체해부학』, 형설출판사, 1988.

한국건축가협회 편, 『한국의 현대 건축』, 기문당, 1994.

한국여성연구소 여성사연구실, 『우리 여성의 역사』, 청년사, 1999.

5. 국외 논저 및 번역서

Berman, Marshall, *All That is Solid Melts into Air*, Penguin Group, 1982.

Calinescu, Matei, *Five Faces of Modernit*, Indiana University Press, 1977.

Callinicos, Alex, *Against Postmodernism*, Polity Press, 1989.

S. A. 키에르케고르, 이명성 역, 『불안의 개념』, 홍신문화사, 1988.

가라타니 고진, 박유하 역, 『일본 근대문학의 기원』, 민음사, 1997.

골드만, 루시앙, 송기형·정과리 역, 『숨은 神』, 연구사, 1986.

기든스, 앤소니, 배은경·황정미 역, 『현대사회의 성·사랑·에로티시즘』, 새물결, 1996.

들뢰즈, G, 하태환 역, 『감각의 논리』, 민음사, 1995.

들뢰즈, G·가따리, F, 『앙띠 오이디푸스』, 최명관 역, 민음사, 1994.

라빌, 알버트, 『메를로 퐁티』, 김성동 역, 철학과현실사, 1996.

라이헨바하, 한스, 이정우 역, 『시간과 공간의 철학』, 서광사, 1986.

로뜨만 유리 외, 러시아시학연구회 편역, 『시간과 공간의 기호학』, 열린책들, 1996.

르페브르, 앙리, 박정자 역, 『현대세계의 일상성』, 一念출판사, 1990.

리즈먼, 데이비드·글라이저, 네이선·데니, 루 엘, 유익형·김용권·이만갑 역, 『고독한 군중』, 을유문화사, 1964.

마르쿠제, H, 김인환 역, 『에로스와 문명』, 나남출판, 1989.

마르크스, 칼, 최인호 역, 「1844년의 경제학 철학 초고」, 『칼 맑스·프리드리히 엥겔스 저작선집』 1권, 박종철출판사, 1991.

마르크스, 칼·엥겔스, 프리드리히, 남상일 역, 『공산당선언』, 백산서당, 1989.

마이어호프, 한스, 김준오 역, 『문학과 시간현상학』, 심상사, 1979.

메드베이, 최영길 편역, 『임상 내분비학 역사』, 의학출판사, 1994.

메를로 퐁티, M, 오병남 역, 『현상학과 예술』, 서광사, 1983.

메이, 롤로, 백상창 역, 『자아를 잃어버린 현대인』, 문예출판사, 1974.

무라카미 요이치로 외, 신선향 역, 『시간과 인간』, 평범서당, 1983.

바따이유, 조르쥬, 『에로티즘』, 민음사, 1989.

바슐라르, 가스통, 곽광수 역, 『공간의 시학』, 민음사, 1990.

벌로, 번·벌로, 보니, 서석연·박종만 역, 『매춘의 역사』, 까치, 1992.

베르그송, 앙리, 정석해 역, 『시간과 자유의지』, 삼성출판사, 1990.

베르제, 앙드레·위스망, 드니, 남기영 역, 『인간학·철학·형이상학』, 정보여행, 1996.

베버, 막스, 박성수 역, 『프로테스탄티즘의 윤리와 자본주의 정신』, 문
　　예출판사, 1988.

보드리야르, 장, 이상률 역, 『소비의 사회』, 문예출판사, 1991.

브로델, 페르낭, 주경철 역, 『물질문명과 자본주의』 Ⅲ - 1, 까치, 1997.

사르트르, 장 폴, 손우성 역, 『존재와 무』, 삼성출판사, 1990.

쉴링, 크리스, 임인숙 역, 『몸의 사회학』, 나남출판, 1999.

슐츠, C, 노베르그, 김광현 역, 『실존·공간·건축』, 태림문화사, 1985.

얀, P. J, 박기현·전재복 역, 『유클리드기하학과 비유클리드기하학』, 경
　　문사, 1996.

어빙, 윌리엄 A, 오성환 역, 『몸』, 까치, 1996.

엘리아스, 노베르트, 김수정 역, 『죽어가는 자의 고독』, 문학동네, 1998.

윌슨, 콜린 편, 권오천·박대희 역, 『시간의 발견』, 한양대 출판원, 1994.

유카마사 타미오, 김영희 역, 『신체』, 박영사, 1992.

유협, 최동호 역편, 『문심조룡』, 민음사, 1994.

자너, 리차드, 최경호 역, 『신체의 현상학』, 인간사랑, 1993.

장자, 김달진 역, 『장자』, 양우당, 1983.

정화열, 박현모 역, 『몸의 정치』, 민음사, 1999.

존슨, 마크, 이기우 역, 『마음속의 몸』, 한국문화사, 1992.

카시러, E, 박완규 역, 『계몽의 철학』, 민음사, 1995.

커머드, 프랭크, 조초희 역, 『종말의식과 인간적 시간』, 문학과지성사,
　　1993.

컨, 스티븐, 이성동 역, 『육체의 문화사』, 의암출판, 1996.

코프만, 장 클로드, 김정은 역, 『여자의 육체 남자의 시선』, 한국경제
　　신문사, 1996.

투안, 이푸, 구동회·심승희 역, 『공간과 장소』, 대윤, 1995.

파펜하임, 프리츠, 진덕규 역, 『현대인과 소외』, 학문과사상사, 1977.

퍼슨, C. A, 손봉호·강영안 역, 『몸 영혼 정신』, 서광사, 1985.

페더스톤, 마이크, 김성호 역, 「소비문화 속의 육체」, 『문화과학』 4호,

1993.

페레스-고메즈, 알베르토, 이용재 편역, 『건축과 근대과학의 위기』, 집문사, 1989.

푸코, 미셸, 오생근 역, 『감시와 처벌』, 나남출판, 1994.

푸코, 미셸, 이규현 역, 『性의 歷史』 1권, 나남출판, 1990.

푸코, 미셸, 홍성민 역, 『임상의학의 탄생』, 인간사랑, 1993.

하비, 데이비드, 구동회·박영민 역, 『포스트모더니티의 조건』, 한울, 1994.

하우저, 아놀드, 김진욱 역, 『예술과 소외』, 종로서적, 1975.

하이데거, 마르틴, 전양범 역, 『존재와 시간』, 시간과공간사, 1992.

해프너, G, 김의수 역, 『철학적 인간학』, 서광사, 1996.

헨리, 낸시 M, 김쾌상 역, 『육체의 언어학』, 일월서각, 1990.

히라노키 이치로 외, 최광렬 역, 『소외론』, 한마당, 1985.

사진으로 보는 자료

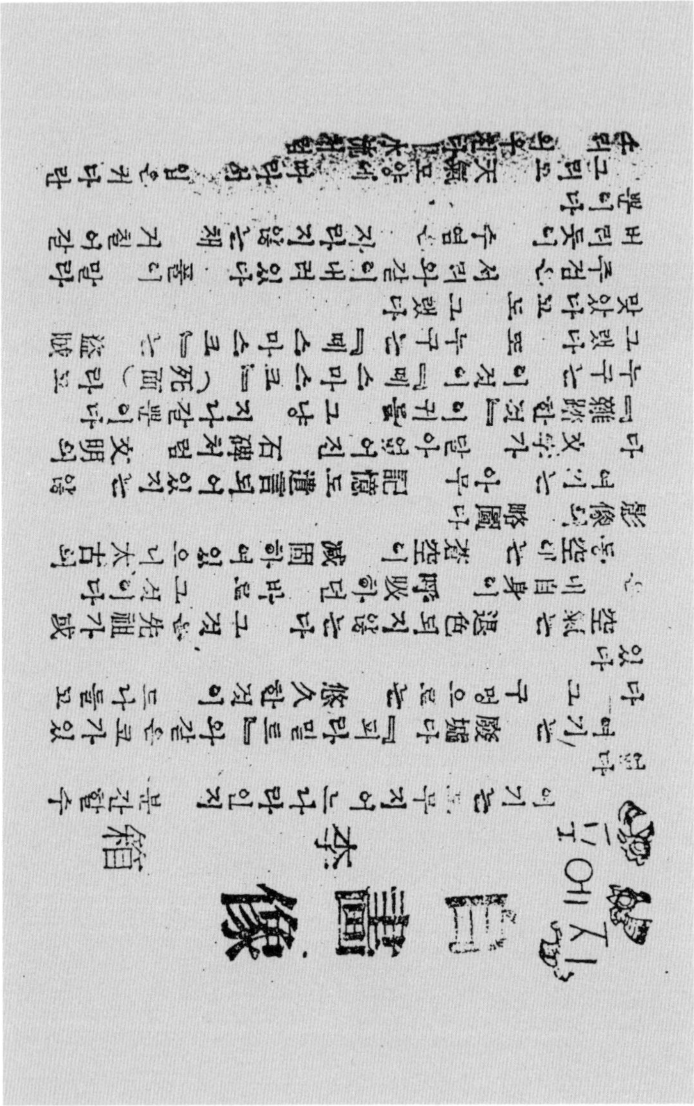

▲ 『평화신문』, 1956.3.20.

自畫像 (習作)

여기는 도모지 어느나라인지 分間을 할수없다. 거기는 太古와 傳承하는 版圖가 있을뿐이다. 여기는 廢墟다. 「피라미드」와같은 코가있다. 그구녕으로는 「悠久한것」이 드나물고있다. 瞳孔에는 芥子가 凝固하야 있으니 太古의 影像의 蒼圖다. 여기는 아모 記憶도 遺沓되여 있지는않다. 文字가 달아 없어진 石碑처럼 文明의 「雜踏한것」이 귀둘그냥지나갈뿐이다. 누구는 이것의 「떼드마스크」(死面)라고 그랬다. 또누구는 「떼드마스크」는 盜賊맞었다고도 그랬다.

죽엄은 서리와같이 나려있다. 풀이 말너버리듯이 수염은 자라지않는채 거츠러갈뿐이다. 그리고 天氣모양에 따라서 입은 커다란소리로 외우친다——水流처럼.

▲ 『朝光』, 1939.2.

無 題 (其二)

故 李 箱

先行하는奔忙을실고　電車의앞窓은
내透思를막는데
奔忙한안해의　歸家를알니는　「레리오드」의　大團圓이었다。
너는엇지하여　네素行을　地圖에없는　地理에두고
花辨떨어진　줄거리　모양으로香料와　暗號만을　携帶하고돌아왔음이냐。
時計를보면　아모리하여도　一致하는　時日을　誘引할수없고
내것 않인指紋이　그득한네肉體가　무슨　條文을　내게求刑하겠느냐
그러나　이곧에出口와　入口가늘開放된　네私私로운　休憩室이있으니　내가奔
忙中에라도　네그즛말을　적은片紙를　『데스크』우에놓아라。

昭和八年十一月三日

▲『貘』4호, 1938.12.

市廳은法典을감추고 散亂한 處分을拒絕하엿다

「콩크리ー토」田園에는 草根木皮도없다 物體의陰影에 生理가없다

— 孤獨한奇術師「카인」은都市關門에서人力車를나리고 항용 이거리를緩步하리라

나는 홀로 閨房에 病身을가 루다　病身은각금窒息하고　血循이여기저기서막힐거린다

7

단초를잠근다　남보는데서「싸인」을하지말고……　어디　어디　暗殺이　무형이처

럼 드새는지　──누구든지모른다

8

……步道「마이크로폰」은　마즈막　發電을　마쳤다.

死體는　일어버린體溫보나훨신차다　灰燼우에　시러가나멋것만……

夜陰을發堀하는月光──

별안간　波狀鐵板이넌머졌다　頑固한音響에는餘韻도없다

그밑에서 늙은　議員과　늙은　敎授가　번차례로講演한다

「무엇이　무엇과　와야만되느냐」

이들의상관은　個個　이들의先發상판을달멋다

烏有된骸構內에 貨物車가　웃둑하다　向하고있다

9

喪章은무친暗號인가　電流우에슬나앉어서　死滅의「가나인」을　指示한다

都市의崩落은　아─風說보다파르다

猴은 드디어 깊은睡眠에 빠젓다 空氣는乳白으로化粧되고

나는?

사람의屍體를밟고집으로도라오는길에 皮膚面에털이소삿다 멀리 내뒤에서 내讚美하는소리가들려

왔다

4

이 首都의廢墟에 왜遞信이있나

응? 조용합시다 할머니의下門입니다)

쉬! 트우에 내稀薄한輪廓이적혓다 이런頭蓋骨에는解剖圖가參加하지않는다

내 正面은가을이다. 丹楓근방에洶明한洪水가沈澱한다

睡眠뒤에는손까닥끝이濃黃의小便으로 차갑드니 기어 방울이저서떨어젓다

6

건너다보히는二層에서大陸저집들창을닫어버린다 닫기前에 춤을배았었다

마치 내게射擊하듯이...... 나는嫉妬한다 上氣한四肢를壁에기대어 그 춤을 디려다보면 淫亂한

室內에展開될생각하고

外國語가히고많은細

菌처럼 꿈틀거린다

破帖

故 李 箱

ㅣ

優雅한女賊이 내 뒤를 밟는다고 想像하라

내門 빗장을 내가질으는소리는내心頭의凍結하는錄音이거나 그「겁」이거나……

—— 無情하구나 ——

燈불이 침침하니까 女賊 乳白의裸體가 참 魅力있는汚穢ㅣ가안이면乾淨이다

2

市街戰이끝난都市 步道에「麻」가어즈럽다 黨道의命을받들고月光이 이「麻」ㅣ

즐거운우에 먹을 즐느리라

(色이여 保護色이거라) 나는 이런일을흉내내여 껄껄 웃는다

人民이 퍽죽은모양인데거의亡骸를남기지안았다 悽慘한砲火가 은근히 溫氣를

붐은다 그런다음에는世上젓이發芽치안는다 그러고夜陰이夜陰에 繼續된다

▲『子午線』, 1937.11.

I WED A TOY BRIDE

李　　　　箱

—1—
밤

작난감新婦살결에서 어떤때 牛乳내음새가 나기도한다. 머(ㄹ)지아니하야 아기를낳으려나보다. 燭불을끄고 나는 작난감新婦귀에다이

고 구즈람처럼 속삭여본다.

그대는 꼭 갖난아기와같다」고………

작난감新婦는 어둔데도 성을내이고대답한다.

牧場까지 散步갔다왔답니다.

작난감新婦는 낮에 (으)(으)더風景을暗誦해갖이고온것인지도모른다. 내手帖처럼 내가슴안에서 따끈따끈하다. 이렇게 營養分내를 코로맡기

만하니까 나는 작구 瘦瘠해간다.

2
밤

작난감新婦에게 내가 바늘을주면 작난감新婦는 아모것이나 막 찔른다. 口脣. 詩集. 時計. 또 내몸 내 經驗이들어앉어있음즉한곳.

이것은 작난감新婦마음속에 가시가 돋아있는證據다. 즉 薔薇꽃처럼………

내 거벼운武裝에서 피가좀난다. 나는 이 傷차기를곱곱이 날만어두면 어둔속에서 싱싱한蜜柑을먹는다. 몸에 반지밖에갖이지않

은 작난감新婦는 어둠을 커-틴열듯하면서 나를찾는다. 얼는 나는 들킨다. 반지가살에닿는것을 나는. 바늘로잘못알고 아파한다.

燭불을켜고 작난감新婦가 蜜柑을찾는다.

나는 아파하지않고 모른체한다.

▲『三四文學』, 1936.10.

○位置

重要한位置에서한性格의심술이悲劇을循環하고잇슬즘을알圈에는他人이업섯든가—하株一盞에섬은外國語의瀑木이막을아서서내가버리라는勤機오貨物의方法이와오는荀子의瀑木이아저서귀먹은체할데마즘내가句讀처럼고사이에가기가들어섯스니나는내買任의맵시를어떠케해야하나.—哀話가晩際되여우다라나는늘피함漂濁에너도한노라면나는보았건데帽子를쓰고박갓으로나가버렷는데외人사람하나가여기남아내分身提出할것을이저버리고잇다.

○買春

記憶을마타보는畧圖이炎天아래생선처럼傷해들어가기始作이다. 畧三畧四의쌈이몬作用. 驚情의忙殺.

나룰너머듸를被勞는오는죽죽避해야겟지만이런때는大觀하게脫身. 신발융벗어버릴밤이虛天에서失足한다.

○生涯

내顧痛우에新婦의자리이定確되면서나려안는다. 써늘한무게때문에내顧痛이비겨올틈조끔도업다. 나는견디면서女王蜂처럼受動的인맵시를흘며보인다. 나는늘仙任의주추돌미테서卒生아怨損이거니와新婦의生涯를戀愛하는내陰森한손찌거미를어떤아미와함께저버리지는안는다. 그래서新婦는그날그날까지라치거나雄辯처럼고죽고한다. 顧痛은永遠히비켜스는수가업다.

○內部

입안에짠맛이돈다. 血管으로淋漓한墨痕이몰려들어와나보다. 懺悔로묽어노은내구긴皮膚는白紙로도로오고붓지나간자리에피가롱겨매첫다. 尨大한墨痕의奔流는온갓合音이리니分揀할길이업고대다못몸의그득찬膿瘡의季例바드려야陳屍하을길이업고瘡愛에잠긴막금이면는언저滅形하야버린瓶故만이罪業되여이生理속에永遠히氣絶하려나보다.

○肉親

크리스트에酷似한襤褸한사나이가잇스니이는그의終生과殞命까지도내게떠맛기라는사나음이웃스다. 내時時刻刻에피끗돌아온時代가되여서한時代에늘어서서한時代나를威脅한다. 恩愛—나의膏實한經營이늘새파라케질린다. 나는이稟稟한크리스트의別身을暗殺하지안코는내門閥과내陰森을掩擁못박치당할까참작정이다. 그러나나新鮮한逃亡이. 그끗저끗마점한罪躍을벗어버릴수가업다.

○自像

여기는어느나라의데드마스크다. 데드마스크는盜賊마젓다는소문도잇다. 풀이極北에서破珊하지안는다. 千古로蒼天이허박배저잇는陷阱에날개업시올으고말아. 千古로蒼天이험배저잇는陷阱에골목이하나잇다. 그러면먼이거름을生疎한소짓의차리고고生殖하지안는다. 千古로蒼天이험배저잇는陷阱에頭髮을드리워沈潛된다. 그러면먼이거름을生疎한소짓의발짓의信號만가지나가면서無事히스스로워한다. 점잔튼內容이이랫저랫구기기시작이다.

○ 禁制

내가치는개(狗)는튼튼하대서모조리實驗動物로供養되고그中에서비타민E를지닌개(狗)는마究의未及과生物의運搬死로해서空閑士에게흩어진이뼈처럼힘아픈개의骨……을으흠았다。歐弊大學에전하ㅡ다々우博士는나는必衆로禁慾틀이는患다。論文에써語한一語……에는千古에氏소이……는法이다。

○ 追求

안해를즐겁게할條件들이闖入하지못하도록……한다바밤은……낮으로분자리가사……나……워서나는는……煩悶……다어둠속에서무슨내……응이의꼬리를追捕하야……내집내……末路의頹踪을追求한다……안해는外出에서도라오면……房내가지천에……꼭書를한다。……온……러別別……情을뜻어버리는憤行이다。나는드되어한조각……쫓한비틀을……殺見하고그것을내虛僞뒤에다살작감춰버렸다。그런이……번꿈자리틀……했한다。

○ 沈歿

죽고실흔마음이칼을찾는다。칼은날이……정혀서나지안이하니날……을은들하는無爲가忽……에끈치려든다。억찌로의것을……하ㅡ ……어……노끈또똑같이함으로어느날에는우두건드……진다。나보다도어머내出血이뺑뺑해온다。그러나……皮潤에션차기를……들길이업스니……裂나갈때이업다。가친自殿로하야……血事……은점점……갑다。

○ 絕壁

꽃이보이지안는다。꽃이香기롭다。香氣가滿開한다。나는거기墓穴을판다。墓穴도보이지않는다。보이지안는墓穴속에나는들어안는다。나는눕는다。또꽃이香기롭다。꽃은보이지안는다。香氣가滿開한다。나는이저버리고재처거기墓穴을판다。墓穴은보이지안는다。보이지안는墓穴로나는꽃을깜빡이저버리고들어간다。나는정말눕는다。아아。꽃이또香기롭다。보이지도안는꽃이――보이지도안는꽃이。

○ 白畵

내두루매기깃에달린定價表찰……지를내어 보였드니들어가도조타고그린다。들어가보니女人이벗어……노코서잇다마치바로제게꼭좋絕明한貞操가잇서니나잇느냐。나겁떠린한……인지 女子의마짜리貨幣노웃음이……는섯음이니여긔있는것은全體를……었드니……삤삤한……다도……봔다즉성읍나다。그리고는七面……처럼……립한다。

○ 門閥

墳……에게신세를지ㅡ꾸지ㅡ대 天候의刻飾……는지를꼭누……어……하고있다。……꾸……ㅇ밀으以……는오늘날에도……서屍……에설느니다。……當신의……날足조다든女人上에서울마……바려……한다고도……하ㅡ나는이제무엇이냐고……나의뼈는드디어……너의……性을……지안느냐……그런고……도七面……처럼……립한다。

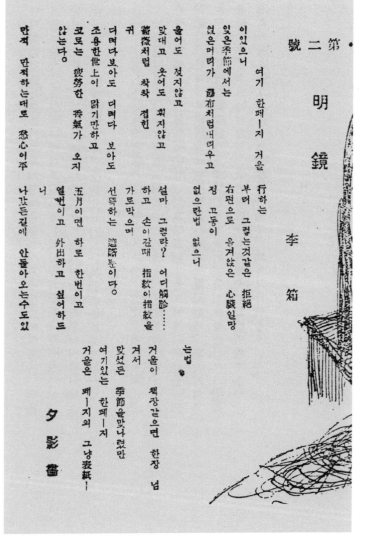

第二號

明鏡

李箱

여기 한페ー지 거울 行하는
부러 그렇는것같은 拒絶
右편으로 옮겨앉은 心臟일망

이인으니
정 고동이
없으란법 없으니
는법 。

잊은奏節에서는
엎은머리가 瀑布처럼내리우고

울어도 젖지않고
맞대고 웃어도 휘지않고
薔薇처럼 착착 접힌
귀
디려다보아도 더려다 보아도
조용한世上이 맑기만하고
코로는 疲勞한 香氣가 오지
니

설마 그럴랴? 어디觸診……
하고 손이 간때 指紋이指紋을
겨서
가로막으며
선뜩하는 鋪道뿐이다.

거울이 책장같으면 한장 넘
맞섰든 季節을맞나렀만
여기있는 한페ー지
거울은 페ー지의 그냥表紙ー

五月이면 하로 한번이고
外眦하고 싶어하드

만적 만적하는대로 恣心어쭈 나갓든길에 안돌아오는수도있
않는다。

夕影 畵

여기있는것들은모도가그厖大한房을쓸어생긴답답한쓰레기다。落雷
심한그厖大한房안에누어더로선가窒息한비둘기만한까마귀한마리가
•날어돌어왔다。그렇니까閘하든것들이疫馬잡듯픽픽씰어지면서房은
금시爆發할만큼精潔하다。反對로여기있는것들은룡요사이의쓰레기
다。

간다。「孫子」도搭載한客車가房을避하나보다。遠記틀떠놓은床几을
에알몰한접시가있고접시우에삶은鷄卵한개—또—크로떠뜨면노란자
위겨드랑에서난대없이孵化하는動章型鳥類—푸드덕거리는바람에方
眼紙가가꺼저지고氷原우에座標잃은符隊떼가亂舞한다。卷煙에피가
묻고、난밤에游戱도한다。繁殖한고거즛天使들이하눌을가리고溫帶
로건는다。그렇나여기있는것들은뜨끗해지면서한결번에들며든다。
厖大한房은속으로골마서壁紙가깪다。쓰레기가막붙人는다。

層段을 몇벌이고 아래도 나려가면 갈사록 우물이 드물다. 좀 遇刻해서는 뭥뭥한 바람이 불고ー하면 學生들의 地圖가 曜日마다 彩色을 못잊다. 客地에서 道理없어다 구굿하든 집웅들이 어물어물한다. 即이 聚落은 바로 여드름돋는 季節이래서 으쓱거리다 잠꼬대우에 더운물을 붓기도 한다. 渴ー이 渴때문에 견듸지 못하겠다.

太古의 湖水 바람이 든 地積이 짜다. 짐을버린 기둥이 過해들어온다. 구름이 近境에 오지않고 娛藥없는 空氣속에서 가끔 扁桃腺들을 앓는다. 貨幣의 스캔달ー발처럼 생긴 숨어떨치없이 老婆의 痛苦하는 손을잡는다.

눈에띄우지안는 扈君어 潛氏하얐다는 所聞이있다. 아기들이 번번이에 흘아되고 고한다. 어듸로 避해야저어든구두와어른구두가맛부딋는 팔을안볼수있스랴. 한창急한 時刻이면 家家戶戶들이 한데어우러저서 언니 砲擊과 屍斑이 제법은은하다.

석으면서가르치는指向으로奇蹟히골목이뚫렸다。썩는것들이落盞나
머골목으로몰린다。골목안에는佻奢스러워보이는門이있다。門안에
는숲나가있다。숲나안에는수잡한혀가달린肺患이있다。오ー오ー。
들어가면나오지못하는타잎기피가臟腑를닮는다。그우로짝바뀐구두
가비철거린다。어느菌이어느아땟배를앓게하는것이다。질다。

反努한다。老婆니까。마즌편平滑한유리우에解消된政體를塗布한조
름오는惠澤이뜬다。꿈ー꿈ー꿈을짓밟는虛妄한勞役ー이世紀의困憊
와殺氣가바둑판처럼넘니깔렸다。먹어야사는입술이惡意로구긴진창
우에서숫멋이食事흉내를낸다。아들ー여러아들ー老婆의結婚을거더
차는여러아들들의육중한구두ー구두바닥의징이다。

街外街傳

李箱

喧噪때문에磨滅되는몸이다。 모도少年이라고들그리는데老爺인氣色이많다。 酷刑에씻기의서算盤알처럼資格넘어로뛰어올으기쉽다。 그렇나아니다。 陸橋우에서또한나의편안한大陸을나려다보고僅僅이삳다。 동갑네가시시거리며때를지어踏橋한다。 그렇지안아도陸橋는또月光으로充分히天秤처럼제무게에꺽구러진다。 他人의그림자는위선넓다。 微微한그림자들이얼떨김에모조리앉어버린다。 櫻桃가진다。 種子도煙滅한다。 偵探도흐지부지ㅡ있어야웇옴을拍手가어쨈서없느냐。 아마아버지를反逆한가싶다。 默默히ㅡ企圖를封鎖한채하고말을한면사루리라。 아니ㅡ이無言이喧噪의사루리라、 쓰으려는노릇ㅡ날카로운身勢이싱싱한陸橋그중甚한주석을診斷한듯어루맞이기만한다。 나날이

▲『詩와 小說』, 1936.3.

아 츰

깜깜한空氣를마시면肺에害롭다。肺壁에끄름이앉는다。밤새도록나는옴살을알른다。밤은참많기도하드

라。싫어내가기도하고싫어내들여오기도하고하다가이커버리고새벽이된다。肺에도아츰이켜진다。밤사이

에무엇이없어졌나살펴본다。習慣이도로와있다。다만내修奢한책이여러장찢겼다。惟悴한結論우에아츰

햇살이仔細히쬐힌다。永遠이그코없는밤은오지않을듯이。

家 庭

門을암만잡아단여도않열리는것은안에生活이모자라는까닭이다。밤이사나운구즈람으로나를울른다。나

는우리집내門牌앞에서여간성가신게아니다。나는밤속에들어서서제웅처럼작구滅해간다。食口야封한

窓戶어데라도한구석터노아다고내가收入되여들어가야하지않나。집웅에서리가나리고뾰족한데는鐵처럼

月光이무덨다。우리집이알나보다그러고누가힘에겨운도장을찍나보다。壽命을헐어서典當잡히나보다。

나는그냥門고리에쇠사슬늘어지듯매여달렷다。門을열려고않열리는門을열려고。

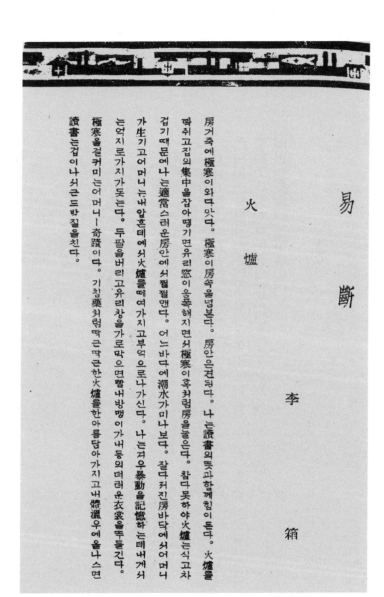

易 斷

火 爐

李 箱

房거죽에極寒이와다앗다。極寒이房속을넘본다。房안은견딘다。나는讀書의뜻과함께힘이든다。火爐를

꽉쥐고집의集中을잡아댕기면유리窓이응록해지면서極寒이혹처럼房을놀은다。참다못하야火爐는식고차

겁기때문에나는適當스러운房안에서쩔쩔맨다。어느바다에潮水가미나보다。잘다켜진房바닥에서어머

가生기고어머니는내압흔데에서火爐를떼여가지고부엌으로나가신다。나는거우暴動을記憶하는데내게서

는억지로가지가돗는다。두팔을버리고유리창을가로막으면빨내방맹이가버둥의더러운衣裳을뚜들긴다。

極寒을걸커미는어머니ㅡ奇蹟이다。기침藥처럼닥근한火爐를한아름담아가지고버體溫우에올나스면

讀書는겁이나쉬근다반질을친다。

▲『카톨릭청년』, 1936.2.

紙碑

李箱

내키는커서다리는길고왼다리압흐고안해키는적어서다리는짤고바른다리가압흐니내바른다리와안해왼다리와성한다리끼리한사람처럼걸어가면아이夫婦는부축할수업는절름바리가되여버린다無事한世上이病院이고꼭治療를기다리는無病이곳곳대잇다

▲ 『조선중앙일보』, 1935.9.15.

正式

Ⅲ

너는누구냐그러나門밖에와서門을두다리며門을열나고외치니나를찾는一心이아니고또내가더를도모지모
르다고한들나는참아그대로내여버려둘수는없어門을열어주려하나門은안으로만고리가걸넛것이아니라밖
으로도너는모르게잠겨잇으니쇠만녀어주면무엇을하느냐너는누구기에구타여다친門앞에誕生하엿느
냐

Ⅴ

키가크고愉快한樹木이키썩은子息을나앗다軌條가平偏한곳에風媒植物의種子가떨어지지만冷膽한排斥이
한끌갈아灌木은草葉으로衰弱하고草葉은下向하고그밑에서靑蛇는漸々瘦瘠하야가고땀이흘으고머지않은곳
에서水銀이흘늘니고숨어흘으는水脈에말둑박는소리가들녓다

Ⅵ

時計가뻑꾹이처럼뻑꾹그리길네처다보니木造뻑꾹이하나가와서모으로앉는다그럼키게울넛을理도없고게
범을가싶지도못하고그럼안가운뻑꾹이는날아갓나

正式

李箱

I

海底에가라앉는한개닷처럼小刀가그軀幹속에滅形하야버리드라完全히달아없어졌을때完全히死亡한한개

小刀가位置에遺棄되여있드라

II

나와그아지못할險상구즌사람과나란이앉어뒤를보고있으면氣象은다沒收되여없고先祖가낫기돈時事의證

據가最後의鐵의性質로두사람의交際를禁하고있고가젔든弄談의마즈막順序를버여버리는이停頓한暗黑가운

데의弗燭은참秘密이다그러나오즉그아지못할險상구즌사람은나의이런努力의氣色을어떠케살펴알았는지그

때문에그사람이아모것도모른다하야도나는또그따문에억쩌로근심하여야하고地上맨끝整理인데도깨끗이마

음놓기참어렵다

III

웃을수있는時間을가진標本頭蓋骨에筋肉이없다

▲『카톨릭청년』, 1935.4.

·素·榮·爲·題·

李

箱

1

달빛속에잇는네얼골앞에서내얼골은한장얇은접시가되여

네얼골은호간하는내내말슴이發達하지아니하고미다지를간

흐르는한숨처럼窓戶ㅅ맛내윤새긴이고인느내머리곁속

으로기여들면서모심듯키내걸음을옴기나하나싶어가거나

2

진흙밭헤데머인척에네구두뒤축이놀면矢는자욱에비나려

가득고엿스니이밤온갓니거짓말덴誇談에한겁이고단한

이설음을째밧'으로울기린데마다노아하폐어부어못못나니억

올창(솔)진'발자욱이真伸方身꽃이어퍼헛트리느슴느냐

3

달빛이내등에무든거쳐자욱어앉으면네그림자느낡엇고

초강은피가아몸거리고고신道德에눈달빛에뽑애인審水

가쁜호랑놀랏기로니너내참을배집어삼킨의蒭하지배

픕하어즈러진慈心판로氷심딸리다보면不꾸힝이라하느냐

▲『중앙』, 1934.9.

烏瞰圖 李 箱 8

詩第十一號

그사기컵은내骸骨과흡사하다。내가그컵을손으로꼭쥐
엿슬때내팔에서는난데업는팔하나가接木처럼돗처나
그팔에달린손은그사기컵을번적들어마루바닥에메여부
딋는다。내팔은그사기컵을死守하고잇스나散散히깨어
진것은그럼그사기컵과흡사한내骸骨이다。가지낫든팔
은배암과갓치내팔로긔어들기前에내팔이或움즉엿든들
洪水를막은白紙는찌저젓으리라。그러나내팔은如前히
그사기컵을死守한다。

詩第十二號

때무든빨내조각이한뭉텅이空中으로날너떠러진다。그
것은흰비닭이의떼다。이손바닥만한한조각하늘저편에
戰爭이끗나고平和가왓다는宣傳이다。한무덕이비닭이
의떼가깃에무든때를씻는다。이손바닥만한하늘이편에
방맹이로흰비닭이의떼를따려죽이는不潔한戰爭이始作
된다。空氣에숫검정이가지저분하게무드면흰비닭이의
떼는또한번이손바닥만한하늘저편으로날아간다。

▲ 『조선중앙일보』, 1934.8.4.

烏瞰圖 李箱 6

詩第八號　解剖

第一部試驗
手術臺　　　　　　一
水銀塗沫平面鏡　　一
氣壓　　　　　　　二倍의平均氣壓
溫度　　　　　　　皆無

為先麻醉된正面으로부터立體와立體를위한立體가備
된全部를平面鏡에映像식힘。平面鏡에水銀을現在와反
對側面에塗沫移轉함。(光線侵入防止에注意하야)徐徐
히麻醉를解毒함。一軸鐵筆과一張白紙를支給함。(試驗
擔任人은被試驗人과抱擁함을絶對忌避할것)順次手術室
로부터被試驗人을解放함。翌日。平面鏡의縱軸을通過하
야平面鏡을二片에切斷함。水銀塗沫二回。
ETC 아즉그滿足한結果를收得치못하얏슴。

第二部試驗
直立한平面鏡　一
助手　　　　　數名

野外의眞實을選擇함。爲先麻醉된上肢의尖端을鐵面에
附着식힘。平面鏡의水銀을剝落함。平面鏡을後退식힘。
(이때映像된上肢는반듯이全部이냐)上肢의終端까지。
다음水銀塗沫。(在來面에)이瞬間公轉과自轉으로부터그
진공을降車시킴完全히二個의上肢를接受하기까지。翌日。
硝子를前進식힘。連하야水銀柱를在來面에塗沫食힘(上
肢의處分)(或은滅形)其他。水銀塗沫面의變更과前進後
退의重複等。
ETC 以下未詳

▲『조선중앙일보』, 1934.8.2.

▼『조선중앙일보』, 1934.8.3.

烏瞰圖 李箱 7

詩第九號　銃口

每日가치列風을일으키드니드듸여내허리에큼직한손이와닷
는다。恍惚한指紋골작이로내땀내가슴여드자마자쏘
아라。쏘으리로다。나는내消化器官에묵직한銃身을늣긴
다。내담으름입에맥근근한銃口를늣긴다。그리드니
나는銃쏘으듯키눈을감이며한방銃彈대신에나는참나의
입으로무엇을내여배앗헛드냐。

詩第十號　나비

찌저진壁紙에죽어가는나비를본다。그것은幽界에絡繹
되는秘密한通話口다。어느날거울가운데의鬚髯에죽어
가는나비를본다。날개죽처어진나비는입김에어리는가
난한이슬을먹는다。通話口를손바닥으로꼭막으면서내
가죽으면앗것다이려서듯키나비도날러가리라。이런말
이決코밧그로새여나가지는안케한다。

烏瞰圖 李 箱 5

詩第七號

久遠謫居의地의一枝·一枝에피는顯花·特異한四月의花草·三十輪·三十輪에前後되는兩側의明鏡·萌芽와갓치戲戲하는地平을向하야금시금시落魄하는滿月·滿月이劓刑當하야渾淪하는·謫居의地를貫流하는一封家信·나는僅僅히遮戴하얏드라·濛濛한月芽·靜謐을蓋掩하는大氣圈의遙遠·巨大한困憊가운데의一年四月의空洞·槃散顚倒하는星座와星座의千裂된死胡同을跑逃하는巨大한風雪·降霾·血紅으로染色된岩鹽의粉碎·나의腦를避雷針삼아 沈下搬過되는光彩淋漓한亡骸·나는塔配하는毒蛇와가치 地平에植樹되여다시는起動할수업섯드라·天亮이올때까지

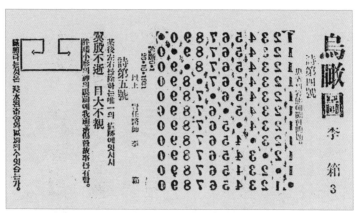

▲ 『조선중앙일보』, 1934.7.28.

▼ 『조선중앙일보』, 1934.7.31.

十三人의兒孩가道路로疾走하오.
(길은막달은골목이適當하오.)

第一의兒孩가무섭다고그리오.
第二의兒孩도무섭다고그리오.
第三의兒孩도무섭다고그리오.
第四의兒孩도무섭다고그리오.
第五의兒孩도무섭다고그리오.
第六의兒孩도무섭다고그리오.
第七의兒孩도무섭다고그리오.
第八의兒孩도무섭다고그리오.
第九의兒孩도무섭다고그리오.
第十의兒孩도무섭다고그리오.

第十一의兒孩가무섭다고그리오.
第十二의兒孩도무섭다고그리오.
第十三의兒孩도무섭다고그리오.
十三人의兒孩는무서운兒孩와무서워하는兒孩와그렇게뿐이모엿소.(다른事情은업는것이차라리나앗소)

그中에一人의兒孩가무서운兒孩라도좃소.
그中에二人의兒孩가무서운兒孩라도좃소.
그中에二人의兒孩가무서워하는兒孩라도좃소.
그中에一人의兒孩가무서워하는兒孩라도좃소.

(길은뚫닌골목이라도適當하오.)
十三人의兒孩가道路로疾走하지아니하야도좃소.

▲『조선중앙일보』, 1934.7.24.

▼『조선중앙일보』, 1934.7.25.

詩第二號

나의아버지가나의곁에서조을적에나는나의아버지가되고또나는나의아버지의아버지가되고그런데도나의아버지는나의아버지대로나의아버지인데어쩌자고나는작고나의아버지의아버지의아버지의……아버지가되느냐나는웨나의아버지를껑충뛰어넘어야하는지나는웨드디어나와나의아버지와나의아버지의아버지와나의아버지의아버지의아버지노릇을한꺼번에하면서살아야하는것이냐

詩第三號

싸홈하는사람은즉싸홈하지아니하든사람이고또싸홈하는사람은싸홈하지아니하는사람이엇기도하니까싸홈하는사람이싸홈하는구경을하고십거든싸홈하지아니하든사람이싸홈하는것을구경하든지싸홈하지아니하는사람이싸홈하는구경을하든지싸홈하지아니하든사람이나싸홈하지아니하는사람이싸홈하지아니하는것을구경하든지하얏으면그만이다

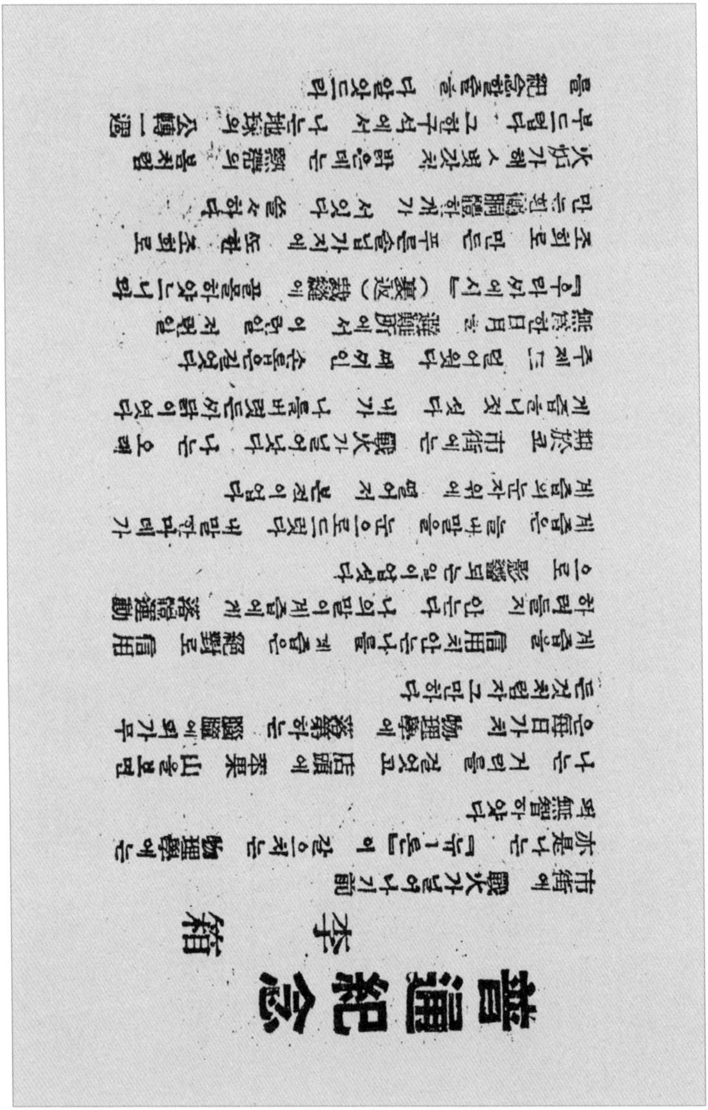

▲『月刊每新』, 1934.6.

普通紀念

李箱

市街에 戰火가닐어나기前
亦是나는 「뉴-톤」이 갈으치는 物理學에는
뎍無智하얏다

나는 거리를 걸엇고 店頭에 苹果 山을보면
은每日가치 物理學에 落第하는 腦髓에피가무
든것처럼자그만하다

계집을 信用치안는나를 계집은 絶對로 信用
하려들지 안는다 나의말이계집에게 落體運動
으로 影響되는일이업섯다

계집은 늘내말을 눈으로드릿다 내말한마데가
계집의눈자위에 떨어저 본적이업다

期於코 市街에는 戰火가닐어낫다 나는 오래
계집을니젓 섯다 내가 나를버렷든싸닭이엿다

주제도 덜어웟다 쌔씨인 손톱은길엇다
無窮한日月을 避難所에서 이런일 저런일
「우라까에시」(裏返) 裁縫에 골몰하얏느니라

조희로 만든 푸른솔닙가지에 또한 조희로
만든흰鶴胴體한개가 서잇다 쓸쓸하다

火爐가해ㅅ볏갓치 밝은데는 熱帶의 봄처럼
부드럽다 그한구석에서 나는地球의 公轉一週
를 紀念할줄을 다알앗드라

▲『月刊每新』, 1934.6.

거울

李 箱

거울속에는소리가업소
저럿케까지조용한세상은참업슬것이오

◇

거울속에도 내게 귀가잇소
내말을못아라듯는닥한귀가두개나잇소

◇

거울속의나는왼손잡이오
내握手를바들줄몰으는——握手를몰으는왼손잡이오

◇

거울째문에나는거울속의나를만저보지를못하는구료만은
거울아니엿든들내가엇지거울속의나를맛나보기만이라도햇겟소

◇

나는至今거울을안가젓소만은거울속에는늘거울속의내가잇소
잘은모르지만외로된事業에골몰할게요

◇

거울속의나는참나와는反對요만은
또쩨닮앗소
나는거울속의나를근심하고診察할수업스니퍽섭々하오

▲『카톨릭청년』, 1933.10.

▲ 『카톨릭청년』, 1933.7.

生理作用の齎らす常識を抛棄せよ。

一散に走り 又 一散に走り 又 一散に走り 又 一散に走る ヒト は 一散に走る こと らを停止する。

沙漠よりも静謐である絶望はヒトを呼び止める 無表情である表情の無智である一本の珊瑚の木 のヒトの静頭の背方である前方に相對する自發 的の恐懼からであるがヒトの絶望は静謐である ことを保つ性格である。

地球を掘鑿せよ。

同時に

ヒトの宿命的發狂は提棒を推す こ と で あれ。

*事實且8氏は自發的に發狂した。そしてい つの間にか且8氏の溫室には醫花植物が花 を咲かしていた。涙に濡れた感光紙が太陽 に出會つては白々と光つた。

◇眞晝 ──或るESQUISSE──

○

ELEVATER FOR AMERICA.

○

三羽の鶏は蛇紋石の階段である。ルンペンと毛 布。

○

ビルデイングの吐き出す新聞配達夫の群。都市 計畫の暗示。

○

二度目の正午サイレン。

○

シヤボンの泡沫に洗はれてゐる鶏。蟻の巣に集 つてコンクリヒトを食べてゐる。

○

男を嘲揶ぶ石頭。

男は石頭を屠獸人を嫌ふ様に嫌ふ。

○

三毛猫の様な格好で太陽群の隙間を歩く詩人。 コケコツコホ。

途端 磁器の様な太陽が更一つ昇つた。

○

◇二十二年

前後左右を除く唯一の痕跡に於ける

翼段不逝 目大不覩

胖矮小形の神の眼前に我は落傷した 故事を有
つ。

（臓腑 其者は浸水された畜舍とは異るもので
あらうか）

◇出版法

I

虚偽告發と云ふ罪目が僕に死刑を言渡した。樣
姿を隱匿した蒸氣の中に身を横へて僕はアスフ
ァルト釜を睥睨した。

一直に關する典古一則一

其父攘羊 其子直之

僕は知ることを知りつつあつた故に知り得なか
つた僕への執行の最中に僕は更に新いものを知
らなければならなかつた。

僕は雪白に曝露された骨片を掻き拾ひ始めた。

「肌肉は以後からでも着くことであらう」

剝落された莽白に對して僕は斷念しなければな
らなかつた。

II 或る警察探偵の秘密訊問室に於ける

嫌疑者として擧げられた男子は地圖の印刷され
た糞尿を排泄して更にそれを嚥下したことに就
いて警察探偵は知る所の一つを有たない。發覺
されることはない級數性消化作用 人々はこれ
をこそ正に妖術と呼ぶであらう。

「お前は誰大に違ひない」

因に男子の筋肉の斷面は黑曜石の樣に光つてゐ
たと云ふ。

III 顯外

磁石收縮し始む

原因頗る不明なれども對内經濟破綻に依る脫獄
事件に關聯する所多々有りと見ゆ。斯道の要人
鳩首秘かに研究調査中なり。

開放された試驗管の鍵は僕の掌皮に全等形の運
河を掘鑿してゐる。軈て濾過された奔血の樣な
河水が汪洋として流れ込んで來た。

IV

落葉が窓戸を滲透して僕の正裝の貝釦を掩護す
る。

暗殺

地形明細作業の未だに完了していないこの窮僻
の地に不可思議な郵遞交通が既に施行されてゐ
る。僕は不安を絶望した。

日暦の反逆的に僕は方向を失つた。僕の眼睛は
冷却された液體を幾切にも斷ち剝つて落葉の奔
忙を懸命に幇助していなければならなかつた。

（僕の猿猴類への進化）

◇且8氏の出發

龜裂の入つた莊稼泥地に一本の棍棒を挿す。

一本のまま大きくなる。

樹木が生える。

　以上 挿すことと生えることとの圓滿な融合を
　示す。

沙漠に生えた一本の珊瑚の木の傍で家の樣なヒ
トが生埋されることをされることはなく 淋し
く生埋することに依つて自殺する。

滿月は飛行機より新鮮に空氣を推進することの
新鮮さは珊瑚の木の陰欝さをより以上に増すこ
との前のことである。

輪不輾地 展開された地球儀を前にしての設問
一題。

棍棒はヒトに地を離れるアクロバテイを敎へる
がヒトは了解することは不可能であるか。

地球を掘鑿せよ。

同時に

建築無限六面角體

李　　　箱

◇AU MAGASIN DE
　　　NOUVEAUTES

四角の中の四角の中の四角の中の四角　の中の
四角。

四角な圓運動の四角な圓運動　の　四角　な
圓。

石鹸の通過する血管の石鹸の匂を透視する人。

地球に倣つて作られた地球儀に倣つて作られた
地球。

去勢された襪子。（彼女のナマへはワアズであ
つた）

貧血緬絶、アナタノカホイロモスヅメノアシノ
ヨホデス。

平行四邊形對角線方向を推進する莫大な重量。

マルセイユの春を解纜したコテイの香水の迎へ
た東洋の秋。

快晴の空に鵬遊するＺ伯號。蛔蟲良藥と書いて
ある。

屋上庭園。猿猴を眞似てるマドモアゼル。

彎曲された直線を直線に走る落體公式。

文字盤にXIIに下された二個の濡れた黄昏。

ドアの中のドアの中の鳥籠の中のカナリヤ
の中の嵌殺戸扉の中のアイサツ。

食堂の入口迄來た雌雄の樣な朋友が分れる。

黑インクの溢れた角砂糖が三輪車に積荷れる。

名刺を踏む軍用長靴。街衢を疾驅する造花金
蓮。

上から降りて下から昇つて上から降りて下から
昇つた人は下から昇らなかつた上から降りなか
つた下から昇らなかつた上から降りなかつた
人。

あのオンナの下半はあのオトコの上半に似てる
る。（僕は哀しき邂逅に哀しむ僕）

四角な箱櫃が歩き出す。（ムキミナコトダ）

ラヂエエタアの近くで昇天するサヨホナラ。

外は雨。發光魚類の群集移動。

◇熱河略圖 No. 2 (未定稿)

1931年の風雲を寂しく語つてるタンクが早晨
の大霧に赤く錆びついてるる。

客棧の炕の中。（實驗用アルコホルランプが灯
の代りをしてるる）

ベルが鳴る。

小孩が二十年前に死んだ溫泉の再噴出を知らせ
る。

◇診　斷　0:1

或る患者の容態に關する問題。

```
1 2 3 4 5 6 7 8 9 0 ·
1 2 3 4 5 6 7 8 9 · 0
1 2 3 4 5 6 7 8 · 9 0
1 2 3 4 5 6 7 · 8 9 0
1 2 3 4 5 6 · 7 8 9 0
1 2 3 4 5 · 6 7 8 9 0
1 2 3 4 · 5 6 7 8 9 0
1 2 3 · 4 5 6 7 8 9 0
1 2 · 3 4 5 6 7 8 9 0
1 · 2 3 4 5 6 7 8 9 0
· 1 2 3 4 5 6 7 8 9 0
```

診斷 0:1

26 · 10 · 1931

以上 責任醫師 李箱

▲『朝鮮と建築』, 1932.7.

◇線に關する覺書 7

原子構造としてのあらゆる運算の研究。

方位と構造式と質量としての數字の性狀性質に依る解答と解答の分類。

數字を代數的であることにすることから數字を數字的であることにすることから數字を數字であることにすることから數字を數字であることにすることへ(1234567890の疾患の究明と詩的である情緒の棄却)

數字のあらゆる性狀 數字のあらゆる性質 このことらに依る數字の語尾の 活用に依る數字の消滅)

算式は光と光よりも迅く逃げる人とに依り運算せらること。

人は星—天體—星のために犠牲を悋むことは無意味である、星と星との引力圏と引力圏との相殺に依る加速度函数の變化の調査を先づ作ること。一九三一、九、一二

空氣構造の速度—音波に依る—速度らしく三百三十メートルを模做する(何んと光に比しての甚だしき劣り方だらう)

光を樂めよ、光を悲しめよ、光を笑へよ、光を泣けよ。

光が人であると人は鏡である。

—

光を持てよ。

視覺のナマエを持つことは計畫の嚆矢である。視覺のナマエを發表せよ。

□ オレノナマエ。

△ オレノ妻ノナマエ(既に古い過去においてオレの AMOUREUSEは斯くの如く聰明である)

ソラは視覺のナマエについてのみ存在を明かにする(代表のオレは代表の一例を擧げること)

蒼空、秋天、蒼天、青天、長天一天、蒼穹(非常に窮屈な地方色ではなからうか)ソラは視覺のナマエを發表した。

視覺のナマエは人と共に永遠に生きるべき數字的である或る一點である、視覺のナマエは運動しないで運動のコヌスを持つばかりである。

—

視覺のナマエは光を持つ光たない、人は視覺のナマエのために光よりも迅く逃げる必要はない。

視覺のナマエらを健忘せよ。

視覺のナマエを節約せよ。

人は光よりも迅く逃げる速度を調節し度々過去を未來において淘汰せよ。一九三一、九、一二

よ。そしてそれに最大の速度を與へよ。

人は光よりも迅く逃げる速度を

◇線に關する覺書 4
（未定稿）

彈丸が一圓棒を走つた（彈丸が
一直線に走つたにおける誤謬らの
修正）

正六砂糖（角砂糖のこと）

瀑筒の海綿質填充（瀑布の文學的
解説）一九三一、九、一二

◇線に關する覺書 5

人は光よりも迅く逃げるさ人は
光を見るか、人は光を見る、年齢
の眞空において二度結婚する、三
度結婚するか、人は光よりも迅く
逃げよ。

未來へ逃げて過去を見る、過去
へ逃げて未來を見るか、未來へ逃
げるこさは過去へ逃げるこさ〜同
じこさでもなく過去へ逃げるこさ
が過去へ逃げるこさである。擴大
する宇宙を憂ふるこさよ、過去に生
きよ、光よりも迅く未來へ逃げ
よ、人は再びオレを迎へる、人はよ
り若いオレに少くさも相會す、人

は三度オレを迎へる、人は若いオ
レに少くさも相會す、人は適宜に
待てよ、そしてファウストを樂め
よ、メェフィストはオレにあるの
でもなくオレである。

速度を調節する朝人はオレを集
める、オレらは語らない、過去ら
に傾聽する現在を過去にするこさ
は間もない、繰返される過去、過
去らに傾聽する過去を、現在は過
去をのみ印刷し過去は現在さ一致
するこさはそのこさらの複數の場
合においても同じである。

聯想は處女にせよ、過去を現在
ご知れよ、人は古いものご新しい
ものご知る、健忘よ、永遠の忘却
は忘却を皆救ふ。

未來ゝは故に無意識に人に一
致し未來よりも迅くオレは逃げる
しい未來は新しくあり、人は迅く
逃げる、人は光を通り越して新し
おいて過去を待ち伏す、先づ人は
一つのオレを迎へる、人は全等形
においてオレを殺せ。

人は全等形の體操の技術を習へ

思考の破片を食べよ、さもなけ
れば新しいものは不完全である。

聯想を殺しめよ、一つを知る人は三
つを知るこさを已めよ、一つを知
次にするこさの次は一つのこさを知
るこさなさこさをあらしめよ。

人は一度に一度逃げよ、最大に
逃げよ、人は二度逃げよ、最大に
逃げよ、人は二度分娩される前に
××される前に祖先の祖先の祖先
の星雲の星雲の星雲の太初を未來
において見る恐ろしさに人は迅く
逃げるこさを差控へる、人は逃げ
る、迅く逃げて永遠に生き過去を
愛撫し過去からして再びその過去
に生きる、童心よ、童心よ、充た
されるこさはない永遠の童心よ。

人は靜力學の現象しないこさゝ
同じくあるこさの永遠の假設であ
る、人は人の客觀を捨てよ。

時間性（通俗思考に依る歴史性）

速度さ座標さ速度

$4+4$
$4+4$
$4+4$
$4+4$

etc
チ＋4
$4+$チ

◇線に關する覺書 6
一九三一、九、一二

數字の方位學

4　第四世
4　一千九百三十一年九月十二日
生。
4　陽子核さしての陽子さ陽子さ
の聯想さ選擇。

數字の力學

主觀の體系の收欲さ收欲に依る
凹レンズ。

三次角設計圖

金海卿

◇線に關する覺書 1

```
  0 9 8 7 6 5 4 3 2 1
1 ● ● ● ● ● ● ● ● ● ●
2 ● ● ● ● ● ● ● ● ● ●
3 ● ● ● ● ● ● ● ● ● ●
4 ● ● ● ● ● ● ● ● ● ●
5 ● ● ● ● ● ● ● ● ● ●
6 ● ● ● ● ● ● ● ● ● ●
7 ● ● ● ● ● ● ● ● ● ●
8 ● ● ● ● ● ● ● ● ● ●
9 ● ● ● ● ● ● ● ● ● ●
0 ● ● ● ● ● ● ● ● ● ●
```

（宇宙は冪に依る冪に依る）
（人は數字を捨てよ）
（靜かにオレを電子の陽子にせ
よ）

スペクトル

軸X　軸Y　軸Z

速度etcの統制例へば光は秒毎
三〇〇〇〇キロメートル逃げる
ここが確かなら人の發明は秒毎六
〇〇〇〇キロメートル逃げられ
ないこさはキツトない。それを何

十倍何百倍何千倍何萬倍何億倍何
兆倍すれば人は數十年數百年數千
年數萬年數億年數兆年の太古の事
實が見られるじやないか、それを又
絕えず崩壞するものこするか、原
子は原子であり原子であり原子で
ある、生理作用は變移するもので
ある、か、原子は原子でなく原子で
なく原子でない、放射は崩壞であ
るか、人は永劫である永劫を生き
得ることは生命は生でもなく命で
もなく光であることであるであ
る。

臭覺の味覺こ味覺の臭覺

（立體への絕望に依る誕生）
（運動への絕望に依る誕生）
（地球は空巢である時封建時代は
淚ぐむ程懷かしい）
一九三一、五、三一、九、一一

◇線に關する覺書 2

1+3
3+1

線上の一點	C	B	A
線上の一點	C	B	A
線上の一點	C	B	A

A+B+C=A
A+B+C=B
A+B+C=C

1+3
3+1
3+1　1+3
1+3　3+1
3+1　1+3
1+3　3+1

二線の交點	C	B	A
三線の交點	C	B	A
數線の交點	C	B	A

1+3
3+1
3+1　1+3
1+3　3+1
3+1　1+3
1+3　3+1
3+1
1+3

太陽光線は、凸レンズのために
收歛光線こなり一點において爛々
こ光り爛々こ燃えた、太初の僥倖
は何よりも大氣の屑こ屑このなす
屑をして凸レンズたらしめなかつ
たこさにあるこ思ふこ樂し
い、幾何學は凸レンズの樣な火遊
びではなからうか、ユウクリトは
死んだ今日ユウクリトの焦點は到
る處において人文の腦髓を枯草の
樣に燒却する收歛作用を羅列する
こさに依り最大の收歛作用を促す
危險を促す、人は絕望せよ、人は
誕生せよ、人は絕望せよ、人は絕
望せよ
一九三一、九、一一

◇線に關する覺書 3

	3	2	1
1	●	●	●
2	●	●	●
3	●	●	●

	1	2	3
1	●	●	●
2	●	●	●
3	●	●	●

$$\therefore \ _nP_h=n(n-1)(n-2)\cdots(n-h+1)$$

（腦髓は扇子の樣に圓迴開いた、
そして完全に廻轉した）
一九三一、九、一一

▲『朝鮮と建築』, 1931.10.

中には千裂れ千裂れに砕かれた POUDRE Ｖ
ERTUEUSE が複製されたのミも一緒に一杯
つめてある。死胎もある。チンナは古風な地圖
の上を蚕毛をばら撒きながら蛾に翔ぶ。を。
んなは今は最早五百羅漢の可哀相な男嫁達には
欠くに欠くべからざる一人妻なのである。チン
ナは鼻歌の様な ADIEU を地圖のエレベエショ
ンに告げ NO. I-500 の何れかの寺刹へミ歩み
を急ぐのである。

一九三一、八、一七

◇**興行物天使**
──或る後日譚さして──

彫形外科はチンナの目を引き裂いてミてつも
なく老ひぼれた曲藝象の目にしてしまつたのであ
る。チンナは飽きる程笑つても果又笑はなくて
も笑ふのである。

チンナの目は北極に邂逅した。北極は初冬で
ある。チンナの目には白夜が現はれた。チンナ
の目は脳胸臍の背なかの様に氷の上に滑り落ち
てしまつたのである。

世界の寒流を生む風がチンナの目に吹いた。
チンナの目は荒れたけれミもチンナの目は恐ろ
しい氷山に包まれてるて波濤を起すことは不可
能である。

チンナは思ひ切つて NU になつた。汗孔は汗
孔だけの刑荊になつた。チンナは歌ふつもりで
金切聲でない。北極は鎚の音に慄へたのであ
る。

◇

辻音樂師は潤い春をばら撒いた乞食貴たいな
天使。天使は雀の様に痩せた天使を連れて歩
く。

天使の蛇の様な額で天使を擲つ。
天使は笑ふ、天使は風船玉の様に膨れる。

天使の奥行は人目を惹く。
人々は天使の貞操の面影を留めるミ云はれる
原色寫眞版のエハガキを買ふ。

天使は履物を落して逃走する。
天使は一度に十以上のツナを投げ出す。

◇

日暦はチョコレエトを増す。
チンナはチョコレエトで化粧するのである。

チンナはトランクの中に泥にまみれたヅウチ
ヅミ一緒になき伏す。チンナはトランクを持ち
運ぶ。

□

□

□

チンナのトランクは蓄音機である。
蓄音機は喇叭の様に赤い鬼青い鬼を呼び集め
た。

赤い鬼青い鬼はペンギンである。サルマタし
かきていないペンギンは水腫である。
チンナは象の目ミ頭蓋骨大程の水晶の目ミを
縦横に繰つて秋波を濫發した。

チンナは満月を小刻みに刻んで饗宴を張る。
人々はそれを食べて豚の様に肥滿するチョコレ
エトの香りを放散するのである。

一九三一、八、一八

◇運　動

一階の上の二階の上の三階の上の屋上庭園に上つて南を見ても何もないし北を見ても何もないから屋上庭園の下の三階の下の二階の下の一階へ下りて行つたら東から昇つた太陽が西へ沈んで東から昇つて西へ沈んで東から昇つて西へ沈んで東から昇つて空の真中に来てゐるから時計を出して見たらとまつてはゐるが時間は合つてゐるけれさも時計はおれよりも若いじやないかと云ふよりはおれは時計よりも老つてゐるぢやないこうこうしても思はれるのはきつさうであるに違ひないからおれは時計をすてゝしまつた。

一九三一、八、一一

◇狂女の告白

ヂンナである8子様には本當に氣の毒です。そしてB君　君に感謝しなければならないだらう。われわれは羅漢を孕んだのだこ皆は知りヂンナも知る。ヂンナは8子様の前途に再びこ光明のあらんこを祈らう。

蒼白いヂンナ
額はヂンナ履歴書である。ヂンナの口は小さいからヂンナは溺死しなければならぬがヂンナは水の様に時々荒れ狂ふこくがある。あらゆる

明るさの太陽等の下にヂンナはげにも澄んだ水の様に流れしせてゐたがげにも群かであり悶々續けたけれさもヂンナは全身の持つ若干個の濕氣を帶びた穿孔（例へば目其他）の附近に渦を持つてゐる剝げた純白色である。

カツパラハウトスルカラアタシノハウカラヤツチマツタヲ。

猿の様に笑ふヂンナの額には一夜の中にげにも美しくつやつやした債絡色のチョコレエトが無數に實つてしまつたからヂンナは遮二無二ヂヨコレエトを放射した。チヨコレエトは黒檀のサアベルを引摺りながら照明の合間合間に繋劍を試みても笑ふ。笑ふ。何物も皆笑ふ。笑ひが一途に飴の様にぞろぞろ粘つてチヨコレエトを食べてしまつて彈力剛氣に富んだあらゆる標的は皆無用となり笑ひは粉々に碎かれても笑ふ。青く笑ふ、針の鐵橋の様に笑ふ。ヂンナは羅漢を孕んだのだこ皆は知りヂンナも知る。羅漢は肥大してヂンナの子宮は雲母の様に膨れヂンナはチヨコレエトが食べたかつたのである。ヂンナの登る階段は一段一段がチヨコレエトである。ヂンナは石の様に固いチヨコレエトが食べたいこ思はないこここは更に新しい焦熱氷地獄であつたからヂンナは樂しいチヨコレエトが食べたいこいふこここは困難であるけれさも慈善家さしてのヂンナは枉らない程息ミ肌脱いだ頑張りでしかもヂンナは

苦しいのを堪へたがこんなに矯新鮮でない慈善事業が又こあるでしょうかヂンナは一ミ噸中悶々續けたけれさもヂンナは全身の持つ若干個の濕氣を帶びた穿孔（例へば目其他）の附近の芥は拂へないのであつた。

ヂンナは勿論あらゆるものを乗てた。ヂンナの名前も、ヂンナの皮膚に附いてゐる長い年月の間やつこ出來た垢の薄膜を其だしくはヂンナの頭は銹に銹びて浮められた樣なものである。そして溫度を持たないゆるやかな風げにも康衛煙月の様に吹いてゐる。ヂンナは獨り望遠鏡でSOSをきく、そしてデッキを走る。ヂンナは青い火花の彈が畳裸のまゝ走つてゐるのを見る。ヂンナはチロウラを見る。デッキの勾欄は北極星の甘味しさがヂンナの腹膨臍の背なかを無事に騙けることがヂンナする可能であり得るか、ヂンナは發光する波濤を見る。發光する波濤はヂンナに白紙の花ビラをまくれた。ヂンナの皮膚は剝がれ剝れた皮膚は羽衣の樣に風に舞つてゐるうちに涼しい景色であるこここに氣附いて皆はゴムの樣な雨手を擧げて口を拍手させるのである。

アタシタビガヘリ、ネルニトコナショ。

ヂンナは遠に墮胎したのである。トランクの

254　이상 시의 근대성 연구

水分のない蒸氣のためにあらゆる行李は乾燥して飽くこどない午後の海水浴場附近にある休業日の潮湯は芭蕉扇の様に悲哀に分裂する圓形音樂を休止符、オォ踊れよ、日曜日のビイナスよ、しはがれ聲のまゝ歌へよ日曜日のビイナスよ。

マリアよ、マリアよ、皮膚は眞黑いマリアよ、どこへ行つたのか、浴室の水道コックからは熱湯が徐々に出てゐるが行つて早く昨夜を塞げよ、俺はゴハンが食べたくないからスリッパアを蓄音機の上に置いてくれよ。

その平和な食堂ドアァには白色透明なる MENSTRUATION ミ表札がくつ附いて眼ない電話を疲勞して LIT の上に置き亦白色の卷煙草をそのまゝくはへてゐるが。

數知れぬ雨が數知れぬヒサシを打つ打つのである。キット上唇ミ下唇さの共同疲勞に遊びない積め切つた中食をさつて見るか――見る。マンドリンはひとりでに荷造りし杖の手に持つてその小さい柴の門を出るならばいつなん時香線の様な黄昏はもはや來たミ云ふ消息であるか、牡羊よ、なるべくなら巡査の來ないうちにうなだれたまゝ微々ながら啼いてくれよ、太陽は理由もなくサボタアジをほしいまゝにしてゐるこさを全然事件以外のことでなければならない。

一九三一、六、一八

◆顔

つやゝした髪のけのしたになぜひもじい顔はあるか。

ひもじい顔を見る。

あの男はどこから來たか。
あの男はどこから來たか。

あの男のお母さんの顔は醜いに違ひないけれごもあの男のお父さんの顔は美しいに違ひないミ云ふのはあの男のお父さんは元氣金持だつたのをあの男のお母さんをもらつてから急に貧乏になつたに違ひないミ思はれるからであるが本當に子供ミ云ふものはお父さんよりもお母さんによく似てゐるミ云ふこミは何も飽のこミではなく性行のこミであるがあの男の顔を見るある男は生れてから一體笑つたこミがあるかミ思はれる位氣味の惡い顔であるこミから云つてあの男は生れてから一度も笑つたこミがなかつたばかりでなく泣いたこミもなかつた顔であるれるからもうこもつこ氣味の惡いのは即ちあの男はあの男のお母さんの顔ばかり見て育つたものだからさうであるはづだミ思つてもあの男のお父さんは笑つたりしたこミには遊ひないはづであるのに一體子供ミ云ふものはよくなんでもまねる性質があるにもかゝはらずあの男がすこしも笑ふことを知らない様な顔ばかりしてゐるのから見るこあの男のお父さんは海外に放浪してゐてあの男が一人前のあの男になつてもそれでもまだまだ歸つて來なかつたに違ひないミ思はれるから又それぢゃあの男のお母さんは一體さうしてその日その日を食つて來たかミ云ふこミが問題になるこミは勿論だが何はミもあれあの男のお母さんはひもじかつたに違ひないからひもじい顔をしたに違ひないが可愛い一人のせがれのこミだからあの男だけはなんらかしてでもひもじくない様にして育て上げたに違ひないけれごも何しろ子供ミ云ふものはお母さんを見てあれが本當にあたりへの顔だこ思ひこんでしまつてお母さんの顔ばかりを一生懸命にまねたに違ひないのでそれが今は口に金齒を入れた身分さ時分さになつてしまつてゐるうさうするこミも出來ない程固まつてしまつてゐるのではないかミ思はれるのは無理もないこミだがこれにしてもつやつやした髪のけのしたになぜあの氣味の惡いひもじい顔はあるか。

一九三一、八、一五

漫筆

鳥瞰圖

金海卿

◇二人‥‥1‥‥

キリストは見窄らしい着物で説教を始めた。
アアルカアボネは橄欖山を山のまゝ拉撮し去つた。

×

一九三〇年以後のこと――
ネオンサインで飾られた或る教會の入口では
肥つちよのカアボネが頬の傷痕を伸縮させながら切符を買つていた。
一九三一、八、一一

◇二人‥‥2‥‥

アアルカアボネの貨幣は逝も光澤がよくメダルにしていゝ位だがキリストの貨幣は見られぬ程貧弱で何しろカネミ云ふ資格からは一歩も出ていない。
カアボネがプレツサンミして送つたフロツコオトをキリストは最後逆突返して已んだミ云ふである。

ふこさは有名ながら尤もな話ではないか。
一九三一、八、一一

◇神經質に肥満した三角形
▽は俺のAMOUREUSEである

▽よ。角力に勝つた經驗はこれ丈あるか。

▽よ。見れば外套にブツつゝまれた背面しかないよ。

▽　俺はその呼吸に碎かれた樂器である。

俺に如何なる孤獨は訪れ來様さも俺は××しないこさであらう。であればこそ。
俺の生涯は原色に似て豊富である。

しかるに俺はキャラバンだミ。
しかるに俺はキャラバンだミ。

◇LE URINE
一九三一、六、一八

焔の様な風が吹いたけれさもけれさも氷の様な水晶體はある。憂愁はDICTIONAIREの様に純白である。綠色の風景は網膜へ無表情をもたらしそれで何んでも皆灰色の朗らかな調子を傾聽しているか。

濃綠の扁平な蛇類は無害にも水泳する硝子の流動體は無害にも牛島でもない或る無名の山岳を島嶼の様に流動せしめるのでありそれで驚異さ神秘さ又不安をもち一緒に吐き出す所の透明な空氣は北國の様に冷くあるが陽光を見る。猫は恰かも孔雀の様に飛翔し瞬くあるが陽光を見る牛個の天體に金剛石さ毫も變りなく所有している廓を日歿前に豎てゝ囁るこさはなく所有しているのである。

数字のCOMBINATIONをかれこれミ忘却していた若干小量の腦膓には砂糖の様に溶廉な異國情調故に假睡の狀態を唇の上に花咲かせながらいる時繁華な花共は皆イブコヘミ去り之れを木影の小さい羊が雨脚を洗ひジツト何事かに傾聽しているか。

野鼠の様な地球の險しい背なかを匍匐するこさはそも誰が始めたかを捜せて綾少であるORGANEを愛撫しつゝ歴史本の空ペエヂを翻へすには卒和な文弱である。その間にも埋葬され行く考古學は果して性慾を覺へしむるこさはない所の最も無味であり神器である徴笑さ共に小規模ながら移動されて行く糸の様な童話でなければならないこさでなければ何んであつたか。

▲『朝鮮と建築』, 1931.8.

空　腹 ——

右手ニ菓子袋ガナイ　ト云ツタ
左手ニ握ラレテアル菓子袋ヲ探シニ今來タ道ヲ五里モ逆
戻リシタ
　　　　×
コノ手ハ化石シタ
　　　　×
コノ手ハ今ハモウ何物モ所有シタクモナイ所有セルモ
ノ所有セルコトヲ厭ジルコトヲモシナイ
　　　　×
今落チツツアルモノガ雪ダトスレバ　今落チタ俺ノ涙ハ
雪デアルベキダ
俺ノ内面ト外面ト
コノコトノ系統デアルアラユル中間ラハ恐ロシク寒イ
左　右
コノ兩側ノ手ラガオ互ノ義理ヲ忘レテ　再ビト握手スル
コトハナク
困難ナ勞働バカリガ横タワツタイルコノ片附ケテ行カネ

寒クアラウ・
寒クアラウ・
　　　　×
誰ハ俺ヲ指シテ孤獨デアルト云フカ
コノ群雄割據ヲ見ヨ
コノ戰爭ヲ見ヨ・
　　　　×
俺ハ彼等ノ軋礫ノ眞中デ昏睡スル
退屈ナ歳月ガ流レテ俺ハ目ヲ開イテ見レバ
屍體モ蒸殺シタ後ノ静カナ月夜ヲ俺ハ想像スル
無邪氣ナ村落ノ飼犬ラヨ　吠エルナヨ
俺ノ體温ハ適當デアルシ
俺ノ希望ハ甘美クナル。

◇
◇
◇
◇
◇

1931・6・5

疎ナルモノハ密ナルモノノ相對デアリ又
平凡ナモノハ非凡ナモノノ相對デアツタ
俺ノ神經ハ娼女ヨリモモツト貞淑ナ處女ヲ願ツテイタ

10
馬—
汗—
×

余事務ヲ以テ散歩トスルモ宜シ
余天ノ青キニ飽ク斯ク閉鎖主義ナリ
1931・6・5

BOITEUX・BOITEUSE

長イモノ
短イモノ
×
十文字
×
然シ CROSS ニハ油ガツイテイタ
墜落

已ムヲ得ナイ平行

物理的ニ痛クアツタ
(以上平面幾何學)

をれんぢ・
×

大砲
×

匍匐
若シ君ガ重傷ヲ負フタトシテモ血ヲ流シタトスレバ味
氣ナイ

おー
沈黙ヲ打撲シタホシイ
沈黙ヲ如何ニ打撲シテ俺ハ洪水ノヨウニ騷亂スベキカ
沈黙ハ沈黙ヵ

めすヲ持タヌトラ醫師デアリ得ナイデアラウカ
天體ヲ引キ裂ケバ音位スルダラウ
俺ノ步調ハ繼續スル
何時迄モ俺ハ屍體デアラントシテ屍體ナルヽコトデア

而シテたんくすてんハ何デアルカ
（何ンデモナイ）

屈曲シタ直線

ソレハ白金ト反射係數ヲ相等シクスル

1

▽ハてーぶるノ下ニ隱レタカ
×

2

電報ハ來テ井ナイ

3ハ公倍數ノ征伐ニ赴イタ

3

1931・6・5

ひ　げ――

（顎・顎・ソノ外ひげデアリ得ルモノラ・皆ノコト）

1

目ガアッテ居ナケレバナラナイ筈ノ場所ニハ森林デアル

笑ヒガ在ッテ居タ

2

人参

3

あめりかノ幽靈ハ水族館デアルガ非常ニ流麗デアル

ソレハ陰醫デデモアルコトダ

4

渓流ニテ――

乾燥シタ植物性デアル

秋

5

一小隊ノ軍人ガ東西ノ方向ヘト前進シタト云フコトハ

無意味ナコトデナケレバナラナイ

運動場ガ破裂シ龜裂スルバカリデアルカラ

6

三心圓

7

粟ヲツメタめりけん袋

簡單ナ須臾ノ月夜デアッタ

8

何時デモ泥棒スルコト許リ計畫シテ居タ

ソウデハナカッタトスレバ少クトモ物乞ヒデハアッタ

9

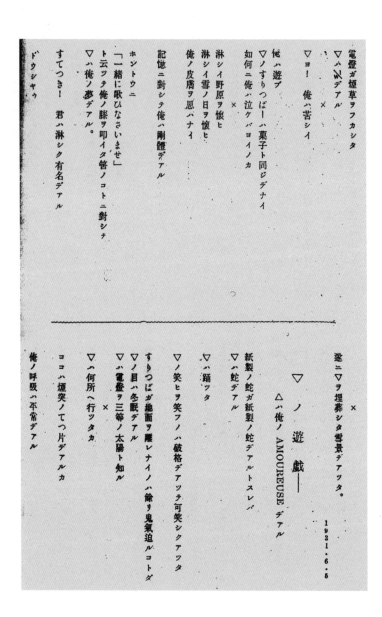

電燈ガ煙草ヲフカシタ
▽ハ1932デアル
×
▽ヨ！　俺ハ苦シイ

俺ハ遊ブ
▽ノすりつぱーハ菓子ト同ジデナイ
如何ニ俺ハ泣ケバヨイノカ
×
淋シイ野原ヲ懷ヒ
淋シイ雪ノ日ヲ懷ヒ
俺ノ皮膚ヲ思バナイ

記憶ニ對シテ俺ハ剛體デアル

ホントウニ
「一緒ニ歌ひなさいませ」
ト云ツテ俺ノ膝ヲ叩イタ筈ノコトニ對シテ
▽ハ俺ノ夢デアル。

すてつき！　君ハ淋シク有名デアル

ドウシヤウ

×
遂ニ▽ヲ埋葬シタ雪景デアツタ。
1931・6・5

▽ ノ 遊 戲—
△ハ俺ノ AMOUREUSE デアル

紙製ノ蛇ガ紙製ノ蛇デアルトスレバ
▽ハ蛇デアル
▽ハ踊ツタ

▽ノ笑ヒヲ笑フノハ破格デアツテ可笑シクアツタ
すりつぱガ地面ヲ離レナイノハ餘リ鬼氣迫ルコトダ
▽ノ目ハ冬眠デアル
▽ハ電燈ヲ三等ノ太陽ト知ル
×
▽ハ何所ヘ行ツタカ

ココハ煙突ノてつ片デアルカ
俺ノ呼吸ハ不常デアル

漫筆

異常ナ可逆反應

金　海　卿

任意ノ半徑ノ圓（過去分詞ノ相場）

圓内ノ一點ト圓外ノ一點トヲ結ビ付ケタ直線

二種類ノ存在ノ時間的影響性

（ワレワレハコノコトニツイテムトンチャクデアル）

直線ハ圓ヲ殺害シタカ

顯微鏡

ソノ下ニ於テハ人工モ自然ト同ジク現象サレタ。

　　×

同ジ日ノ午後

勿論太陽ガ在ッテイナケレバナラナイ場所ニ在ッテイタバカリデナクソウシナケレバナラナイ歩調ヲ美化スルコトヲモシテイナカッタ。

發達シナイシ發展シナイシ

コレハ憤怒デアル。

鐵柵ノ外ハ白大理石ノ建築物ガ雄壯ニ建ッテイタ

眞々5″ノ角ばかノ羅列カ

肉體ニ對スル處分法ヲせんちめんたりずむシタ。

目的ノナカッタ丈　冷靜デアッタ

太陽ガ汗ニ濡レタ背ナカヲ照ラシタ時

影ハ背ナカノ前方ニアッタ

人ハ云ッタ

「あの便秘症患者の人はあの金持の家に食鹽を貰ひに這入らうと希つてゐるのである」

　　ト

　　…………

破片ノ景色——

△ハ俺ノ AMOUREUSE デアル

俺ハ仕方ナク泣イタ

1931・6・5

▲『朝鮮と建築』, 1931.7.

찾아보기

작품